智に働けば

石田三成像に迫る十の短編

山田裕樹 編

集英社文庫

目次

智に働けば

石田三成像に迫る十の短編

中島らも

気配り

秀吉

四菱重機社長・本位田兵三《ほんいでんひょうぞう》が和歌山《わかやま》出張所に到着したのは昼の二時くらいであった。メキシコ人も卒倒するようなカンカン照りの陽差《ひ》しが本位田のキンカン頭に乱反射していた。出迎えたのは、この和歌山出張所を一人でまかされている鈴木健一《すずきけんいち》主任である。年の頃は、二十七、八であろうか。もちろん社長の本位田とは初対面である。社員数一万数千人の四菱重機の中にあって、一介の若手社員と社長が一対一で口をきく機会などはない。今回は急なアクシデントの処理でこの和歌山まで来たのだが、本来ならば名前も知らないはずの平社員だった。

「社長、遠いところ、お疲れさまでございます。まずは応接室のほうでご一服ください。お茶などさしあげますので」

「おお、すまんね。いや、東京も暑いが和歌山も暑いな。のどがカラカラだ」

事実、本位田はのどが渇いていた。糖尿病だからである。冷房のよくきいた応接間に通ると、すぐに鈴木健一が番茶を運んできた。寿司《すし》屋でしか使わないような大ぶりの湯呑《ゆの》みを受け取ると、本位田はなかのぬるい番茶をゴクゴクと飲みほした。湯呑みを置くか置かないかのうちに鈴木がおかわりを持ってきた。前より小ぶりの湯呑みだ。

「社長、どうぞ、もう一杯」

「ん？　おお、すまんな」

ゆっくりとおかわりの熱い茶を啜《すす》り終える頃、本位田は自分の側《そば》でお盆を手に直立不動の姿勢の鈴木が、自分の様子を喰《く》いつきそうな目で見ているのに気づいた。

「ん？　君、ええっと、何てったかな」

「鈴木でございます」

「ああ、鈴木くん。そんなに見つめて、私の顔に何かついとるかね」

「いえ。その……おかわりを差し上げるタイミングを見てましたので……」

「おかわり？　ああ、お茶ならもう十分だよ。ありがとう」

そう言われて、鈴木はむちゃくちゃに困ったような顔つきになった。

「あの、そうおっしゃられると困るんでして。ぜひとも、三杯目を飲んでいただきませんと……」

「いや、そんなに言うなら飲まんでもないが……」

嬉々《きき》として鈴木が運んできた三杯目の茶を口に含んで、本位田は首をかしげた。

「ん？　これは……」

鈴木はそれを聞くと、それまで伏せていた顔をはっと上げた。目のまわりがポッと赤くなっていた。

「ふっふっふ。いやあ、お恥かしい。お気づきになられては仕方ありません。はい、確かに一杯目のお茶は飲みやすいように薄くぬるめに、二杯目はちょうど頃合の温度に、三杯目は味わえるように熱く濃くいれたのでございます」

本位田は、上目遣いで説明する鈴木の小肥《こぶと》りの顔をじっと見ながら、「……ヤな奴《やつ》……」と思った。

松本匡代

美しい誤解

――出会いの三献茶

（一）

周りの山が若い緑に覆われている。秋の紅葉が木ごとに、いや枝ごとにその異なる色で周りの景色を染め分けるように、春の若葉の黄緑色もまた、一様ではない。しかし、里から眺める山の色は、調和がとれて柔らかく若葉一色と言い表せる。そしてそれは、見る人の目を和ませ、気持ちを明るく浮き立たせてくれるようだ。

近江国《おうみのくに》は坂田《さかた》郡大原庄《おおはらのしよう》。伊富貴山観音護国寺《いぶきやまかんのんごこくじ》（通称・観音寺）の庫裏の一角、経机の前に端座して書見をしている少年が、自分のそばで、手枕《たまくら》で寝転んで外を眺めている、もう一人の少年に、あきれた様子で声をかけた。

「紀之介《きのすけ》殿、お師匠様が留守中、書見をしておれと言われたではないか」

時は天正二年初夏四月、真夏を思わせるような日差しもようやく西に傾きかけた七つ過ぎ。

書見をしている少年は、大原庄から山一つ越えた石田《いしだ》村を治める地侍・石田藤《いしだとう》左衛門正継《ざえもんまさつぐ》の三男佐吉《さきち》、十五歳。そしてもう一人、佐吉のそばで和尚《おしょう》に言いつけられた書見もせずに寝転んでいるのは、大谷《おおたに》紀之介、十六歳だ。


佐吉は、二年前の元亀三年、長兄を病で亡くしていた。

ようやく庭の雪も消え、桜のつぼみが綻びかけた頃のこと。病弱だった長兄は、風邪をこじらせ亡くなった。

長兄が風邪をひいて寝込む前に、佐吉が鼻をぐずぐすいわせていた。

「佐吉、風邪か、おとなしくして早く治せ。兄上に伝染《うつ》さないようにしろよ」

いつものとおりの家人の言葉を、いつものとおりに聞いて休み、いつものとおり、次の日にはもう元気になっていた。

そして数日後、長兄が熱を出し、一月《ひとつき》ほど寝込んで、あっけなく逝ってしまった。

佐吉の風邪が伝染ったかどうかはわからない。たとえそうであったとしても、

佐吉には何の罪もない。けれども佐吉は、

「私のせいだ」

自分を責めた。

以前は、思慮深く乱暴な遊びこそしなかったけれど、子供らしい明るく元気な三男坊だった。それが長兄が亡くなって以来、部屋の隅にひとり哀《かな》しい目をしてぽつんといて、ほとんど言葉を発することもなくなった。

最初のうち、父親の正継は、

「兄の死をにわかに受け入れられぬのであろう。そっと見守っていてやれば、子供のことだ。やがて、もとの元気な佐吉に戻ってくれよう」

今は嫡男となった次男正澄《まさずみ》と話していた。

二人とも、この頃はまだ、佐吉が長兄の死を自分のせいだと考え、自分を責めていることには気づいていなかったようだ。

けれども、半年経《た》ち、一年が過ぎても、佐吉の様子に変化はなかった。

そっと見守る。

きれいな言葉だ。しかし実際は、何もしていない。放っておいただけだった。

といって、誰が父を、兄を、責められようか。村の事、家の事で忙しかったから、それ以上に、領主浅井《あざい》家と尾張《おわり》の織田《おだ》家が戦いの最中なのだ。いつ石田の家にも動員の沙汰が下るかわからない。だから……。

いや違う。

むしろその忙しさは彼らにとって幸いだったはずだ。忙しさは一時《いっとき》、哀しさや寂しさを忘れさせてくれる。しかし、それは一時の事。彼らもまた、息子を、兄を、亡くした哀しみの中にいたのだ。

一年が過ぎても変わらぬ三男に、正継はいらだった。いやそのいらだちは、何もしてやることのできない自分自身に対してだったのかもしれない。

「いつまでも、そんなことでどうする」

声を荒らげることもしばしばになった。時には手を上げることもあった。

そんな時は決まって、正澄が間に入った。十八歳になった新しい嫡男は、弟に振り下ろされようとする父の手をつかみ、正面から父の顔を見つめ、無言で首を横に振る。

正継も一瞬怒気を含んだ目で正澄を見返すが、その後止められてほっとしたように視線を外し、その場から消えた。

佐吉は無表情のまま、その場にたたずみ続けている。

「佐吉……」

弟を何とも言えぬ表情で見つめながら、正澄もまた、なす術《すべ》もなくたたずむだけだった。

正継も正澄も、この頃になってようやく、佐吉が長兄の死を自分のせいだと考えていることに気がついたようだ。

「お前のせいではない」

何度言っても佐吉は慰められなかった。

そんな時、石田村の東へ山一つ越えた大原庄にある寺、観音寺の住職が所用のついでに石田家に立ち寄った。教養が深く人望があり近在の村人から尊敬されている住職と、正継は日頃から親しくしていた。正継は、住職に佐吉の様子を見せ事情を話して、どうしたものか相談した。住職は、

「寺に通わせてはどうか」

と言ってくれた。

「違った場所で過ごさせるがよいかもしれぬ。学問好きの賢い子のようじゃ。寺に通い学問などして日を過ごせば、気もまぎれるであろう」

「かたじけない。それは願ってもないこと。どうせなら通いより、お預けいたし

た方が……落ち着いて過ごせるのではござるまいか」

十四歳の少年の足で毎日の山越えはつらかろう。口には出さぬ親心だ。が、住職は、

「いや、それはならぬ」

きっぱりと言った。

「去年、長兄を亡くし、寂しさに耐えかねている者を寺に預けたら、家族に捨てられたと思うやもしれぬ。それではあまりに哀れじゃとは思《おぼ》し召されぬか」

正継は頷《うなず》くしかなかった。

「大丈夫、山道を通う疲れは、夜何も考えず泥のように眠らせてくれるはずじゃ」

住職が正継の胸の内を見透かしたように、言葉を継いだ。

このようなわけで、今年天正二年の春から佐吉は毎日山を越え寺に通っている。住職が石田の家を訪れたのは去年の初秋。八月、小谷《おだに》の城が落ち浅井家が滅んだ。その直後は、石田家としていろいろあったにしても、佐吉が寺に通い始めるのは、もう少し早くてもよかったと思うのだが、三回忌だの何だのと理由をつけ

て延ばし、二月の末にやっと通い始めることになる。北近江の冬は厳しい。せめて山の雪が少しは消えてからということだったのだろう。

さて、寺での佐吉の暮らしだが、主に住職から学問を授けられる。そのほかに、雑巾がけや庭掃除、住職の身の周りの世話などもこなさねばならない。家ではそんな用事は何もしてこなかった佐吉にとって、最初のうちは要領がわからずとまどうことも多かった。

そんな佐吉を気遣い、何くれとなく面倒をみてくれたのが、一つ年上の大谷紀之介だ。

紀之介は、寺に住み込んでいる。

琵琶湖《びわこ》の北、小谷と書いて「おおたに」と読む村の、佐吉と同じ郷士の家の出らしい。らしいと言うのは、そのことについて、紀之介は佐吉に何も言わず、佐吉が訊《き》いても巧みに話をそらしてしまう。それでも会話の端々をつなぎ合わせ、佐吉はそのように結論づけた。もう一つ言うなら、両親は既になく、帰る家もないらしい。

しかし、紀之介に暗いところは微塵《みじん》もない。いつも、明るく元気だ。学問も、寺の雑用も、決して真面目とは言えないが、要領よくそつなくこなし、馬鹿正直に何でも言われたとおりにしようとする佐吉のことを嘲笑《わら》いながらも手伝ってくれていた。

（二）

この日、住職は、二人に書見をしているように言いつけて、出かけて行った。佐吉は言われたとおり、端座して経机の上に開いた『孫子《そんし》』を読んでいる。その横で、紀之介が寝転んで退屈そうに、佐吉の顔を眺めていた。

「紀之介殿、お師匠様が留守中、書見をしておれと言われたではないか」

佐吉がたまりかねたように、もう一度言葉を発した。

言われた紀之介は、大きな溜息《ためいき》をついた。

「何もそれほどに根を詰めてやることはない。お師匠様もお留守の間ずっとと言われたわけではないはずだ。お前のように休まず本を読んでいてもかえって頭に入らない。頭を働かせるには適度な休息が必要なのだ。あ、それに、以前から紀之介殿はやめろと言うておるではないか。我らは朋輩《ほうばい》。お互い呼び捨てでよい」

「なれど、紀之介殿は兄弟子にして年上、長幼の序というものがござる」

「兄弟子というても、学問はそなたの方が進んでおるし、年上というてもたかが一歳ではないか」

「なれど……」

二人が言い合っていると、表から、

「誰《たれ》かある」

という声が聞こえた。

「今頃、誰だろう」

「さあ」

二人が言い合って、佐吉が出ていくと、四十がらみの小柄な武士が一人立っていた。着ているものからかなりの身分だとわかる。

その武士は佐吉を見ると、

「長浜《ながはま》の秀吉《ひでよし》である。遠乗りの帰りじゃが、ちと喉が渇いてのう、茶を一服振るもうてくれぬか」

人懐こい笑顔を向けた。

長浜の秀吉とはもちろん、長浜城主・羽柴筑前守《はしばちくぜんのかみ》秀吉だ。小谷落城後、浅井家の領地を得た彼は、琵琶湖のほとり今浜《いまはま》と呼ばれていた地に城を築き長浜と改名した。

城持ち大名になっても、譜代の家臣がないに等しい秀吉は、城下町を作り整える一方、遠乗り、鷹《たか》狩りと称しては近在の村々を回り、適当な人材を探していた。

それにしても、供も連れずに一人なのは妙である。秀吉が乗っていたのは駿馬《しゅんめ》だったので、駆けているうちに供を引き離してしまったのだろうか。

「承知いたしました。まずはお上がりくださいませ」

佐吉は秀吉を客間に案内した。

「暫時お待ちくださいませ」

そう挨拶して、厨《くりや》に行くと、もう紀之介が湯を沸かしていた。佐吉の気配に振り返ると、

「新しいご領主様だ、粗相のないように気をつけねばならぬぞ」

それだけ言うと、かまどに向き直り火吹き竹を吹いた。しばらくして、

「喉が渇いているとおっしゃった。長くお待たせもできぬ、少しぬるいが、まあいいか、佐吉、点《た》てて持っていけ」

紀之介が佐吉に、指図するように言った。

「はい。えーと、茶碗《ちゃわん》は……ちょっと大きいけど、ま、いいか。あ、お湯、入れすぎた」

どうしましょう。

佐吉が紀之介を見る。

「いい、いい。喉が渇いておられるんだ、少々多くてもかえって喜ばれるぞ」

紀之介が、肩の力を抜けとでも言うように気楽に答える。

「そうですね、ではお出ししてきます」

そういうと、今まで紀之介とバタバタ慌てていた佐吉が、お茶をささげてしずしずと厨を出て行った。

あいつ、大物になるぞ。

佐吉の姿を見送りながら、何やら楽しそうに、紀之介がひとりごちた。

「お待たせいたしました」

佐吉がお茶を持っていくと、

「おお、待ちかねたぞ」

言うが早いか秀吉は茶碗をとり、ごくごくと喉を鳴らして飲み干し、

「もう一杯所望」

茶碗を差し出した。

「かしこまりました」

空《から》の茶碗を盆に受け取り、厨へ帰ってきた佐吉が、紀之介に、

「おかわりを所望されました」

と言うと、

「ちょうどいい大きさの茶碗を見つけておいた。お湯もいい具合に沸いている。今度はうまく点てろよ」

と、前より少し小さい茶碗を渡してくれた。

「はい」

前より落ち着いて点てたこともあって、今度はうまく点てられた。

それを持って、また、しずしずと行く。

「お待たせいたしました」

「うむ」

秀吉は頷くと、前より少しゆっくりと味わうように飲んだ。そして飲み終える

と、意味ありげに微笑《ほほえ》んでから、

「いま一杯所望」

と茶碗を返してよこす。佐吉はそれを、

「かしこまりました」

と盆で受け、厨へ下がる。

「もう一杯、ご所望です」

言うと、紀之介が、

「えーっ」

と、悲鳴とも何ともつかない声を上げた。

早く沸くように少ししか沸かしていなかったのだ。

「もうお湯が……」

「ないんですか」

「小さい茶碗に半分ほど。煮えたぎっている」

「どうしましょう。もう一度沸かしますか、あ、水をたして、うめましょうか」

佐吉の言葉に、紀之介はしばし考えたようだ。

そして、どんなに喉が渇いていたか知らないが、あれだけ飲めば、もう今は喉は渇いていないはずだ。なのにもう一杯飲みたいという。なぜか。ああ、そうか、休みたいんだ。

そう結論づけたらしい。

「佐吉、この残りの熱い湯で点てろ。熱いままだ」

「え、何故《なにゆえ》に」

「秀吉様は、もう今は、それほど喉は渇いてはおられまい。さすれば何故、三杯目を所望なされたか。それは今少し、ゆっくりなされたいからではあるまいか」

「そうか。だから少しのお茶を熱く点て、ゆっくり味わっていただこうというのですね」

「そのとおり」

二人は、顔を見合わせて微笑みあった。

「お待たせいたしました」

「うむ」

小ぶりの茶碗を受け取った秀吉は、満足そうに微笑むと、少量のお茶をまるで嚙《か》みしめるかのようにゆっくりと味わって飲んだ。

時間をかけて飲み終えると、佐吉に温かなまなざしを向け、

「その方、名は何と申す」

と訊いた。

「石田村石田藤左衛門正継が倅《せがれ》、佐吉と申します」

「おう、佐吉と申すか。佐吉、して、歳《とし》はいくつじゃ」

「はい、今年で十五にあいなりまする」

「さようか。佐吉、馳走《ちそう》になった」

秀吉は立った。

門まで見送りに出た佐吉に、馬上の人となった秀吉が、

「心づくしの三服の茶、見事であった」

にっこりと笑い、馬に鞭《むち》を入れて、若葉の山に消えていく。

その後を、秀吉に遅れ離され、寺の前で主《あるじ》の馬を見つけ待っていた供の者二人が追いかけて行った。

（三）

何と賢い子か。

秀吉は馬上でひとりでに笑みがこぼれるのを禁じ得なかった。

あんな子が欲しかった。

他人《ひと》が何を欲しているか、瞬時に読み取って対応できる。

遠乗りで喉が渇いたという秀吉に、たっぷりの量のぬるいお茶を出した。秀吉は、ごくごくと渇いた喉を潤した。人心地ついて、もう一杯所望すると、ちょうどよい加減の量のお茶がちょうどよい加減の温度で出てくる。まだ少し渇きがあった喉を潤すとともに、お茶そのものも味わえる。ためしにもう一服所望した。そうしたら、今度は少量の熱いお茶が出てきた。もう十分喉は潤ったはず。どうぞゆっくり味わいながら身体《からだ》を休めてくださいとでも言うようだ。

小気味のよい心遣いだ。

修行を積んだ大人でもなかなかできるものではない。

市《いち》や虎《とら》とあまり変わらない歳なのに。

秀吉は、地縁血縁で手もとに置いている福島市松《ふくしまいちまつ》や加藤虎之助《かとうとらのすけ》らの顔を思い浮かべた。彼らとて、まっすぐで思いやりも十分にある。学問好きとは言えないが、機転のきく利発な少年たちだ。だが彼らには、とてもあれだけの心配りはできない。いや、むしろそれが普通なのだ。

あの佐吉という少年をどうしても、自分に仕えさせたい。

今日は住職は留守だった。日を改めて、もらい受けたい旨頼みに行こう、石田村の出と申しておったな。どのような家の倅か調べさせよう。とにかく何が何でも、あの子は欲しい。

三日後、秀吉は観音寺を再び訪れた。

（四）

秀吉が、再び観音寺を訪れた日の夕方、住職は佐吉と紀之介のいる部屋に来て、秀吉が佐吉に長浜城への出仕を求めていることを告げた。

「何で、私に」

いぶかる佐吉に、住職は三服のお茶の出し方に秀吉がいたく感心していると言った。

「え、あれは、そのような気遣いから出たものではありません。実は……」

言いかける佐吉の横から、

「ほんに私も感服いたしました。最初、なぜ三服の茶の量と熱さをあのように違《たが》えるのか、私にはとんとわからず、佐吉に尋ねましたところ、今お師匠様が言われた羽柴様のお言葉と全く同じことを申します。いやあ、知恵のある奴《やつ》は違うものだと……」

紀之介が、佐吉にしゃべらせないように勢いよく捲《まく》し立てた。

「紀之介殿、何を言うのです。あれは……」

それでも真相を告げようとする佐吉の、袖を引き、目配せして、何とか黙らせようとする紀之介の様子に、住職も何かあると感じたらしい。

「佐吉、今日はわしもそなたとともに石田村へ行きお父上にお目にかかり、事の次第を申し上げねばならぬ故、少し早目にここを出る。そのこと心得ておくように」

言い渡し、居間に引き上げるように見せかけて、物陰から二人の様子を窺《うかが》った。

「紀之介殿、何故あのようなでたらめを言うのですか」

食ってかかる佐吉に紀之介は、

「そんな堅いことは言うな。出仕が叶《かな》ってめでたいではないか」

と涼しい顔だ。

「なれど私の行いに、羽柴様のおっしゃるような意図は全くなかった。思いつかなかったのです。むしろ三服目、湯が少ないということで、紀之介殿が考えられたことが羽柴様のおっしゃることに近い」

と、さらに佐吉は言い募った。

「ま、よいではないか。羽柴さまはお前を見出《みいだ》された。きっかけはどうであれ、お前なら羽柴さまのご期待に応えられよう」

紀之介の物言いは、あくまでも気楽そうだ。

「しかし……」

佐吉がまだ、何か言おうとすると、

「お前は亡くなった兄上の分まで世のため人のために働かねばならぬのではないか」

紀之介が真顔で言った。

「え」

佐吉が驚いて紀之介の顔を見た。

「前に申しておったではないか。自分が風邪を伝染してしまったから、兄上は亡くなったのだと。俺は、それは定かではないことだし、もし、たとえそのとおりでも、お前以外の誰もが、お前には何の落ち度もないと言うと思うが、自分のせいだと思い込んでいるお前は、何を言われても、慰められない。だったら、兄上の分まで世の中のために働くこと以外、お前が救われる道はないではないか」

紀之介が淡々と言う。

「紀之介殿……」

「がんばれよ」

紀之介は微笑み、佐吉は真顔で、頷きあった。

これが十六の少年か。

物陰から二人の様子を見ていた住職は紀之介の態度に驚きあきれ感心した。

たぶん秀吉が感心したことの半分は偶然の産物だったのだろう。そして残りの半分の大部分が紀之介の知恵に違いない。

秀吉は、誤解をしている。本当なら秀吉が自分に仕えさせようとするべきなのは、佐吉ではなく紀之介であるはずだ。

紀之介は住職にそのことを訴え、秀吉に伝えてもらうこともできたはずだ。ところが紀之介はそれをしないばかりか、本当の事を言おうとする佐吉を止め、嘘《うそ》までついて佐吉の手柄にしている。出仕の機会を佐吉に譲った格好になる。

なぜか。

佐吉の「自分のせいで兄を死なせた」という深い心の傷を癒すには、世のため人のために働いているんだという自覚、兄の分まで役に立っているという思いしかないと見抜いたからだという。

住職は紀之介の友を想う気持ちに感動すら覚えた。しかしその一方で思う。

こやつ、自分の方の行く末はどう考えているのか。

紀之介は、母親を病で亡くしたその後すぐに、父親を戦で亡くし、縁あって当寺に引き取られた。他人に出仕の機会を譲る余裕などないはずだ。

住職は、紀之介を呼んで、訊いてみた。

すると、

「私は、戦で敵の首を土産に、お仕えしとうございます故」

と言ってのけた。

茶の点て方などで認められ、出仕するのは嫌だ。

言外にそう言っているように聞こえる。

本気なのか、友に出仕の機会を譲るための方便なのか。

おそらく、その両方であろう。

住職はそう考え、もうそれ以上何も言わなかった。

（五）

それから佐吉は住職と一緒に、石田村の自邸に帰った。

住職から話を聞いた父・正継は、

「なぜ佐吉に」

いぶかったが、住職が秀吉の言葉を伝えると、

「佐吉がそのようなことを。ご住職のお仕込みのおかげです」

と喜んだ。

住職は事の真相を正継には話さなかった。律儀者の正継だ。真相を知れば、紀之介をさしおいて佐吉を仕官させるわけにはいかないと言いだしかねない。

佐吉の心配りが秀吉の気に入ったと信じる正継に、仕官の話に否やのあろうはずはない。

「ありがたい事でございます」

二つ返事で、事は決まった。

住職の帰り際、佐吉が、宣言するように言う。

「一所懸命励みます。そして、羽柴様にお願いをお聞きいただけるようになれば、紀之介殿をお召し抱えくださるようにお願いするつもりです。その時はどうか、お口添えをお願いいたします」

「そうだな、それがよい」

住職は、紀之介から聞いた最後の言葉を、これまた、佐吉には言わなかった。

「それでは、また明日」

「はい」

佐吉が見送る住職の背を、春の月が朧《おぼろ》に照らしていた。

南條範夫

残骸

一

急に頭の中が鋭く痛み出し、耳許《みみもと》に何かを切裂くような声が聞こえた。

全く突然に、その痛みを感じ、その声を聞いたのだ。

次の瞬間、

――おれはまだ生きているのだ。

と覚《さと》った。

悦《よろこ》びや、哀《かな》しみや、無念さや、怒りなどを感じるより前に、全身が破裂するような力が湧いてきた。

からだは動かない。

――まだ、生きている。だが、どうやら深傷《ふかで》を受けているらしいな。

つづいて、大きな危惧が襲ってきた。

――きゃつの手に捕えられたのではないか。

また、頭の中の痛みがはげしくなった。

——きゃつに捕えられる位なら、死んだ方がよい、何故、生きているのだ。

真紅の焔《ほのお》が目の前に、渦を巻いた。

眼をむきだし、半顔を血に染めた奴《やつ》が、槍《やり》先をおれの目の前に突き出していた。

——お蘭《らん》！

おれは叫んだが、声にはならなかった。お蘭（森蘭丸《もりらんまる》）の姿は見えない。

おれは手に持った槍を、目の前の奴に叩《たた》きつけ、焔の中に躍り込んで、走った。

煙と火とにまき込まれた。

床の間の刀が眼につくと、そいつを引っつかんで、脇腹につき立てた。

おれが憶《おも》い出せるのは、そこまでだ。

おれは死んだつもりだった。

ところが、こうして確かに生きている。

日向《ひゅうが》め（明智光秀《あけちみつひで》）の手の者が、焔の中から引きずり出したのだろうか。

とすれば、やがて日向めが、ここにやってくるだろう。

くそっ、あいつの前に、この身動きも出来ぬ惨めな姿をみせるなど！

きゃつめ、唇を外《そ》らせて、おれを罵るだろう。あの人非人め！

きゃつの来る前に、死んでやる。

おれはまたからだを動かそうとした。

だが、まるで全身をがんじがらめに縛られているかのように、手も足も全く動かない。

顔面も、眼鼻と口だけを残してすっかり、布で包まれているらしい。

舌を噛《か》もうとしたが、歯に力がはいらなかった。

声を出そうとしたが、ただ異様な呻《うな》り声が出ただけである。

足音がした。

誰かが、おれの眼を覗《のぞ》き込んだ。

「上様――お気がつかれましたか」

おあんだ。

嬉《うれ》しかった。

てっきり、日向の部下だと思ったのだが。

侍女の一人、もう三十の半ばを過ぎているだろう。十年近くも、おれの身の回りの世話をしている。器量が良くないので、手をつけたことはない。

「おあん」

と言った自分の声が、

――わ、わ、わ、
と聞こえた。

「上様――」

おあんの眼から涙が流れた。

「捕えられたのか、おれは」

と聞いた。やっぱり、言葉にならぬ声が洩《も》れただけである。

だが、おあんが、言った。

「上様、御安心下さいませ、ここは大丈夫でございます。日向の捜索の手も、ここまでは伸びて参りますまい」

――そうか、きゃつに捕えられたのではなかったのだ。

初めて、大きな悦びと安心とが、おれの胸に一杯に拡《ひろ》がった。

おあんが、立っていった。

小走りに走る足音が聞こえ、やがて誰かを伴って戻ってきた。

「上様、私めでございます」

おれの顔の上におおいかぶさるようにして、松庵道二の顔が現われた。

「お叱りを受けるかも知れませぬが、私めが上様を背負って、本能寺《ほんのうじ》を脱《のが》れ出ました。何としても上様をお助け申し上げたくて」

そうか、こいつが、あの猛火の中から、おれを助け出したのか。だが、ここは一体どこだ、誰がおれをかくまっているのだ。

このおれの内心の疑問に答えるかのように、松庵が言った。

「ここは河内《かわち》の吉見村の玄竜寺という破れ寺でございます。住職は私の伯父、命にかけても上様をおかくまい致すと申しております。日向守は上様のお亡骸《なきがら》を手に入れることが出来なかったので、もしやどちらかに落ちられたのかと、必死になって捜しております様子。しかし、よもや、このようなところにおわすとは誰も気がつきますまい。御安心なされませ」

——よくやった。

と、おれは誉《ほ》めてやりたかったが、言葉の出ないことが分っていたので、目つきだけでうなずいてみせた。

——今日は一体、何日なのだ。

——おれのからだはどうなっているのだ。

――二条《にじょう》城の信忠《のぶただ》はどうした。

――権六《ごんろく》（柴田勝家《しばたかついえ》）や、藤吉郎《とうきちろう》（秀吉《ひでよし》）には、事変を報《し》らせたのか。

――日向めは、いまどうしている。

聞きたいことは山ほどあった。

だが、松庵は言った。

「上様、しばらくはただお気を鎮《しず》かに――おあんどの、お薬湯を――」

二人の顔が、おれの視界から消えた。

やがて、おあんが薬湯を持ってきた。

おれの口に少しずつ流し込んでくれる。

――松庵の言う通りだ。今、気を苛立《いらだ》たせてはいけぬ。落着いてからだの恢復《かいふく》を待つのだ、何もかも、それからのこと。

おれは観念した。

少し気を落着けると、頭の中の痛みが、かなり減っているのに気がついた。

時々聞こえる鋭い声が、庭に飛んでいる鳥の啼《な》き声だと分った。

わずかの間だったが、芯が疲れたのだろう、眠ってしまった。

眼が覚めた時には、薄暗くなっていた。

どこかで見守っていたのかも知れない。おあんと松庵の顔が、すぐに視野の中に現われた。

「ようおやすみでございました。御気分は如何《いかが》でございまするか」

心配そうに訊《たず》ねるおあんに、おれは眼顔で大丈夫だと報らせた。

松庵とおあんとが、代る代る、あの朝以来のことを話してくれた。

今日は六月五日。

日向めが本能寺に襲ってきたのは、二日の夜明け方だ。もう三日半も経っている。

本能寺にいた家来たちは、すべて討死したらしい。お蘭は最も勇敢に闘ったに違いない。寺は全焼した。

おれが、腹に脇差をつき立てたまま、煙に捲《ま》かれて倒れているのを松庵が背負って裏口に走り出た。おあんが長い女衣裳《いしよう》をおれの頭からすっぽり被せた。

――お見遁《みのが》し下さいまし。私の姉でございます。

そう叫びながら乱軍の中を寺の外に遁れ出た。

松庵が河内街道の百姓家におれをかつぎ込み、馬を一頭借りてその背におれを乗せ、この玄竜寺に運び込んだのだ。

おれは全身に火傷《やけど》を負っていた。脇腹の傷もかなり深い。誰か敵の奴に槍で刺されたらしく、右の膝も傷ついている。

当分、身動きも出来ないだろう。

無念なことに、二条城の信忠も、日向勢の為に攻められて、自害したという。

あいつ、まだ二十六歳にしかならぬ。おれの倅《せがれ》共の中では、あいつだけがどうやらものになりそうだったのに。

日向めは落人《おちうど》捜しを命じておいて、一旦坂本《さかもと》城に去っていったらしい。

本能寺の火の中におれの死骸はみつからなかった。おれが焰の中に飛び込んだ時、誰かがおれの片袖をひっつかんだ。

袖は千切れた。そいつは、その片袖を持って帰って、おれの死は疑いないと報告したが、日向めはまだ疑っている。落人捜しといっても、おれを第一の目あてにしているのだろう。

事変の報せは今日あたり、北国の権六や、中国の藤吉郎の許に届いている筈《はず》だ。

彼らは必ず、直ちに兵を率いて、日向めの討伐にやってくるだろう。恐らくは権六が先《ま》ず第一に。藤吉郎は毛利《もうり》の大軍と対陣中だ、急には兵をかえす訳にはゆくまい。

そういえば、堺《さかい》に行った家康《いえやす》は？　うまく三河《みかわ》へ戻れたかな。もしかしたら彼が最初に日向討伐の軍を出すかも知れぬ。

いや、摂津《せっつ》には信孝《のぶたか》がいる。丹羽《にわ》（長秀《ながひで》）もいる、彼らが一番近いのだ。もう兵を発しているかも知れぬ。

日向めは、四面楚歌《しめんそか》なのだ。

どの道あの腑《ふ》抜けめに勝目はありはせぬ。

外道め、浮浪の身を、おれのお蔭《かげ》であそこまで立身できたのを、何と思うている。恩知らずの蛆《うじ》虫め。

松庵はあちこちから集めてきたらしい情報を、語った。

聞いているうちに、おれはかっかっと熱くなり、頭が痛み出し、呻り声をあげて気を喪《うしな》ってしまった。

二

少しずつ気力をとり戻しつつある。

松庵の手当も、おあんの介抱もよかったのだが、何よりも松庵やその叔父だという住職の善定が集めてくる報せが、おれを元気づけたのだ。

日向めは五日に安土《あづち》城に行った。佐和山《さわやま》城は武田《たけだ》（元明《もとあき》）に、長浜《ながはま》城は高次《たかつぐ》（京極《きょうごく》）に占領させたらしい。

だが、日野《ひの》城の蒲生《がもう》父子は日向の招きを固く拒んだという。当然だ。蒲生がおれの恩義を忘れる筈はない。

信孝と丹羽とは五日、大坂《おおさか》城に入ったらしい。やがて行動を起こすだろう。

感心なのは細川《ほそかわ》父子だ。父子揃《そろ》って髪を払い、倅の忠興《ただおき》は日向めの女《むすめ》である妻女を丹波《たんば》に移したとか。日向め、慌てた事だろう。

十日、善定は、日向めが山城《やましろ》に還《かえ》り、淀《よど》城の修理にかかったという噂《うわさ》を聞いてきた。

日向めの愚図はいつもの事ながら、あれほどの大事を決行しながら、何をもたしているのか。権六よ、早く攻め上ってくるがよい。

おれは刻一刻を、ぎりぎりする思いで、日向追討の会戦を待ち焦れた。

十一日、愕《おどろ》くべき報せを知った。

筑前《ちくぜん》（秀吉）の軍勢がすでに明石《あかし》を出たらしいというのだ。

本能寺の変報が筑前の許に達したのは早くても五日頃だろう。それから毛利と和を講じて直ちに馬を返したとしても、軍備をととのえるのに日数がかかる筈、殆《ほとん》ど信じられぬほどの速さだ。

が、筑前、奴ならばやるわ。常人にはとてもできそうもない早業、離れ業を、きゃつならやってのけよう。出来《でか》したぞ、筑前。

十四日夕、待ちこがれた吉報を得た。

——昨十三日申刻《さる》(午後四時)山崎《やまざき》において筑前と日向と闘い、日向大敗北、日向は勝竜寺《しょうりゅうじ》城に逃れたが、支え切れずとみて、夜に乗じて城を脱出、小栗栖《おぐるす》村で土民の竹槍につかれて死んだという。

おれは思わず大声をあげて、笑った。

呻り声ではなく、平常の笑い声が出た。

「日向め、思い知ったか!」

これも、どうやら言葉になっていた。

「上様——おめでとうございまする」

松庵もおあんも泣きながら言った。日向めの死んだことより、おれが言葉を発し得たことが嬉しかったのかも知れぬ。

自分でも、もどかしいぐらいたどたどしかったが、とに角、言葉が出せるようになった。

顔も少しは動かせるようになった。

「筑前に報らせい」

おれは、何度も、そう言った。

「はい、すぐにも私めが、羽柴《はしば》様の陣に参ります」

松庵はそう言った。

翌朝早く、寺を出ていった。

戻ってきた。

筑前は信孝と共に、安土に赴いたという。

おれの生存を知らない筑前が何を措《お》いても、おれの本拠である安土に行ってみたのは当然だろう。

十七日、筑前が京に戻ってきて、日向の首を粟田口《あわたぐち》の刑場に梟《さら》した。

そしてその夜、

「上様――筑前守様が――」

おあんが走り込んできて大声をあげた。

おれが上半身を起こした時、筑前がいつもの忙《せわ》しない様子で部屋にはいってきた。

「上様」

「筑前！」

おれは悦びに泣き出しそうになって叫んだ。われながら、あんなにとり乱した姿をみせたことは今迄《まで》一度もない。

筑前が、これほど頼り甲斐のある、可愛い、立派な男に見えたこともない。

おれの前に平伏《ひれふ》した筑前も涙をうかべていた。

「おいたわしや、上様」

筑前が、そう言っておれを見上げた時、おれは自分の顔がまだ白布で覆われていること、露出している両手も、すっかり焼けただれていることに気がついた。

悦びは一転して、惨めな暗澹《あんたん》たる気持になった。

秀抜な容貌と颯爽《さっそう》たる身ごなしこそ、おれの誇りとしたものだ。

それが——何という情ない恰好《かっこう》になったことか。

「上様、もはや御安心下さいませ、明智の残党もすべて片附《かたづ》けました。再び上様の御代《みよ》になりました。上様はすっかり御恢復遊ばすまで、ゆるりと御養生なされませ」

「筑前、このおれが——元のからだになると思うか」

「もとよりの事でございます。御養生さえ遊ばせば、日ならずして旧にもまして御健壮、凜乎《りんこ》たる御風貌となられましょう」

力強く言う。

おれは、希望と確信が湧いてくるのを感じた。

「筑前、頼みがある」

「はあ、何なりと――」

「おれの面《つら》が、おれの手足が、もと通りに、いや、それは無理であろうが、せめてもう少し見よくなる迄は、誰にも会いとうない。信孝にも信雄《のぶかつ》にもだ」

言葉はまだかなりもつれたが、筑前は完全に理解した。

「御意のままに」

「その間、そちに、おれの代理を申付ける。しかるべく計らえ」

「畏れ入りまする」

「権六はどうしている」

「未だ北国に」

「丹羽は」

「山崎合戦に加わりました。信雄君《ぎみ》、信孝君と共に」

「家康は」

「三河に」

「そちはよく毛利と手をふり切って戻れたの」

筑前は、事変を知ると同時にとった策略を述べた。

いつもながら大旦な、敏捷《びんしょう》な奴だ。

「見事、そちでなければできぬことだ」

筑前は、おれを直ちに己れの姫路《ひめじ》城につれてゆき、そこで誰にも邪魔されず、ゆるりと治療させようと言う。

おれはむろん、即座に同意した。

「しばらくお目通り出来ぬかも知れませぬ、お許し下さいませ」

別れる時、筑前が言った。

それは当然だ。当分は寸暇もなく立ち働かねばなるまい。

「筑前、頼むぞ」

おれは、奴の眼を見詰めて言った。人なつこい瞳で、奴はうなずいた。

おれは輿《こし》に乗り、船に移され、姫路城に赴いた。

筑前がおれに附けたのは石田佐吉《いしださきち》という若者である。

筑前が二なき者として寵愛《ちょうあい》しているというだけに、恐ろしく気の利いた若者であった。

おれをまるで壊れ易い宝物のように扱って姫路城内の一室に落着かせた。

むろん、おれの顔は誰にも見られぬようにしてくれたし、おれが何者かということさえ秘密裡《り》に運んだらしい。

城内での待遇は、文句のつけようのないものである。

佐吉は常住坐臥《じょうじゅうざが》、おれの側《そば》にいた。おれは醜い面をなるべく人に知られたくなかったので、松庵とおあんと佐吉以外の者の入室を禁じた。

からだの調子は、少しずつではあるが良くなって行く。

七月にはいって、或《あ》る日、急に松庵の姿が消えた。

「玄竜寺の叔父が急病の由で、お暇《いとま》願うひまもなく、昨夜出発致しました」

佐吉がそう言う。

「松庵にも善定にも、ずいぶん世話になった。充分、褒美をとらせたであろうな」

「それは御懸念なく——充分に」

「おあんにも——」

「はい」

「おあんは、どこにもやるな」

おれは念を押しておいた。おあんにもどんな事があろうと、おれの側を離れるなと固く申しつけた。

松庵の代りの医師順庵が来た。松庵より学があるらしい。曲直瀬《まなせ》家の高弟だという。

筑前のその後の様子については、佐吉が逐一報告した。

筑前は信孝を奉じて美濃《みの》に入り、日向めの残党斎藤利堯《さいとうとしたか》の守る岐阜《ぎふ》城を手に入れた。

北国から権六が佐久間《さくま》（盛政《もりまさ》）・前田《まえだ》（利家《としいえ》）らをひっつれて尾張《おわり》にやってくるらしい。権六め、今頃になってようやく腰を上げるとは、奴も老耄《おいぼ》れおったたか。

滝川《たきがわ》（一益《かずます》）は東国で北条《ほうじよう》勢と戦って大敗し、伊勢《いせ》・長島《ながしま》に逃げ戻っておるとか。

毛利は筑前との和平条約を守って、あえて侵攻は試みぬらしい。律義なことよ。

信雄、信孝には会うてみたい。

権六にも会うて、一喝喰《く》らわしてやりたい。滝川も、丹羽もだ。

が、待て、この面で。このからだではいけぬ。せめてまともに口が利け、立居振舞いができるようになってからでなければ。

「両若者（信雄・信孝）をはじめ、柴田、丹羽、池田《いけだ》（恒興《つねおき》）、滝川らの諸将、ことごとく尾張にお集りになり、上様御養生中の方針について御会談ある由でございます」

七月初め、佐吉がそう言った。筑前がその結果を報らせにくるだろう。

三

「顔の布をとれ」

おれはおあんに命じた。

この暑さに顔を覆っているのはやり切れなかったし、自分の面が一体どのようになっているかも知りたかった。

「それは、上様、順庵殿の御意見も伺ってみませぬと――」

「とれ」

おれは断乎として言った。

おあんが、背後に回って、おれの顔をぐるぐる巻いている布を剝がしてゆく。

顔面に風があたって、爽やかだった。

だが同時に、己れの恥部をむき出しにしてゆくような後めたさもあった。

おあんが、白布をまとめてうずくまる。

その俯向《うつむ》いた顔つきに、得も言われぬ哀しみと愕きとの混っているのをみた。

「おあん、鏡を持って参れ」

おあんはおれの顔を仰ぎ見た。

泣き出しそうな眼つきだ。

だが、おれの命令には抗し得ないと観念したのだろう。次の間に出ていって、
多分自分のものらしい手鏡を持ってきた。

おれは、その鏡におれの顔を映してみた。

思わず息を詰め、唇を嚙んだ。

――こいつが、おれか、この怪物が。

正しくそれは怪物のつらだった。おれの、あの秀麗な相貌はどこへ行ってしまったのだ。この、見るも忌わしい、醜くひきつり、赤くただれたつらが、おれのつらなのか。

おれは長い間、鏡を見詰めていたが、そいつを畳に叩きつけた。

「おあん」

「はい」

「このつらに、すっぽり被せる頭巾のようなものを拵《こしら》えてくれ、ぐるぐる捲いているのは暑くてかなわぬ」

精々気を落ちつけて、そう言った。

怒っても泣いても、どうにもならぬことだ。恐らくおれのつらはこれ以上良くはなるまい。さりとてこのつらをその儘《まま》、人に見られることはとても我慢がならぬ。白布の覆面でも被っているよりほかあるまい――おれは、そう心を決めたのだ。

つらがどう変ろうと、このおれが天下人の信長《のぶなが》であることに変りはない。おれの顔も、おれの才能も、おれの気力も、衰えてはいないつもりだ。言語のもつれや、足腰の不自由は、必ず癒してみせる。

このおれが、天下人の信長が、つらを醜くした位のことでへこたれて堪《たま》るか。

おれが案外、毅然としているので、おあんも少し心を安んじたらしい。

「上様、何とも申し上げようもございませぬ」

「よせ、男は、つらではない」

おあんは早速、白覆面を作ってくれた。

その夜、全く思いがけなく、筑前が姿を現した。

「申訳ございませぬ、上様、どうにも身体《からだ》が三つあっても足りないほどの忙しさで、ついつい御見舞も出来ませず——あ、少しはおよろしくなられましたか」

繃帯《ほうたい》がとれて白い覆面になっているおれのつらを見て言った。

「つらはけだもののようになった。お前にもおれのつらを見て言った。

「まさか、そのような」

「お前のことを、猿面とか禿《は》げ鼠《ねずみ》とか言うて笑ったが、今のおれは丸焼けの猩々《しようじよう》よりひどいつらだ」

筑前は眉をひそめ、瞳を落とした。

「上様、ではお顔は拝見致しませぬ。この藤吉郎の瞳には、あの輝くばかりお美しく凜々《りり》しかったお顔がぴったりと張りついておりまする」

「そのままにしておけ——それより筑前、その後の天下の形勢を聞こう」

「されば本日参上致しましたのはその儀につき、是非とも御力を御貸し頂きたく——」

「何かあったか」

「一大事――」

きっと二重瞳孔をあげた。こいつの眼は、時々、実に奇妙な光を放つ。このおれでさえ、ふっと視線をそらさせられることがある。妙な奴だ、こいつ。

「勿体《もったい》ぶらずに言え」

「柴田殿が、上様に御隠退頂き、信孝様を織田家当主と仰ぐべしと主張され、これに賛同するものが続出しております」

「なにい、このおれを隠退させろ！」

おれは思わず呶鳴《どな》った。

「柴田殿は上様に拝謁したいと度々私に迫りましたが、私は上様の御意に従い拒みつづけておりましたところ、ついに、上様の御病状がそれほど悪く、老臣のわれらさえ拝謁できぬほどならば、織田家の為には上様に御隠退願って、信孝様に後を嗣《つ》いで頂くほかない。天下の政《まつりごと》をとる方が、いつ迄も人前に姿を見せぬでは、人々が納得すまい――と言い出されたのでございます」

「ばかな、信孝如《ごと》きにおれの代りが務まるか、権六め、何をうろたえおる」

おれの倅はみなロクでなしだ。死んだ信忠がまだしもましだった。信孝・信雄ともにものにならぬ。

「柴田殿は、信孝様御元服の際、烏帽子親《えぼし》をつとめられたこともあり、かねてより――」

権六め、信孝を木偶《でく》人形にして、おのれが織田家の実権を握るつもりか。

「ならぬ、断じてならぬ。おれは隠退などせぬ。おれのからだがもう少し自由に動くようになるまで、筑前、お前や丹羽・池田などでしかるべくやってゆけ」

「はあ、そのつもりではおりまするが、何分にも柴田殿はお家第一の重臣、滝川・佐久間の諸氏も同心のこととて、私めにはなかなか対抗できませぬ。近日中に重臣一同、清洲《きよす》城に会同の予定、恐らくその際、柴田殿は反対を押切って、信孝殿を御家督に推すでございましょう」

「許さぬ、そのような事はならぬ」

「上様、この藤吉郎、もとよりその際には絶対に反対致しまするが、万一、力及ばざる時、上様の御力にすがりとうございます」

「どうせよと言うのだ」

「上様がその席上にお姿をお見せになり、一喝して頂ければ、それで万事落着致しましょう」

そうだ、おれが出てゆきさえすれば、権六など平蜘蛛《ひらぐも》のように這《は》いつくばるだろう。あの鬼瓦め。信孝などは、がたがた震え上るにちがいない。

だが――それだけに、このよたよたした姿はみせたくない。

「おれが、姿を見せねば収まらぬか」

「出来る限り、私めが頑張ります。多分、何とか柴田殿を押えうるとは存じまするが、万一の場合を考えて、上様に清洲城へお出ましを願いとうございます」

「清洲へか」

なつかしい城だ、行ってみたいと思う。

「むろん、内密に御伴《つ》れ致します。上様の御出馬をまたずに柴田殿を説得できれば、そのまま、そっとこちらへお帰り頂きましょう、誰にも気づかれずに」

おれは、承諾を与えた。

――明朝早く尾張へ向いまする故。

と、筑前は別れの挨拶をして退《さが》っていった。今日姫路に来た許《ばか》りだというのに、せわしない男だ。

おれは三日遅れて、清洲へ潜行する。手配は一切佐吉がすることになっている。

おれは、翌日から、杖にすがって歩行の稽古を始めた。

少しでもからだを反らせ、堂々と、威厳のある歩き方をせねばならぬ。天下人の信長らしい歩き方を。

同時に、佐吉を対手《あいて》に、大声を出して早口にしゃべる練習もつづけた。

以前のおれは、鋭く大きい力強い声で、はげしく迸《ほとばし》るように命令を伝えたのだ。そのようにせねばならぬ。中風やみのような、もたもたした話し方では、天下人にふさわしくない。

三日の間、夢中になって、発声と歩行の練習に努めた。

海路、尾州《びしゅう》に向ったのは四日目だ。

姫路城を離れたのも、清洲城に入ったのも、夜半である。佐吉がうまくとりはからって、何人とも顔合わすことなく、清洲城内の筑前の陣舎に落着いた。

城内には信孝・信雄の他に、柴田以下の重臣連中がすべて集っているらしい。

筑前がどこまで彼らを対手に、おれの意思を押し通し得るか。

おれの出番はあるのか。

柴田以下すべての奴らが、愕き怖れて平伏する情景を考えると、姿をみせてやりたくもなる。

だが、白頭巾をひっかぶったこの惨めな姿はやはりみられたくない。発声も急にはよくならなかったし、足許もまだよろめく。

彼らの脳裏に刻みつけられている、

――怖《おそ》ろしく素晴しい神の如き主君。

という幻想をこわしたくはない。

今日、城内の大広間で一同の会議が行われるという日、おれは複雑な期待と拒絶の中間に、いらだたしい時を過ごした。

戌《いぬ》の刻（午後八時）、筑前が走り込んできた。

「上様、すみました。柴田殿の申し出は押しつぶしました。従来通り、上様御指示の許に、私めが采配をふるわせて頂きまする」

よかった、と思う反面、少からぬ物足りなさも感じた。

わざわざ清洲まで出掛けながら、おれは誰にも会わず、その夜のうちに再び船に乗り、姫路へ戻った。

四

やりきれぬ程退屈な日が続く。

もともとおれは、寸刻も無為に過ごすことが嫌いなたちだ。絶えず、頭も心もからだも動かしていなければ済まないのだ。

そのおれが、残暑きびしい毎日を、姫路城内の一室に、なすこともなく閉じこもっていなければならない。

おれは苛々した。

だが、癇癪《かんしゃく》を破裂させる対手は、おあんと佐吉と順庵ぐらいのものだ。

おあんは女、まともに対手にはできぬ。

佐吉は、ずる賢い奴だ。おれが呶鳴り出す前にさっと姿を消す。

結局、一番どなられるのは順庵だ。

「やぶめ、早くおれのからだを癒せ」

おれは何十度となく奴に呶鳴った。

だが、この男、石頭なのか不感症なのか、一向に気にする様子がない。

以前のおれなら、とっくにぶん殴るか、蹴り上げるか、坊主頭を叩き斬るかしていただろうが、このからだでは力も出ないし、刀も揮《ふる》えぬ。

じりじりして、わめくだけだ。

順庵めは、おれが呶鳴るだけで、何も出来ぬのを見越してか、しぶとく構えている。

「松庵はどうした、松庵を呼び戻せ」

おれは佐吉に言った。

「上様、松庵は河内に戻りましたまま、行方不明でございます。善定は死亡致しました由」

「では、他の奴を呼べ、順庵如きヤブではだめだ」

「上様の御容態は極秘に致せとの筑前守の命令を承《う》けております。医師を替えますれば、それだけ外に洩れる恐れがございます」

——では、順庵を斬れ。

以前のおれならそう叫んだろう、だが、今はそれを言えなかった。どこか心が、気が、弱っているのだろう。

「順庵は名医でございます。彼にお委《まか》せ下さいませ」

佐吉はそう言う。

おれには、そうは思えぬ。

一向にからだの回復が思わしくないのだ。

「筑前はどうした、筑前を呼べ」

おれは、そうも叫んだ。

佐吉は、いやに落着いて答える。

「筑前守は、京で、尾張で、伊勢で、縦横の働きを致しておりまする。上様御病気中のため、至る処で叛乱《はんらん》が起っており、筑前守ただ一人で八面六臂《はちめんろっぴ》の奮闘中でございます」

そう言われれば、その通りだろうとも思う。

おれが健在だった時でさえ、四方のうじ虫どもは、少し目を離すと蠢動《しゅんどう》しおった。

おれは、自分のからだの回復の遅々としていることが、まだるこしくて堪らない。

何とかして自分の力を、その回復を、自分の目で確かめたかった。

おあんが、その試みの台となった。

おあんがおれに湯浴《ゆあみ》をさせてくれている時だった。

おれは、急にむらむらとして、おあんに襲いかかった。

「上様、何を遊ばします」

おあんは愕いて、おれを押し返そうとした。むろん、おあんが全力を尽したら、不自由なからだのおれは、おし倒されたに違いない。

だが、おあんの心にためらいがあった。

おれに怪我《けが》をさせてはならない。おれに痛みを与えてはならない――そのおあんの心づかいが、おれの突然の狂暴な行為を成功させた。

おれは、おあんのからだの上で、呻き声をあげた。

久しぶりの行為だった。

――おれは、出来るのだ。もう、女を所有することもできるのだ。

おれは勝利の声を喉許で殺した。

妙なものだ。

その時から、おれはおあんに、この三十の半ばを越した不器量な女に情愛を感じた。

恐らく、長い間、女から全く遠ざかっていたためだろう。しかし、おあんの全身全霊を捧げての奉仕を、おれがいつの間にか、有難いと思っていたせいでもある。

万人にかしずかれてそれを当然のことと思い込んでいたおれにしては、妙に殊勝な感慨だといってよい。

おれは、しばしばおあんを抱いた。

おあんは消え入るような羞恥の状の中に、あきらかにそれと分る歓喜の貌《さま》をみせる。

打ちとけて話す対手もない日々の間に、おれとおあんの間に、ただの情愛以外のきずなが結ばれてゆくようだった。

「おあん、どうもおかしい」

おれは夜、臥床《がしょう》の中で、傍らに臥《ふ》しているおあんに言った。

「何がでございます」

「筑前が全く姿をみせぬ。いかに忙しくとも、もう、一度ぐらい現われてもよい筈だ」

「はい、私も、そう思うておりました」

「佐吉めに問い質《ただ》すと、何のかのと言い逃れおる」

「石田様は――」

「佐吉が、どうなのだ」

「賢すぎて、いっそ怖ろしゅうございます、心の底で何を考えておられるやら」

「おれもそう思う、きゃつ、何か隠しておる。それも、もしかしたら筑前の命令によってだ」

考えれば考えるほど、おかしな事が多かった。

この姫路城で、おれはどのような存在として扱われているのか。

柴田や丹羽以下の家臣たちが、おれが生存して姫路城で養生していることを知っているのならば、ここでおれの存在を秘密にする必要はない筈だ。

おれが誰にも会わないとしても、おれが、この信長が、城中にいることは、公表してもよいことではないか。

しかるに、おれとおあんは、たった数部屋の小建物に全く隔離され、しかもおれがここにいることは秘密にされているらしい。

おあんがこの一郭から外に出ようとすると、忽《たちま》ち外から番士が、それを鋭い声で禁止したという。

佐吉に、外出を要求しても、

「なりませぬ、筑前守殿の御命令です」

と、一蹴されたという。

これでは、おれはまるで囚人ではないか。

「奇態なことでございます。筑前守様は何故、上様と外とをこんなにも隔ててしまうのでございましょう」

おあんが言う。

全くその通りだ。

――もしかしたら。

急にドス黒い疑惑が、おれの頭の中をさっと横切った。

――もしかしたら、筑前が、故意におれを柴田以下の老臣たちから隔離し、おれの意思と称して勝手なことをしているのではないのか。

いやいや、そんな事はあり得ないと、おれは打ち消した。

筑前は、必要とあればおれを皆の前に出すつもりで清洲までつれていったではないか。

おれが、この姿のまま皆に会う気になれば、いつでも会えるのだ。今迄誰にも会わなかったのは、他ならぬおれ自身の意思によってだ。筑前が強要したのではない。

「上様、差出がましゅうはございますが」

おあんが言い出して口ごもった。

「何だ、遠慮なく言え」

「上様、柴田様その他の方々に、お会いになっては如何でございましょう。皆さま、お家の重臣、上様がどのようなお姿であられようとも、御忠誠のお志に変りはなきものと存じます」

そうかも知れぬ、いや、そうだ。おれのつらがどう変ろうと、信長であることに変りはない。おれのからだが多少不自由だろうと、おれが彼らにとって主君であることに変りはない。

外形にとらわれ、自分を現わすことを恥じたのは婦女子の情ではないか。天下人信長はもっと自信を持つべきではないか。

「よし、おあん、みなに会おう」

おれは、佐吉にそれを要求した。

佐吉は、恭々しく頭を下げた。

「承りました。早速、筑前守に上様の御意を伝えましょう」

おれは筑前からの返事を心待ちにした。

老臣たちに会う日に備えて、また、歩行を習い、発声を訓練した。

筑前からの返事は、容易に返ってこなかった。

「筑前守、東奔西走、容易に居所も判明致しませぬ。もうしばらく御猶予を賜わりとう存じます」

佐吉は恐縮してそう言う。

暑い夏も去って、秋が来た。

おれの部屋をめぐる狭い庭にも、しっとり夜露がおりた。

おあんを抱いて寝て、ふっと夜中に目が醒めると、雨戸に雨が降りしぶく音がした。

そして、冬が訪れてきた。

おれはとうとう、堪忍袋の緒を切らした。

明日、日限を切って筑前の出頭を命令し、それが実現しない時は、この一郭から出て行って、城内のすべての者に、天下人信長として命令する。

――おれを奉じて京へ上れ。全織田家臣団に京に集れと布達せよ。

と。

おれはそう心を決め、久しぶりにゆっくり眠りについた。

五

城北の林を高く鳴らして、一日風が吹き荒れることがあった。庭の桐《きり》の木立のあたりに重く、暗く、厚い靄《もや》が立ちこめることもあった。待ちに待った筑前からの返事は、依然としてやってこない。

――明日は、この座敷牢《ざしきろう》のようなところから出る。遮る者は容赦せぬ。刀は揮えなくとも、この信長の一喝で慴服《しょうふく》させてみせよう。

おれは、そう心を決めたのだ。

今宵は、独り寝る。明日に備えて、精気を温存しておかねばならぬ。

おあんは、隣室にのべられた床にいる。

眠りについたおれは、隣室の物音に目を醒ました。

おあんが起きた様子だ。

廊下に出てゆくらしい。

何か話声が聞こえた。低い、こもった声だったが、異様な驚きを秘めた声だ。

間もなくおあんが、おれの部屋にはいってきた。

「もし、上様――」

「眼は醒めておる、何事か」

「松庵どのが――」

「なにっ――」

「おしずかに、番士どもに気付かれます」

松庵がはいってきた。

ひどく面変りがしていたが、松庵にちがいない。

「上様」

と、言ったきり、おれの床の裾にべったりからだを伏せて泣き出した。

「松庵、しっかりせい、一体どうしたのだ、このような時刻に、突然」

「申訳ございませぬ」

「詫《わ》びんでもよい、お前は死んだか――殺されたのではないかと思っていた。よく無事でいたな」

「上様、私が殺されたかも知れぬと――よくお解りでございましたな」

「段々分ってきた。解らぬことばかりだったがな」

「何とも申上げようもない奇怪なことになっております」

「先ず、話せ、お前のことを」

「はい、お聴き下さいませ」

松庵は善定の使者なる男から、

――善定危篤、すぐに来てくれ。

という言伝《づ》てを聞いた。

たとえ兄が危篤でも、病臥の主君を措いてゆくことはできぬと答えたが、傍らにいた佐吉が、

――上様には私から申上げておく。医師は直ちに代りを侍《はべ》らせる故心配ない。上様をお助けした善定、せめて臨終になどいてやるがよい。

と言われ、その場から出発した。

玄竜寺についてみると、善定は死んでいた。それはやむを得ぬと諦めたが、妙な噂を耳にした。

――善定は、毒殺されたらしい。

というのだ。

噂の真疑を確かめようとしていると、その夜、刺客に見舞われた。

手傷を負いながら辛うじて逃げおおせたのは、幸運と言うほかはない。

兄の死といい、己れの奇禍といい、何ものかが自分たち兄弟を亡き者にしようとしていることは明白である。

とすれば、それは、二人が共通にもっている秘密――この信長の生存――を他

人に洩らさぬ為であろう。

——筑前守。

と、対手の察しはついたが、兄にせよ自分にせよ、それを口外する筈のない身だ。

——何故か。

松庵は、その理由を疑ったが、それはすぐに氷解した。

巷《ちまた》の噂によって、愕くべきことが分明したのだ。

すべての人々が、

——右大臣家（信長）は、六月二日払暁、本能寺においてお果てなされた。

と信じているのだ。

信孝・信雄を始め柴田、丹羽、池田、滝川らの諸将悉《ことごと》く、おれは死んだものと信じているらしい。

——これはどうしたことだ。筑前守は、上様の御生存を誰にも告げていないのか。それだからこそ、それを知っている兄を殺して、おれを殺そうとしたのか。

松庵は、眼からうろこが落ちるような思いだった。

——何故、筑前守は、上様の御生存をかくしているのか。

答は一つしかない。

自分が、上様に、とって代るつもりだからだ。

——愕くべき邪曲、これを上様にお報らせしなければ。

松庵は姫路にとって返した。

が、城にはいる訳にはゆかない。城下の民家に住み、眉を細く剃《そ》ったり、髭《ひげ》を蓄えたりして顔形を変えた。

京から来た医師と称して、患者をふやしていった。

城中の武士の診察もするようになった。

城にいた頃、接触したのは佐吉の他数人だけだったので、身許が曝露《ばくろ》することはなかった。

今夜は、城中の患家を診《み》てから姿をかくし、ようやくこの一郭に辿《たど》りつき、高い築地塀《ついじべい》をのり越えて、戸をそっと叩いたと言う。

聞きながらおれは自分の耳を疑った。

己れの心の臓の鼓動が、大波のように轟《とどろ》くのを聞いた。

そうか、何という恥知らずの奸謀《かんぼう》。

筑前め、企《たくら》みおった。

――上様の御指揮の下に、諸将力を合わせて。

などと殊勝気に言いおって、その実、おれの生存は誰にも告げず、おれの天下を盗みとろうとしているのだ。

だが、清洲におれを連れていったのは、何の為だ？

この疑問も、松庵の話が解いてくれた。

松庵は、城下にいる三カ月余の間に、心を配って情報を集めていたのだ。

筑前めの言っていた清洲会議なるものの内情を、初めておれは知った。

権六の陰謀を抑えるための会議ではない。

権六は本当におれが死んだと信じて、織田の家督を信孝に嗣がせようとしたのだ。

筑前めは、三法師《さんぼうし》（信忠の子、信長の孫）を擁立した。幼児を擁して実権を握ろうという下心だ。

会議前の形勢は、権六の方が優勢に見えた。成り上りの筑前に対する反感が強かったのは当然だろう。

筑前は、万一、会議の席上、自分の説が敗れたら、おれを引張り出して、

――上様の上意。

と称して権六を抑え、権六を権勢の座から放逐するつもりだったに違いない。

おれの生存を隠していたのは、おれの安全を図り、反覆の真意測り難い諸人の、真の心を知るまでの便法だったとでもいい抜けたことだろう。

だが、権六が敗れた。

もはや、おれの出現は必要でない。

いや、もう、おれの生存は、筑前にとって不要であり、邪魔である。

「筑前め、では、なぜ、おれを殺さないのだ」

おれは言いようもない憤りと、背筋の凍るような哀しみとを同時に感じた。余りに信じ切っていたものに完全に背かれると、怒りよりも寂しさが、魂を冷たくするのだ。

「上様、筑前守は、もはや、上様を亡きものに致しました」

松庵が、沈痛な声で言う。

「亡き者同然の身だ。だが、何故、生かしておく」

「ここに生きておいでの上様は、もはや右大臣信長様ではありませぬ。信長様はお亡くなりになりました。盛大な葬儀も、大法要も行われました」

「なにッ！」

そこまでやったのか、筑前め。

十月九日、筑前の奏請により、故右大臣正二位織田信長に太政大臣従一位が贈られ、大徳寺《だいとくじ》において大葬儀が行われた。

当日、万余の兵士の警固する中に、羽柴秀勝《ひでかつ》が棺《ひつぎ》をかつぎ、筑前守秀吉は太刀《たち》持をつとめた。信孝も信雄も、柴田も滝川もこの葬儀には加わっていない。筑前一人の手で、おれの葬儀は行われ、おれの為に新しく位牌所総見院《いはいじよそうけんいん》が建てられた。

筑前は、帝《みかど》から賞詞を賜り、従五位下に叙せられ、左近衛権少将に任じられた。

もはや、誰の目にも、

——織田家の大業を継承するものは、羽柴筑前守秀吉。

と見られているという。

「外道め、とうとう、このおれの葬儀までやってのけたか」

おれは、余りのことにただ唖然《あぜん》として、しばらくは思考の力が動かなかった。

「おれは死んだ。ここに生きているこのおれは何者だ」

しばらくして、おれは独り言のように呟《つぶや》いた。

松庵の返事が返ってきた。

「城内の者が囁《ささや》いているのを耳に致しました。あの一郭にいるのは筑前守殿の叔父御、不治の病にて心狂うている方とやら、筑前守殿もあのような肉親を持たれては、心苦しいことであろう――と」

六

いよいよ今夜は、城外に脱出する。

三日前の夜、松庵が立去る前にすべての打合せは済ませてある。

おれが信長であることを明言して郭外に出ることは不可能なのだ。佐吉めは直ちにおれを、

――狂人。

として捕え、今度は本当の座敷牢に押し込めてしまうであろう。

ひそかに脱出するほかはない。

どこへでもいい、筑前めの手の届かぬところに脱れ、権六か長秀か、信孝か信雄か、いや家康でもよい、反筑前の領国に辿りつくのだ。

復活した信長、蘇生した信長――世人は驚倒するだろう。筑前の奸悪は、全天下に知れ渡る。

どのような武人もきゃつには味方すまい。

おれはきゃつを討伐し、ひっとらえ、きゃつのつらを土足でふみにじり、きゃつを磔刑《はりつけ》にし、きゃつのされこうべに尿《いばり》をひっかけてやる！

脱出を助けてくれる者は、松庵以外に一人もいない。

が、松庵は死力をつくして、うまく手筈をつけていてくれる筈だ。

おれは床についた。

子《ね》の刻（十二時）まで、待った。

半刻前、おあんが、すっかり身支度をととのえてやってきた。

「上様、参りましょう」

「おお、頼むぞ」

杖をもっておれは起《た》ち上った。足は少しもたつく。だが大丈夫、歩ける、気力はいつもの十倍にも張り切っているようだった。

雨戸を繰って、庭に出た。

白く冷たい、悽愴《せいそう》な感じの月が出ている。

塀の下に、おあんが、部屋にあった文机《ふづくえ》を持ってきて置いた。

おれはその上に乗り、塀に手をかけた。

おあんが必死になって押上げる。

どうにか、塀の上にのぼった。

手を伸ばして、おあんを引張り上げた。

そんなことが出来ようとは思いもよらなかったほど、腕は動き、力が出た。

塀の外に出た。

塀に沿って走った。よろぼいながら、幾たびも転げながら、裏手に走った。

松庵の走ってくる姿が、凍《い》てた路《みち》に現れた。

「上様、遅れました。ようこそ塀を——」

「うむ、何とかやってのけた。裏門の番士どもは」

「はい、睡《ねむ》り薬を入れた酒でつぶしました。それに時間がかかって」

「よい、急げ」

裏門を抜け、海岸に出た。

海は、月の光の下で大きく白い鱗《うろこ》のようなうねりを見せている。

小舟が一艘《そう》、岸に寄せられていた。

「あれでございます」

三人が、小舟に馳せつけた。

酒に酔うた船頭が、舟底から頭を上げる。

「船頭、舟を出せ」

松庵がせき込んで言ったが、船頭は頭をふった。

「風が凪《な》いでしまったで、これじゃとても遠くまでは出られやしねえ」

「行けるだけ行け、約束だぞ」

「約束したが、風がなきゃだめだ」

「とに角、沖へ出てくれ」

「うんにゃ、だめじゃ」

おれは堪りかねて叫んだ。

「船頭、舟を出せ、余の命に従わぬとただでは済まぬぞ」

船頭は舟から砂地に飛び下りた。

「へっ、大層な口を利きなさる。いやだと言ったらどうする気だ」

「松庵、ぶった斬れ」

船頭が、横に素っ飛んだ。

「斬る？　へえっ、女交りの三人連れがこの夜中に海に出るとは、どうせロクなことはしていねえからだろう。その上、おれを斬るってのかい、斬ってみろ」

酔っているらしい。

――しまった。

とおれは後悔した。

「船頭、頼む、舟を出してくれぬか」

松庵が哀願した。

その刹那、おあんが、悲鳴をあげた。

「上様、城兵が――」

十数人が、こちらに向って走ってくる。脱出に気がついたのだ。

先に立っていたのは、佐吉だった。

船頭が叫んだ。

「お城の方々、よく来て下さいました。今、この人たちが、舟を出さねばおらを斬ると脅しなさって」

佐吉は船頭を無視し、部下に命じた。

「こちらを、城へおつれ申せ」

おれは、手にしていた杖を揮ったが、すぐに叩き落とされた。近寄った奴を足蹴にしようとしたが、ふらついて倒れそうになった。

「構わぬ、縛れ」

佐吉が言う。

「外道め、たやすく余のからだに触るな。余を誰だと思う。右大臣信長だ。退れ、下郎共」

おれは怒号した。

佐吉めが、嘲笑した。

「さようさよう、右大臣様、いえなに、太政大臣さま、それとも将軍家とでも申し上げましょうか。畏れながらお城にお戻りのほどを、願い上げまする」

こやつ、おれを狂人と思わせようとしているのだ。果して、士卒の中で、忍び笑いをする奴がいた。

「無礼致すな、こちらはまこと信長公でおわすぞ」

松庵が、おれに縄をかけようとする士卒を制しようとしたが、次の瞬間、

――わっ。

「無礼者！」

と声をあげて、砂の上に仰向けに倒れた。

背後から佐吉が、袈裟《けさ》懸けに一刀を浴びせたのだ。おあんが、顔を覆った。

「うぬ、佐吉め！」

おれは、佐吉を睨《にら》みつけたが、きゃつはそ知らぬ顔で、士卒を促した。

おれとおあんとは、縛られて、城内につれ戻された。

部屋に入れられたのは、おれ一人である。

永い間、縛られたまま放置された。

佐吉がはいってきて、縄をといた。

その胸にからだをぶっつけてゆき、やつの髷《まげ》をつかもうとしたが、たわいなくつき倒された。

「お静かになされませ」

「外道め」

佐吉はにやっと笑っただけだ。

「人非人め」

「恥知らずの、恩知らずの、うじ虫め――とつけ加えまするか」

おれは唇をふるわせて口をとじた。こんな下司《げす》とは口を利きたくない。

「上様、どうやら万事、お解りになったようでございまするな。お察しの通り、私の主人筑前守は、上様の生存を凡ての人にかくしたまま、人々も上様をも欺いておりました。筑前守はもう上様に顎先でこき使われるのにあきあきしておったのでございます。苛酷な、我儘な、自惚《うぬぼ》れのつよい、癇性《かんしよう》の、いや半病人ともいうべき上様にお仕えするのは、誰しも嬉しくはございますまい。上様が明智日向守に殺されたと聞いて、織田家中のすべての者はホッとしたに違いありませぬ。ところが上様は生きておられた。筑前守が、上様を殺さなかったのは、まだ上様を利用する機会があるかも知れぬと思うたからでございます。が、それも、清洲の会議で、筑前守が勝利を得てみれば、もはや上様は全く必要なしということになりました。その時、すぐに殺して差上げてもよかったのでございます。現にこの佐吉は、そうせよと筑前守に申し上げました。しかし慈悲心の深い筑前守は、とにかく以前の主人、殺さずに済めば生かしておこう。このまま病人としておとなしく暮らすつもりならば、充分にもてなして差上げるがよい。が、万一、どうしても御不満ならば、やむを得ぬ。その方しかるべく計らえと申しました。上様、如何なされます」

おれは黙っていた。怒りが余りに甚だしく、口が利けなかったのかも知れぬ。

「おとなしく病人として余生を送られるおつもりなら、もう少し広い屋敷にお移ししましょう。若い女子《おなご》も差上げましょう、おあんのような不器量なばでは余りにお気の毒。その他お望みのことは何なりとかなえて差上げますが、ただ余は右大臣信長だなどということは決して再び口にされてはなりませぬ。狂人のざれ言にしても、度が過ぎまする。あなた様は筑前守の叔父、尾張の木下久兵衛でございますぞ」

まるで赤児《あかご》をさとすように言いおった。この青二才が。

世が世であればこんな若造、おれの草履の裏でもなめさせてくれる奴だ。

「いかがでございますか、木下久兵衛殿、お答え頂きましょう」

佐吉が少し語調を強めた。

「痴《し》れ者、退れ、おれは信長だ」

「はて、お聞き分けない。どうあっても」

「問答無用」

「では、残念ながらお腹召して頂く」

佐吉が脇差を抜き放って、おれの前に置いた。おれはそいつを握って佐吉めの胸に向ってつき出した。

佐吉はおれの手から脇差をもぎとり、ゆっくりとおれの目をみつめ、そいつを、おれの鳩尾《みぞおち》に深く突き刺した。

五味康祐

仙術「女を悦ばす法」

1

「手段《てだて》があると？　言うてみい」

「………………」

「治部《じぶ》、どのようなこと申しても、おれは慍《おこ》らんぞ。――言うてみいや」

「おなご共を下さるなれば」

「おんなを呉《く》れてやる？」

「――は」

「誰にじゃ」

「相成るべくは、日頃、艶福ならざる者がよろしきかと。たとえて申そうなれば可児新兵衛《かにしんべえ》あたり――」

治部少輔石田三成《しょうゆういしだみつなり》の目は、うっすらと笑いをうかべていた。

「おれの古手を、あの強情者にか」

秀吉《ひでよし》は意外にまともに思案する目つきになって、チラと上眼《うわめ》に三成を見据え、

「おのれ、本心は何じゃな」

「?……」

「ずいぶんとこれまで、その方がすすめる玉房術を行《おこ》のうてきた。茶々《ちゃちゃ》をはじめ側妾《そばめ》にの。それを今になって、臣下へ呉れてやれとはチト理に合うまいが? まして や可児ごとき不器用ものに遣わしたとて、女ども満足すまいぞ。じれったがって喃《のう》。じれさせるが、本心か? 肚《はら》の底は、何じゃい?」

「いつもながら、殿下がご慧眼《けいがん》、畏《つか》れ入り奉《たてまつ》りまする——」

素襖《すおう》の袖をさばいて床へ手を支え、三成は上座の秀吉に頭《こうべ》を垂れた。でもあげた顔は、さっきより、一そう複雑にわらっていた。

「何事も御儲君《ちょくん》を得ん為にござりまする」

と言った。

卜《ぼく》先生と呼ばれる不思議な老人が、深草《ふかくさ》の里はずれの大岩社《おおいわやしろ》なる祠《ほこら》の内に棲《す》んでいる。土地の者は仙人が遷俗なされたお姿じゃと崇《あが》め、拝んでいるそうだが、この卜先生をふとしたことで石田三成が識《し》った。

むかし、秀吉のまだ天下を取らぬ以前に、籠の小太郎《こたろう》なる仙童を三成は目撃し

ているので、百姓達より仙術のことにくわしい。そこで久米仙人やら、鉢を飛ばして米を掠《かす》め取った仙人、白箸の翁《おきな》、はては役小角《えんのおづぬ》が朝鮮《ちようせん》にいた説などを、いろいろ問答するうちに、卜先生がこんなことを言った。

「御辺《ぎよへん》、人を馬の蹄《ひづめ》にかけたことはないか？　つまりじゃの、路上にて人を蹴散らしたおぼえは？……なに、ある？……ふーん、むごいことしたの。崇《たた》りが出はじめておるわ」

「たたりと申すと？」

「歳《とし》をとらん」

「――は？」

「三年に一度のわりでしか、御辺、歳を取れぬわい」

そのわけは――

本能寺《ほんのうじ》で信長《のぶなが》が明智光秀《あけちみつひで》に誅《ちゆう》されたと知って、中国路《ちゆうごく》より、驀地《まつしぐら》に秀吉は京にとって返し、山崎《やまざき》の合戦で明智を討って遂《つい》に天下を掌握したが、その疾風怒濤《どとう》の勢いで京へ向う途中、麾下《きか》の武将が街道すじで行人を蹄にかけたことがある。それが石田三成であった。足蹴にされたのは仙童であった。為に、仙童小太郎の携えた摩訶《まか》不思議な匣《はこ》の祟りで、常人とは総《すべ》てに成長がおくれ、三年に一度の割でしか歳を取れなくなったというのである。

「奇怪な祟りもあるものですな」

三成は、失笑して、さほど気にも留めなかったが、この咄《はなし》を笑い草に聴かされた秀吉は、面色《かおいろ》が変った。

「歳を取らんと？　……う、うらやましきこと耳にするものかな。おれも足蹴にしたい。ほかにも仙童はおろう、草の根わけても、見つけ出せいや」

無理な話である。仙人やその薫陶をうける仙童が、そうざらにいるわけはない。と云《い》って卑賤《ひせん》より身をおこし、位人臣をきわめた豊臣《とよとみ》秀吉に、不可能はない。

「仙童がおらんのなら、かまわん、そのトとやらを引き連れて来い。蹴散らしてやる」

一たん斯《こ》うと言い出せば、やりかねぬお人である。三成は困《こう》じ果ててこの旨を大岩祠のト先生に伝えた。

「造作もないことよ」

ト先生は言った。

「歳を取りとうないなら、一日に十人の若い女と寝るがよい。ただの女ではつまらんぞ。濡《ぬ》れるような黒髪に、ほっそりした目の、肌理《きめ》こまやかで色の白い、指の節《ふし》の目立たず繊《しな》やかで、中肉中背がよいな。毛深いのはあかん。腔《こう》あくまで深く、丹穴は高目にあってその周囲の肉づきふっくらとし、毛は少ないがよい。震《しん》旦《たん》の黄帝《こうてい》は、千二百人の女人を御して登仙した。つまり仙人になれたわけじゃ。俗人はただ一人の女房で終る。知と、不知との差の何と大きくかけはなれておることよ」

「しかし先生」

三成は言った。「太閤《たいこう》殿下なれば、十人が百人のおなごを集い召されるもいと容易《たやす》うはござるが、なにぶん、一日に十人を相手では下のほうが」

「勃《た》たん？　阿呆《あほう》、そりゃ精を泄《も》らすからじゃ」

こともなげに卜先生は言い、「よいかい、仙経が教えに、こう説かれておる。

——男女交合の秘訣《ひけつ》は、相手を、瓦石のごとく価値ないものと思い、自分を宝玉のごとく大切にすることにある。いたずらに相手をいとしみ愛《め》でて、精を泄らすは下の下である。されば女人を御するにも、朽ちた縄で奔馬をあしらうごとく、深い孔《あな》に蚕《かいこ》の糸をおろして今にも切れはしないかとおそれるように、そろりそろりと、用心ぶかくする。かくすれば女性は陽を感じて武者ぶるいし、眸《め》はうるんで瞼《まぶた》が赤らみ、咽喉《のど》を渇かせて唾をのみこむ。丹穴は津流してまさに幽泉の涌《わ》き溢《あふ》れるごとく潤うが、それでも、玉茎の挿入は臭鼠《しゅうそ》を刺すにとどめ、雄鶏《おんどり》が雌鶏《めん》のとさかを嘴《くちばし》で小突くような勢いを示してはならぬ。せいぜい、相手の玉理を鋸《のこぎり》で切る心地で往来させるにとどめる。あとはじっとしている。それでも一物は膨張し、いよいよ強く固くなり、熱くなり、女性は快美のあまり汗を泉のごとくながし、欣喜《きんき》和楽して、その体を左右に揺すって、満足する。満足すれば、はずす。——これでよいのである。これを一夜に十人行なえば一年のいのちを得る。その数三千回にいたれば三千歳の長寿を保つ。かんたんな話じゃ。

まあ俗界に三千年も生きてみたとて退屈ゆえ、程よいところ、一日六、七人もの女を抱けばよいじゃろう」

この旨を戻って三成は秀吉に伝えた。

「おもろい先生じゃな」

秀吉は即座に言った。「よし、いちど逢《お》うてみよう。城へ連れて来い。すぐじゃ」

時に天正《てんしょう》十九年十一月、三成は輦《れん》を奉じ、大岩祠におもむいて卜先生を大坂《おおさか》城に招じたのである。

2

卜先生なる人の閲歴は不明だ。当時何歳だったかも分らない。

大坂城に登った折の風貌は、瘦軀《そうく》短身、なまず髭《ひげ》を口辺にたくわえ、くびすじは鶴のように細くて、頰骨《ほおぼね》が尖《とが》っていた。袖無し羽織にかるさんという軽装で、あたかも老百姓のおもむきがあったという。

仙人が来るというので、本丸大広間には前田玄以《まえだげんい》、加藤清正《かとうきよまさ》ら戦国生残りの武将が、綺羅星《きらほし》のごとく、御座所の左右に居並んでいたが卜先生はいささかも臆する色なく、かえって、百戦錬磨の猛将たちが奇異のおもいで畏怖し、互いに顔を見合わした。何とやら卜先生の風貌は太閤殿下に瓜ふたつだったからである。

当時は、鏡なぞ男は覗《のぞ》かないから、当の秀吉はそんなことは分らない。

「おのれが卜先生か。ちっとも仙人らしゅうは、見えんな」

と言った。

「さよう、お前さんが太政大臣とは見えんようなものじゃな」

気の強い先生である。天下一の英雄を物のかずともしていない。それが、却《かえ》っ

て秀吉には気に入ったらしく、

「おもろい爺《じじい》じゃ」

秀吉はニヤリとして、早速、治部少輔に聞いたら一日十人の女人を抱けば一年の寿命を得るそうであるが、泄らすなとは、どだい無理である。こればかりは我慢しようにも意の如《ごと》くならぬが、こころに淫情満ちて、なお泄らさぬ方法があるかとたずねた。

「造作もないわい」

卜先生は言った。凡人は淫気満ちると同時に泄らす、これを早漏というが、早漏を矯《た》める法は古くから仙界に伝わっている、その法の通り実演すれば早漏ごときは立ち所に已《や》むわ、と言ったのである。

「それはどの様な方法で？……」

思わず、膝をのり出して一人の武将が問いかけた。福島正則《ふくしままさのり》であった。

卜先生はジロッと正則の方を一瞥《いちべつ》し、

「仙人相伝の法なれば妄《みだ》りに口外はならん」

「そこを何とか、先生……」

目を細めて頼んだのは浅野長政《あさのながまさ》である。長政は秀吉の夫人北政所《きたのまんどころ》の妹婿で、秀吉がまだ木下藤吉郎《きのしたとうきちろう》の時分、夫人との結婚にうら侘《わび》しい長屋でスガキ藁《わら》を敷きつめ、その上に薄縁《うすべり》を敷いてようやく祝言した有様を知っていた。つまり秀吉夫婦の閨《ねや》の模様を往時から見ていて、少々、太閤殿下に早漏気味のあるのを知っていたのである。

「みだりに口外はならんと、今、言うたじゃろ」

卜先生は長政をにらみつけたが、ふと、目を秀吉の面上に注いで、

「お前さん知りたいか？」

秀吉は柄にもなくこの時、赤面したそうである。

それが秀吉の意中を物語っていた。

「よかろう。——相手は誰じゃな」

卜先生は言った。

「相手とは？」

「寝る相手じゃ。実演するなら成るべく若い女子がよい。名器じゃと更によいな」

秀吉の最愛の側室はこの時すでに茶々であった。茶々は併《しか》し淀《よど》城にいて、淀君と称され、大坂城にはいない。

ならばいっそ初めて交わる女にせんと卜先生は言った。そこで、奥女中千数百人のうちより、兼ねて秀吉もその気がないではない美女十余人がえらび出され、奥御殿で卜先生の実技の指導を乞うことになった。むろん奥御殿に武将たちの陪席はゆるされない。綺羅星のごとき猛将連は固唾《かたず》をのんで引きさがるばかりである。

わずかに、秀吉の座所の傍《わき》にあった内大臣秀次《ひでつぐ》と、石田三成の両人が、

「お前さんは跟《つ》いといで」

卜先生に手招かれ陪侍をゆるされたのである。

3

おもったほど、実技はかんたんにはゆかなかった。

先《ま》ず、美女十余人を奥御殿に侍《はべ》らせると、卜先生は、

「諸肌を脱げいや」

と言い、

「腋《わき》の下の毛を見せよ」

と言った。腋の下の毛の生え具合は陰毛を象徴するそうである。その毛は順生で、しっとり光沢がなければならぬが、腋の毛の生えた様子があたかも陰部におけるそれと同一でない婦人は、締まり具合よからずという。いかほど顔面は美形でも、蓬《すすき》のようにもじゃもじゃしたのや、髪のように腋毛の長い女は味わるしと言うのである。

「早う見せよ」

と卜先生は促したので、女中たちは、互いに、ためらいがちに、そろり、そろりと肩口より白い腕を抜きはずし、諸肌となって、着物の衿《えり》をつよく片手に掻《か》き合わすようにして、羞恥に赧《あか》らみつつ、面をそむけてそっと、おのが片腕を頭上にあげる。そうして誰もが上体をねじり気味に顔を後に俯《ふ》せる。

千余人の中からえらばれた美女たちである。いずれも若い。ふっくらと、餅のような二の腕の白いのやら、撫《な》で肩に肉付《ししづき》しまって羞恥にわが頬をおし加減に高く腕を挙げたのや、肘《ひじ》をまげたのや……そのいずれもが茸々《じようじよう》たる毛を卜先生に示している。女性の二の腕がこれほど太く、腋の下にこれほど濃艶な情緒があろうとは、その場にて眺める男性三人、はじめて知るおもいがしたろう。

秀吉は上段暈繝《うんげん》の茵《しとね》の間に胡坐《あぐら》して脇息《おしまずき》を抱えていた。そのすぐ脇に秀次が正坐《せいざ》し、少しはなれて石田三成がいた。

男三人の顔はもう火照っているが中でも眼を燃やしゴクンと生唾をのみ込むのは秀次であった。無理もない。秀次がいちばん若い。

卜先生はそんな三人には背を向け、広間中央にずらりと居並んで夫々《それぞれ》にしいしなを作って腋の毛を見せる乙女たちを、順次、見廻《みまわ》って検《しら》べた。時には中腰に背をかがめ、近々かおを寄せて臭いを嗅《か》ぐ。ひょい、と一本を引き抜き、

「アッ」

女が肘をおろすのを、

「うん、感度良好であるな」

不埒《ふらち》千万な先生とおもうのは、腋の毛を抜かれた痛みでどのように下半身を動かしたかを、しらべているとは知らぬ俗人の邪推であろう。さて一方の腋毛をしらべおわると、

「反対側の腕をあげよ」

卜先生は命じた。ぞろぞろ、女たちは膝の向きをかえ、衿を別の手で掻き合わせて一方の腕を、顔を横にむけながらそっとあげた。こうしてお相手をつとめる女がえらび出された。二人である。あとは退場を命ぜられた。

いよいよ本番であるが、すみやかに卜先生は交合を許可しない。場所は、次座敷の寝所に移されている。女ふたりは先ず全裸になることを命じられた。千余人の中より選びぬかれた両人である。さすが肌理のなめらかさといい、腰のふくらみ、足指の反り加減、淡々と深い局部の毛の生え様といい、一点非の打ちどころない絶世の美女であり、目鼻立ちの愛くるしいことは論を俟《ま》たない。

そんな全裸の女性ふたりを、卜先生は秀吉の左右に、横たわらせた。秀吉自身は犢鼻褌《ふんどし》ははずさずにいる。季節は冬である。おのずと粟《あわ》肌立つ寒さで裸女ふたりは顫《ふる》えを怺《こら》え、ちぢこまっている。太閤殿下のこれよりお情けをうけるやも知れぬ期待と、仕合わせと、不安の震えが混っていたかも知れぬ。太閤殿下のほうは、どうなることやら卜先生の指示をまつ心境ゆえ、さすがにまだ、犢鼻褌は天狗《てんぐ》の面に布をかぶせたようには盛り上っておらなんだ。

「一陰一陽、これの和合した有様を道というのである」

何やら奇怪な説教がはじまった。

「この天地のあいだにおいて、およそ変化のあるものは必ず陰陽の力による。陽は、陰を得て変化し、陰は陽を得て変るのである。これを先ずしっかり覚えておいてもらおう。それからの、およそ女性を御する道は、できる限りはじめは徐々に、ふざけ戯むれて、いそいではならん。早漏とは拙速の謂《いい》とおもえ。よいか。いそいではならんぞ。先ず両の手で、左右の女どもを撫でてやれ。全身、隈《くま》なく、そろり、そろりと……裂け目もいとわずに……こりゃ、指を埋没させてはならん。ど助平、掌《たなごころ》で撫でるんじゃ。指を曲げることはならんぞ……そう。まあるく、満遍なく全身を……だいぶ調子が出てきおったの。そうしたらば、お前さん、いつまでも横着にねておらんと身を起こさんかい。向きなおるのじゃ、箕坐《きざ》がよい、箕坐というのは両足をのばして坐《すわ》ること……そうじゃ。女どもは、仰向けになって、両手をごく自然にからだの脇へ投げ出すように……その調子じゃ」

女子が陽気を感じると、その耳は次第に熱くなって、さながら涼酒に酔うたように双眸《そうぼう》はうるんでくるそうである。心の底から、うちとけようと欲するからという。それを見届けて、はじめて女性の手に男性のものをあたえる。男性は左右の手で左右の女の門を撫でる。斯《か》くするうちに、やがて男も陰気を感じて武者ぶるいし、勃然、峭《しょう》然《ぜん》と聳《そび》え立つ。女はその手ごたえをわが手にたしかめんとするが、一人が握れば他はむなしく嚢《ふくろ》の辺を撫でることで意を満たさねばならぬ。かくするうちに、陰陽相呼応して、女性の五臓の液は涓然《けんぜん》と丹穴よりほとばしり幽谷を濡らす。女性は必ず、死を求め生を求め、性を乞い命を乞うに至るであろう。

――そこで、鸞双舞《らんそうぶ》の法を行なう。

鸞双舞とは、女性の一人を正しく上向きに寝かせ、一人を下向きにさせる。仰向きのものは両脚を屈《かが》め、上のものは騎乗位となる。こうして両陰相向き合うと、男性は箕坐して玉茎を好む方に挿入するのであるが、その深浅については適度にし、中極を刺すにとどめねばならない。女性が互いに臀部《でんぶ》をあげて赤珠を突かれんと欲しても負けてはならない。

兎角《とこう》するうちに、淫気まさに奔出せん勢いを自覚したならば、すみやかに他孔へ移る。ここが大事である。機を逸しては精を吸いとられてしまうぞ、と卜先生は大喝したそうな。

「じじい」

太閤秀吉は、悲鳴にちかい声をあげた。

「もはや無理じゃ、汝《なんじ》もって如何《いかん》となす?」

と言ったら、

「弱虫。ようそれで天下を取れたの。――まあよいわい。もはや、怺え得んのであれば、秘法を授ける。――よいか、頸《くび》をうしろへ反らしてみよ。思い切り反らせ。そうして長い息を吐いて、奥歯を、何十回となく嚙《か》み合わすのじゃ。次に、眼をむく。瞼に力を入れて、目瞠《みは》る。思い切り。まだまだ、思い切り……」

4

このことがあって、何となく秀吉は卜先生を恨めしそうに見やり、そのくせ、ひそかに畏敬するようになった。

とてものことに一日十人の女を相手として、泄らさぬわけには参らなかったが、幾分、持続が長くなるのを自覚したからであろうか。

この日より両三日、卜先生は乞われて大坂城に滞在したが、微に入り細に入っての指導ぶりは、奥旨をきわめるにつれてなかなかに口煩《うる》さく、厄介なものであった。

じつに色々なことを先生は知っていた。

その訓《おしえ》の幾つかを列記すると――

一、男性として大いに福利を望む者は、まだ何も知らぬ生娘を自分のものにすることである。これが一番善い。若い女性を御すれば、おのずから顔色も若やいでくる。十四、五歳から十八、九までがよろしい。どうも三十すぎた婦人は駄目である。三十以下でも子を産んだ経験のある者は、何の益もない。重ねて言うが、交合の大切な点は、なるべく若い多くの女性を愛することである。

一、人間は本来、陰陽相交わるべきものである。もし交わらねば天理にそむく。それゆえ連れ合いのない男女は、病気がちで、寿命が短い。孤独のうちに交合のことばかり妄想するのが一番いかんな。これは生命を損じ、百病のもととなる。また、相手が他の者と交わっておるのを耳にし、嫉妬したり、煩悶《はんもん》するのもよろしくない。人間が老けこむのは主にこういう嫉妬と煩悶のためである。

一、接吻《せっぷん》は非常によいものである。ことに交合の時に、若い相手の舌液をたくさん吸いとると、胃の中が晴々として湯薬をのんだように、皮膚は光沢を増し、疲労を恢復《かいふく》する。

それから女性の精液を採って、これを口中の液にのぼせて精に還《かえ》すと、身体は軽快で、視力おとろえず、気力旺盛、老人でも多くの女性を服従させることができる。

一、いかんのは、雷鳴の時に交合することである。『礼記《らいき》』にも「雷ノ将《まさ》ニ声ヲ発セントスルヤ、ソノ時ニ胎内ニヤドリシ子ハ発育困難ニシテ必ズ凶事有リ」と言うておる。

一、季節の方角にそむくのもよくない。交わりの方角にも吉凶あり、春のはじめは東、夏になれば南、秋は西、冬は北に向いて行なうのが大吉である。これは陽である。されば女子はこの逆の方向に向くようにするとよい。つまり季節の変り目には、お互いよい方に向けるよう立ってやるのがよいじゃろう。

だが、これらの教訓にも況《ま》して意義深かったのは次の言葉である。

「暗がりで行なうのは最低じゃぞ。『五動の効』と申すことばがある。つねに女の動きを見分けてやる心掛けが無うてはならん。仍《すなわ》ち——

両脚を伸ばすのは、上部の核をうんと摩擦されたいと望んでいるからである。

腹を張るのは、浅入を望むのである。

両足をあげて男をしめつけようとするのは、深入を望んでおる。

両股を交叉《こうさ》させるのは内部がひどくむずがゆいからである。

身体《からだ》をぐったりなげやりにする時は、もうもう心地よいからで、行為完了のしるしである。やがてなめらかな女液の排出が精のすでに洩《も》れたことをあらわす。

——どうじゃ。これくらいの見分けもつかいでやっとるから、早漏を嘆かねばならんのよ。以後は、心《お》してやれい」

さてこうした垂訓を了えて、卜先生は再び、大岩祠へ還っていったが、その頃から、何やら秀吉の身辺にあわただしい気配が起こりはじめた。

もともと秀吉は、色好みではあるが大へん気のやさしい男である。彼には十指にあまる側室がいたが、どれほど若くあでやかな女性を夜伽《よとぎ》させても、つねに正夫人に懐《おも》いを馳《は》せ、その糟糠《そうこう》の妻をいたわることを忘れなかった。九州《きゅうしゅう》征伐の時に、八代《やつしろ》から妻に宛てた手紙が残っている。その追《お》って書きに、

「今度の陣に年寄り、はやはや白髪多くでき候て、ぬき申すこともいり申さず候。御目にかかり候わん事、恥ずかし、そもじへばかりは、くるしからずと存じ候えども、めいわくに候」

とあり、それ迄は正妻の膝まくらで、彼女に白髪を抜かせていたことがわかる。逢うのが恥ずかしいとは、いかにも秀吉の面目を発揮した一文で、彼は小田原《おだわら》攻めのとき淀君を陣所に呼び寄せたが、その場合も政所（本妻）に先ず報《し》らせ、政所から淀君に命じて小田原へ来るようにさせた。いかなる折も、つねに政所を第

一に置き、淀君はその次に置いて、正権の区別を正したのである。小田原陣の当時すでに淀君は棄君《すて》（鶴松《つるまつ》）を儲《もう》け、秀吉の愛を一身に集めていた。それでこうである。世に伝えるように淀君の愛に溺れて秀吉が政務を怠った事実はない。秀吉は、そんな小器ではないのである。

ところでその棄君が、生誕後二年足らずで、この天正十九年八月に夭世《ようせい》した。秀吉のかなしみは非常であった。五十過ぎまで、まだ実子のなかった彼にしてみれば、文字通り棄君は掌中の珠《たま》であったし、棄君を産んでくれたればこそ淀君を溺愛もした。天正十八年、小田原征伐のあと東北を平定して凱旋《がいせん》する時に、

「わかぎみいよいよ大きくなり候や。廿日《はつか》ごろにかならず参り候てわかぎみ抱き申すべく候。その夜《よさ》に、そもじをもそばに寝させ申すべく候。せっかくお待ち候べく、かえすがえすわかぎみ冷やし候わんよう申しつけ候。なにかにつけてゆだんなるまじく候。おちゃちゃ参る。てんか」

と文を遣わしている。その最愛の子を喪《うしな》った秀吉の傷心は察するに余りあるが、ようやく気を取りなおし、再び政務を執りはじめた矢先きに、不思議の老人卜先生を識ったわけだ。

ここで秀吉の脳裏にひらめいたのは、卜先生ほどの有識なれば、子を産ませる

法ぐらいは知悉《ちしつ》しているに相違ない、ト先生に指示を仰げば再び愛児を獲られるだろうという期待である。

そこで、大岩祠に還った先生の跡を追うように、再度、石田三成を差し向け、意のあるところを伝えさせたら、

「子供か。フン。できんことはないがの」

ト先生なぜか余り気乗りのせぬ顔つきで、

「煩悩のたねをうむようなものじゃ、とても登仙は望めん。それに、死ぬるぞ」

「――は？」

「太閤が死ぬる、寿命より早うな」

「………」

「いま、幾つじゃ」

「殿下なれば五十五歳になられ申してござる」

「惜しい――」

それでも、子を授かるてだてがあるならと三成が懇願すると、

「どうしてもと申すなら」

ト先生は法の二、三を明かした。三成は帰城してそのままを報告した。併し寿

命の早まることには触れなかった。ところで、三成の帰城と行き違うように私《ひそか》に大岩祠を訪《おと》のうた者が、じつは他にもいる。

秀次と、宰相局《さいしようのつぼね》、それに姫路《ひめじ》殿である。

5

豊臣秀吉には、淀君のほかに、三条局、加賀局《かがのつぼね》、三の丸、松の丸、宰相局、姫路殿および甲斐局《かいのつぼね》と、記録古文書に残っただけでも八人の側室がいた。

三条局は、近江《おうみ》の日野《ひの》城主蒲生賢秀《がもうかたひで》の女《むすめ》で、氏郷《うじさと》の妹である。秀吉が越前《えちぜん》に柴《しば》田勝家《たかついえ》を破り、帰洛《きらく》する時に日野を通過するにあたって之《これ》を伴《ともの》うて山城《やましろ》に還り爾《じ》来《らい》側室とした。じつは氏郷父子のために納《い》れられた人質である。

加賀局は、前田利家《としいえ》の女で、元亀《げんき》三年に生れお麻阿《まあ》と称した。はじめ利家は、彼女を人質として柴田勝家につかわしたが、のち秀吉に一味したので彼女は乳母《めのと》に伴われて柴田のもとを脱出し、父の居城に帰った。その後、秀吉が越中を征して凱旋の途次、金沢《かなざわ》城に立寄って前田利家の饗宴《きようえん》を受けた時に、利家は彼女を秀吉に侍《はべ》らせたのである。時にお麻阿は十四歳の少女だった。以来秀吉は相従えて側室とし、加賀局と彼女は呼ばれた。天正十九年のこの比《ころ》、まだお麻阿は十九歳である。

三の丸は、織田信長《おだのぶなが》の女で、秀吉に愛され伏見《ふしみ》三の丸にいたのでこう呼ばれた。秀吉薨去《こうきょ》ののち彼女は尼になっている。

松の丸は、近江《おうみ》北郡の領主だった京極高吉《きょうごくたかよし》の女で、はじめ若狭《わかさ》の守護武田元明《たけだもとあき》の妻となったが、元明の滅びた後に、容姿端麗なのを愛されて側室にあげられた。伏見松の丸にいたのでこう呼ばれる。

宰相局は、万里小路《までのこうじ》卿《きょう》の息女である。いたって気性の烈《はげ》しい姫君で、はじめは何としても秀吉の寵《ちょう》をうけつけなかった。卑賤より身をおこした秀吉は、先例をやぶって自ら関白となるやその生母は大政所、夫人は政所との宣下をたまわったが、由来、大政所および政所は摂家に限るのに、成りあがり者が、といった私憤も潔癖な彼女にはあったのだろう。

それを、軟化させるのに秀吉は老獪《ろうかい》な手段をつかった。前《さき》の加賀殿を万里小路卿が悪《にく》からず想《おも》っているのを知って、わざと姫の目前で加賀に媚態《びたい》を示させたのである。不潔な父への失意と瞋恚《いかり》が、反抗的に彼女を遂に秀吉の為《な》す儘《まま》に委ねさせた。

姫路殿は、信長の弟で伊賀上野《いがうえの》城主だった織田信包《のぶかね》の女である。信包はのちに伊勢阿濃津《いせあのつ》に移ったが彼女は早くより秀吉に召されて寵愛をこうむった。

甲斐局は、武蔵忍《むさしおし》の城主成田《なりた》氏の女で、秀吉が小田原攻略後、奥州《おうしゅう》へおもむく時に召出されて妾《しょう》となった。

この他にも、秀吉が一時的に手をつけた女は枚挙に遑《いとま》がない。腕の下を示して鸞双舞を演《や》らされたあの女中ふたりのように。

しかし、最愛の侍女が淀君であることはかわらない。でもそれは、彼女が棄君を生んだからで容姿において己が劣るためではないという矜《ほこ》りが、他の側室たちにはあった。女の性《さが》であろうが、わけて宰相局と姫路殿がそうである。宰相局は公卿《くぎょう》の息女たるプライドで、姫路殿は、従姉妹《いとこ》同士でもある三の丸へのライバル意識からも、一そう、若さと美貌を誇るこころがつよかったのである。

期せずしてこの二人は、ともに子を孕《はら》む法をさずからんものと大岩祠を訪ねていった。

いま一人の秀次は、言う迄もなく後の殺生関白で、彼は秀吉の甥《おい》であり、棄君亡きあと秀吉の養子となった。やがては養父の譲りを受けて関白になる。その秀次にとって、忌むべきは秀吉の実子が生れることだから、彼は、何とぞして太閤の側室に子が出来ぬよう、避妊法を窺《うかが》うために祠をば訪ねたわけだ。大岩祠には、子を生みたい者と生ませたくない者が踵《きびす》を接して現われたことになる。

すでに雪の深い季節になっていた。

大岩祠は、伏見街道を東、一里あまりそれた大岩山のふもとにある。あたりは常の山村で、農閑期なれば寒さにまけぬ童が村道で、戯れに雪合戦などしているくらいのもの。そんな、都をはずれた物静かな田舎道を、市女笠《いちめがさ》に被衣《かずき》姿のあでやかな侍女を随《したが》えて、雪に足をとられながら今を時めく太閤殿下の愛妾が、あるいは内大臣豊臣秀次が侍者をお供に、前後して大岩山麓《さんろく》を往反したのだから、王朝のむかし、小野小町《おののこまち》と深草少将の物語は聞いていても、いったい何事が起きたのであろうと村民らは蝟集《いしゅう》し、老人などは雪の路傍にぬかずいて畏怖と私な好奇の眼で、一行を目迎え且《か》つ見送った。中には向う見ずな若者がいて、ひそかに侍女らを尾行して祠のきわまで往《い》き、罰《ばち》があたるのは覚悟で、卜先生と貴婦人との子孕み問答を偸《ぬす》み見たという。

祠の中は、ふつうの洞窟《どうくつ》になっていて、小さな灯《ともしび》が木の枝を三叉《みつまた》に組立てた仮の燭台《しょくだい》に、ポッと一つ。卜先生はいつもの軽衫《かるさん》姿で岩を背に胡座し、その前に、婉然《えんぜん》たる姿色の美女が丈なす黒髪を背に垂れてしきりにト先生に哀訴懇願し、時に涕泣《ていきゅう》して女の性のかなしみを愬《うった》えていたという。お供の侍女らはすべて洞外の雪の道に待たされていて、そのまた外辺の木影から若者は窺い見ていたので、問答の内容は聴きとれなかったが、一度だけ、

「それほどに子が授かりたいか」

ト先生の高声な詰問口調がきこえ、

「…………」

婦人はコックリ頷《うなず》き返していた。

それが宰相局か、姫路殿か、若者にわかるわけはなかったが、

「今いちど訊《き》くぞ。まこと子が授かりたいか、要は太閤殿下の愛寵をわがものとすれば足りるのか、どちらじゃ。よう思案の上で、返答せいよ。あとで取返しは、きかんぞ」

「…………」

貴婦人は顔《かんばせ》をあげて、何やら長々と答えていた。後ろ姿なので、言辞の内容は外にはきこえて来ない。

「しかとそうか」

「………」

「よし。それほどに言うんであれば、いかにもそもじの、願望成就さしょう。でも、悔むなよ」

言って、突如、卜先生は婦人の肩を抱きよせた。

（アレ、何をなされます……）

多分そんな抗《あらが》いを婦人は口走ったであろう。

「そもじに秘法を授けるのよ。よいか、殿下の挿入をまって、ここをな」

横ざまに卜先生は婦人を抱き寄せ、裾を捲《まく》って雪をあざむく白い脛《はぎ》のあわいに手を差し入れ、その肘を、ヒクヒク動かした。

「吁《ああ》……」

とか何とか、たしかに紅唇をもれる溜息《ためいき》が若者には聴こえた気がしたそうである。卜先生に抱き寄せられて体の姿勢が変り、花のかんばせは洞外へ、向き変ったからだ。

気も杳《とお》くなるほど、それは濃艶な一幅の淫画であった——が、一瞬にして、絵は、消えた。卜先生、傍《かたわ》らの灯を吹消した為という。

真っ暗がりの洞窟内で何が行なわれたかは、もう誰も知らない。

内大臣秀次の訪問の時は、だいぶ内容が違っていた。

つねと変らぬ姿で洞窟内に老人は居たが、秀次が身をかがめて洞内に入るなり、

「うそをつきに来たの」

と言った。

「なにを仰せられる……この秀次、神もって虚説をはく者ではござらぬ」

「フン、ならば、何をしに来おった？」

「太閤殿下はわれらが養父、且つは血縁の伯父にござる。ご存じはこれ有るまいが、この秀次、三好吉房《みよしよしふさ》入道が一子にて幼名孫七郎。はじめ宮部継潤《みやべけいじゅん》が養子となり、ついで阿波《あわ》の三好康長《やすなが》に養われし身にござる。つまり幼少より実父が慈しみを知らず、あたたかい家庭と申すものを存ぜず、さようの身を、太閤殿下が慈愛によって初めて人並みな幸せを頃日《けいじつ》味わい申している。言うなれば、われらにとって、太閤殿下は慈父たるのみか、大恩あるお人。さればその御方の意のあるところを汲《く》み、何とぞ秘法を授からんものと推参つかまつった──」

「何の法じゃ？」

「さき頃、掌中の珠とも譬《たと》えるべき棄君が早世以来、太閤殿下の悲嘆ははた目にも痛ましゅうござった。されば何とぞして今一度、子がさずかるように」

「それを、殿下の代理でおぬし、ききに来たと？」

「さよう」

「ふん、おそすぎたワ」

「？」

「子は、さずかるぞ。二年以内に」

「たはっ」

秀次のかお色が、一変した。もともと悪人なら、初めからこうしゃちこ張って詭弁《きべん》を弄するわけはない。根は善人なのである。たしかに幼少より実父の愛というものを知らず、他人の手から手へ、義理と術策の枷《かせ》をはめられて、人質同然に渡り歩かされた。戦国時代の言えば犠牲者の一人であろう。それが、秀吉の天下制覇で、太閤殿下の血族たるを以《もっ》てようやく世に重んじられ、今の地位を得た。おもえば、これも哀れな男である——と、ふと柄にもなくそんな不憫《ふびん》が卜先生の胸中に萌《きざ》したらしい。

「方法はひとつ、あるがの」

先生はじいっと秀次の眼を見て、言った。

「方、方法とは？……」

「孕んだ子を流産させる手だてよ。じゃが、これは、いのちがけでの」

「！」

「おぬし、幾つになる」

「そ、それがしなれば、二十三にござる」

「まだ若いに……惜しいものよ」

「先生」

秀次は膝を乗り出し、

「妊婦に相成るのは、殿下の側室の誰ですか」

「おぬしの覚悟次第じゃが――」

「？……」

「さよう、まず、二人かの」

「ふたり？……二人も同時に、孕み申すので？」

秀次の面上には、いよいよ絶望の色が濃かった。

チラと見て、

「じゃがの、今も言うたように、手だてが無いことは、ない」

「それは」

秀次が膝を又、進めた。一縷《いちる》の望みを賭けた迫り方であった。

「どのような法でござる？」

「耳をかせい」

卜先生は秀次をまねき寄せ、耳もとで、何事かを囁《ささや》いたという。

6

雪の田舎道を絢《きら》びやかな侍妾や内大臣が往来した噂《うわさ》は、いやでも京伏見までひろまり、五奉行の一人たる治部少輔三成の耳に入った。

侍妾がなぜ卜先生を訪ねたかは分る。不審なのは秀次の行動で、さすが頭の切れる三成は又々、大岩祠を訪うてその真意をはからんとしたら、卜先生、

「何のことじゃい、そんな者は来よらなんだぞ」

あきらかに呆《とぼ》けておいて、

「どうじゃ。精を出して励んでおるかの」

「殿下なれば、あれ以来、御教示あった致し方にて連日、連夜――」

「相手は淀ひとりか？」

「?……」

「ならよいがの。大事なこと言うのを、忘れておった。もうあの齢《とし》じゃ、連日相手を替えての交戦では、もつまい。『五損の戒め』と申すことがある。本来なればの、男性は女性の左に坐り、女性は男の右に坐る。そこで男は、箕坐して、女性を抱き寄せると柳腰をつよくしめ、玉の肌を愛撫《あいぶ》する。

そうしてたがいに思慕の情をささやき合い、睦言《むつごと》を交すうちに両者のこころは一つとなって抱擁の力が加わり、唇を合わす。この時、男は女性の下唇をふくみ、女性は相手の上唇を口中に含む。互いに唾液《だえき》を吸い合うたり、舌を嚙んでもよい。時には唇を嚙むもよい。そうして大いに嬌態《きようたい》を演じ心の底の底まで、うちとけ合うと、そこで始めて女性の手に、男性のものをあたえ、男も手で女性を撫でる。それから陰陽あい交わるのが理想じゃが、あの齢では、心では欲しておるのに大切なものがぐったりして用をなさんことがある。そういう時、むりに行なってはいかんな。集脈の損というて、陽物の堅固でないのに無理にやろうとすると、精気が竭《つ》きる。ちょうど飽食した直後に淫を為せば、脾臓《ひぞう》を悪くするのと同じじゃ。

また、絶気の損というて、心に欲しないのに無理するのもいかん。これは心臓を悪うする。血竭《けつけつ》の損というて力仕事のあとや、走ったりして汗の出たままで交わると、血が涸《か》れ皮膚をかさかさにする。これもいかん。

ついでながら、百閑《かん》の損というて、女が淫乱で節制せず、幾度も幾度も求めるのに応じておると百病一時に生じて、目がくらむ。いかんな。

もう一つ、何やら人目をさけて急いだり、男ばかりが燃えてにわかに交合いたすとな、女性との遅速の度が合致せぬゆえ、疲労がのこり、肝臓をいためる。こういうやり方を長くつづけておると、いざ鎌倉という時かんじんの物が萎《な》え、役に立たなくなるばかりか、遂には半身不随となる。中風になるやつは酒の飲み過ぎや、脳溢血《のういっけつ》が原因と思うておるようじゃがの、じつはこの、男性ばかりが急いでやったむくいじゃな。

こんなのを全て治すには、男性は正しく身体を伸ばして寝て、女性を上にまたがらせ、彼女に脚をすくめて男性をはさませ、徐々に臀部をまわすようにしてその精を出させる。精が出れば止める。男性は快美を求めてはならん。よいか、断じて求めてはならんのじゃ。そしてこの法を日に九度、十日間にわたって行なえば、五損はなおる。おしなべて、交合のために得た病いは交合によって治すのが一番。ちょうど、宿酔《ふつかよい》をなおすのに、迎え酒をのむようなものと思えばよい。

太閤もあの齢ゆえ、先ずこの辺を治しておかんと碌《ろく》な子は出来ん、これを、おぬしに告げるのを忘れておったわ」

「しかし先生」

三成は苦笑をうかべ、

「日に九度、それも十日間にわたってと申せばつまり九十回おこなうわけで……その間、一度も漏らすなとは如何《いか》にも」

「できん？　なら、代役をさせるんじゃな」

「代役？……」

「余人では太閤の威光もあろう、内大臣秀次がよい……あれならまだ若い。せいぜいあれに嬉戯《きぎ》させておき、よく練りあがったところで養父が本番を行なう——ちょうど鸞双舞と逆じゃが、さすれば疲労も少なかろうし、一日に九度もあながち——」

秀次の名が出たことに、三成の俊敏な眼がキラと光っていた。

「何故、代役をさせてまで……内大臣どのが若し漏らされたら、何とあそばす？」

「たわけ。そこまでの面倒が見きれるか。要は、深浅を適度にし昆石を割っても赤珠までは突かさぬことじゃ。女には、両腕を頭上に伸ばさせ、指を絡ませておくがよい。けっして男を抱かせてはならん。さすれば男も離れやすかろうし、傍《そば》であやういと思えば抱き止めればよかろう、腰をな。それでまだ、不安があるなら今一人の女子をわきへ寝かせるのじゃ。堪えきれんようなれば内大臣はその方に乗りうつる、養父はもとの側室と交わる……これなら、漏れる不安もあるまいが？」

大事なことは、いかに良い子をつくるかであって、男性が五損の戒めを無視しては、たとえ受胎するともその子は愚か者であったり、凶事を起こしたり、乃至《ないし》は病身短命で不孝不仁の者となる。せっかくの儲君が行く末、豊家を滅ぼすことになり兼ねぬゆえ、くれぐれもこのことを軽視してはならぬぞと、卜先生はいさめたのである。

三成は城に帰って、五損の戒めを報告した。併し代役に、秀次を、とは口外しなかった。かわりに無類の硬骨漢可児新兵衛を側室のお相手にたまわり度《た》しと言ったのである。

可児新兵衛は、三成の腹心である。合戦に臨んでは豪放無比、いかなる危地におかれても泰然自若として、とちったことがない。髯《ほおひげ》はぼうぼうとさながら鍾《しよう》馗《き》のごとく、胸毛の黒々と濃いさまは熊のようである。しかるに、ひとたび婦人と接すればその行為の早いことも抜群で、烏《からす》の行水よりも早い。

卜先生があの秀吉に初謁をして、早漏をいさめた時に、大方の武将は我も早漏を矯める法を会得せんと望んだが、その折、

「卜先生にもの申す」

異を唱えたのは新兵衛であった。「精を漏らすなどの御説なれど、元来、交合は精をもらす時にこそ歓喜はきわまるものにてはコレ無きか。余人は知らずこの新兵衛においては、婦女子との交わりに最も随喜の甚だしきはまさに気をやる刹那にござる。それを、漏らす勿《なか》れとはソモ何を楽しみに、汗かいてまで女を組み伏せ申そうや」とやったのである。一座の者おもわず失笑したが新兵衛は真剣だった。

「われらにおいては、畢竟《ひっきょう》、婦人と睦むは子を作るためにござる。子が無うては我ら戦さに討死いたさば軍勢は減るばかり。よって大いに子女を儲《もう》くるも君への忠と心得申すぞ。いまだ精をやらずして子の生れしたとえは無し。しかるを何ぞ、お手前、精を泄らさば長寿は保ちがたしと言わるる。武士たるわれらに、おのが悦楽のため不忠を敢《あえ》てなせと申されるご存念か？　それが人に師たるお人の、われらに言わるる言葉かや？　諺《ことわざ》にも申すでござろう。人を見て法を説け。先

程からの御辺が口上、われらに仰せあるべき言葉とも思えず――つまりはお手前、にせの仙人にては無きか？」

とも言ったのである。

「教えを乞うは新兵衛、そちではない、おれじゃ」

秀吉がにが笑いでたしなめたので、その場はおさまったが、とにかく、そんな可児新兵衛は一徹者なので、ましてや早漏を誇る男、とうてい代役がつとまるわけはない。その新兵衛に前駆けさせて、愛妾らが焦《じ》れたところでと三成が言ったから、

「真意は何じゃ」と秀吉は追及したわけだった。儲君を獲るためなりと、三成が答えたのは冒頭に書いた通りである。秀吉はずいぶん長い間、思案をしていたという。

「やってみよう」

やがて、複雑な嗤《わら》い方で凝《じっ》乎と三成を見据えて、秀吉は言った。

「じゃがの、秀次はすでにおれが跡を譲ると定めた男じゃ。秀次に邪念をいだかすようなこと、企《たくら》むことはゆるさんぞ。よいな」

三成はその日のうちに居間へ新兵衛を呼び寄せた。人払いをした。

「新兵衛、そちのいのち、この三成に呉れるか？」

「水臭きことをうけたまわるものかな。いまだ一度たりとて可児新兵衛――」

「わかった。そちの忠誠を疑《うたぐ》る意は毛頭ない、が、此度《こたび》ばかりはチト大役じゃ。出来るかの」

「何でござる」

「耳を藉《か》せ」

三成は何事かを囁いた。

「な、な、なんと？……」

鍾馗のような新兵衛の髯《ひげ》づらが、狼狽《ろうばい》で真っ赤になり、「殿、それは」

「できんとは言わさぬ。そちを措《お》いてこの役果たせるものはおらん。何事も御奉公じゃ、太閤殿下の御為と思うて、やってくれい」

7

文禄《ぶんろく》元年二月になった。

大坂城内では、艶を競う何人かの愛妾が、白昼、あわただしく太閤殿下の寝所に入っては、乱れた姿で出てくるようになった。むろん、茶々どのも淀城から召されていて、妖美なこの交替劇に錦上、花を添えている。茶々は当時二十すぎで、まさに脂ののりきった、女盛りである。

茶々の母は天下第一の美人と称されたお市《いち》の方、お市の方は織田信長の妹であるが、小谷《おだに》城主浅井長政《あざいながまさ》に嫁して茶々らを生んだあと、夫長政が信長に背いたので小谷城は滅び、長政は自害、茶々の男兄弟は伯父信長に捕えられて磔《はりつけ》にされた。

お市の方は長政の命令で家臣藤懸三河守《ふじかけみかわのかみ》に守られ、茶々を頭に三人の娘と共に信長の陣所に送られた。そこで、茶々ら三姉妹が預けられ養育されたのが織田信包のもとである。他の誰よりも、姫路殿が淀どのに敵愾心《てきがいしん》と嫉妬を燃やしたのはこの為だろうが、そんな二人に、信長の娘である三の丸どのが絡むのだから話はややこしい。

秀吉も罪な英雄である。

棄君の生母であった淀どのは別格として、そんな従姉妹同士のひとりを新兵衛と交わらせ、彼女の視《み》ている前で他の方に跨《また》がったのだから。時々そして男同士交替したのだから。

（じつは、一番罪なのはそういう方法をすすめた卜先生というべきか？）

皮肉にも、だが、そんな情炎と嫉妬に狂う痴態のただ中で、もっとも新兵衛の猪突猛進《ちょとつもうしん》に狂喜し、感泣したのは、あの誇り高き宰相局だったから、女の性はかなしいものであるな。

宰相局にとって、おのれが太閤殿下ではなく毛むくじゃらな新兵衛の攻撃に玉門を開かねばならぬこと自体、死にまさる恥辱であり苦痛であった。しかも同じ褥《しとね》で、枕をならべて太閤殿下は淀どのと戯れたりする。淀どのの左手はそんな時、小豆を十四粒にぎっている。これは右手に男性の陽物の先をもって陰中にみちびき、男の精気が泄れた瞬間その小豆を噛《の》めば、かならず孕むと卜先生が教えたからである。どうかすれば、秀吉は女の衣を頭にかぶってじっと寝ていることもあった。これは交合直後の、他の女性の陰液の沁《し》みた衣類をかぶり、約一食の時間ほど体を横たえておれば不思議に陽気は甦《よみがえ》ると教えられた為である。

淀どのではなくて甲斐局が陰陽を御していることもあった。秀吉はハッキリ自分の相手と、新兵衛のそれを峻《しゅん》別《べつ》していたのである。淀どの、加賀局、松の丸、甲斐局の四人は新兵衛には触れさせなかった。このことも彼女には死にまさる苦痛であったろう。

新兵衛は、はじめから決死の覚悟をきめている。世俗に、そういう仲を兄弟というらしいが、かりにも天下人たる太閤殿下と知行二千貫に満たぬ陪臣が兄弟では、豊太閤の権威にかかわる。所詮、つとめを了えれば生かしてはもらえぬのは自明の理で、さればこそいのちを呉れよと主君三成は言った。新兵衛は夙《とう》から死ぬる覚悟をきめたのである。

不思議なものだ。以前は、子を生ませれば事は足ると安堵して婦人を御した。しかるに死を覚悟していとなみ始めてからは、胸毛の黒々とした頑健の体軀は、精力絶倫、陽鉾はまさに火のごとく火照り漲《みなぎ》って固さは筋金が入り、力にまかせて金溝を衝《つ》き春台を衝いてもた易くは泄らさない。新兵衛自身はこれを太閤殿下のそば近くで行なう恐懼《きょうく》の故と思っていたが、じつは四至の道にかなっていたし、相手を瓦石のごとく価値ないものと看做《みな》して精を動かさぬ方便にもかなっていたのである。

たまらないのは、相手となった宰相局であった。太閤殿下とは比較にならぬ若々しい陽鉾と逞《たくま》しさに漲る体軀の武者である。彼女はからだは細い方であったが、さすが天下の秀吉が食指を動かしただけに、肌はしっとりと吸いつくようで色は白く、胴がくびれ、乳頭は尖って木椀《きまり》のふくらみをもっていた。陰部に毛はほどよい茂みを見せていた。命令で、腕《かいな》は頭上に伸ばしていなければならない。腕の下を露出し、肩をくねらせ、彼女は頤《おとがい》を外向《そむ》けて、はじめは睫毛《まつげ》を痙攣《けいれん》させ、口をへの字に結んで、精一杯、我慢をしていた。白い乳房に胸毛を押しつけることは新兵衛も禁じられている。彼はかぼそい宰相局の上にはなったが、両手を頭上に伸ばした彼女の腋下あたりへ、両手を突いて上体を支え、わずかに、腕立て伏せの運動を繰り返した。

繰り返すうちに、次第に誇り高き宰相局は、口惜しさのあまり歔欷《きょき》を紅唇から洩らしはじめた。彼女にはすがり付く手だてはなかった。両腕を伸ばしているで、身を保つものは腰しかなかった。その腰を円運動させるのは、のは、伸ばした両腕の手首と足の踵しかない。両手は指をからみ合せてある。しなやかで白魚のように繊《ほそ》いその指は、彼女の全感情をこめて互いに絡み合い、力いっぱい我とわが手を握りしめていた。その緊張が、弛《ゆる》んだ。また握りしめた。またゆるんだ。新兵衛は奇蹟《きせき》の頼もしさで腕の屈伸運動を繰り返した。耐え難い、ついに絶叫を宰相局は発し、激しく首を左右にふり、一そうつよく爪を立てておのが手をつかんだ。こんどは長い間そうして握っていた。桜貝のように綺麗《きれい》な爪が、血の気をうしなう白さになるまで互いをつかんでいたのである。そうして少しずつ、虚空に持ちあげられた。

——それが、

「吁《あ》」

悲鳴と同時に、どたりと下に落ちた。彼女の白い胸は盛りあがり気腔いっぱいの息を吐いて、吐き出しつつヒクヒク胸腔で痙攣した。もう人も我もない。天も地もない。太閤の存在すら消えた。彼女は只《ただ》しずかに涕泣していた。頭上においた白い腕はぐったりまがって、手をはなしていた。

可児新兵衛はこの日のうちに割腹した。

主命に背いて彼は泄らしていたのである。

いかな豪傑にも、忍耐の限度を超えるそれは快美であったろう。

極楽図というべきか、地獄と称すべきか、このとき横では、太閤に淀どのが迎え酒をあたえていた。宰相局に負けぬ彼女も誇り高い女性だったから、迎え酒とて、秀吉に騎乗してその茎を手でみちびいて琴絃《きんげん》にあてていたが、宰相局の方へは臀《しり》を向けて、ことさら無視しさっていた。秀吉は仰臥《ぎょうが》していたのでこれ又、視ることがなかった。

三成がこの時、寝所に立会っていたかどうかは確証がないが、屠腹《とふく》した新兵衛の遺書に仔細《しさい》を述べて詫《わ》びてある所を見れば立会わなかったのだろう。

8

子をうむための交合には、いろいろとうるさい制約があった。

「大便をしたい時に、こらえて交合いたすと痔《じ》になるぞ」

とト先生は言った。

「交合の日として避けねばならぬ幾日かがある。丙《ひのえ》丁《ひのと》の日はいかん。日月の光りのない時はいかん。虹の出ているとき、日蝕《にっしょく》月蝕の時も交わってはならん」

とも言った。日蝕の場合は、この日生れた子はたとえ皇子であっても帝王の位に就けない。帝王にかぎらず凡《およ》そ首長とはなれない。これは歴史的事実である。徳川《とくがわ》時代にも日蝕の日の生れのために、嫡子でありながら将軍職を襲えなかった幼君がいる。藩主になれなかった大名の子がいる。古くは即位を辞退されたやんごとなき御方がおわします。

「沐浴《もくよく》直後、髪や皮膚のまだ乾かぬうちに交合するのもよくない。受胎した子は、短気者じゃぞ」

又こうも言った。

「月経中、陰陽を御し得ぬのは当然であるが、それが終っても三日間は交わってはならん。子を儲けたいなら、五日を過ぎ、夜中もすぎ、鶏鳴前の時刻に嬉戯して女性を興奮させておいて、徐々に愛の熱度を加え、まず半寸を入れる。深く挿入して往来するのは不可である。つとめて深く密着させて女の運動にゆだねるがよい。さすれば自《おの》ずと八浅二深の法にかなう。四至の道にもかなって喜悦至極する。こうして妊んだ子は、男子なら才智《さいち》発明で、女子なら貞淑の美徳をそなえた賢婦人となる」

「だいたい、夜明け方に陰陽を御するのがよいのである。かくすれば身体の調子は良く、精力ますます漲って、その子は金持ちか、長寿者となる」

「こういう説もある。夜半に胤《たね》を宿せばその子は上寿であり、夜半前に得た子は中寿、夜半後に得た子は下寿であると。これは老子《ろうし》の説であるが、こうも言われておる、女子は胎内より卵子を生じる、その出卵の時機以前に精をうつせば男の子、出卵後数刻を経たあとなれば女子なりと。総じて、精虫の女子は男の精虫より生命力旺盛である。ねばり強く胎内への回帰本能をもつ為なりと言われる」

「なに？　四至の道とは何じゃと？
およそ玉茎が元気にならねば、女性との和気至らず、元気でも大にならねば肌気至らず、大になっても堅くならねば骨気いたらず、堅くとも熱くならねば神気が至らぬ。この四気至って、はじめて女門は快を味わい陰陽は合一する。四気の至らぬうちにやるやつはサイテーである」

——このほかにも、いろいろ煩い禁忌があったから、そのことの至ってお好きな寵妾とて、連続お相手をすることはなかった。経水のあいだは否応なく休みである。

太閤秀吉の精をうつされる相手は四人ときまっていたから、つまりは秀吉にも休みがあった。

かくて月余がまたたく間に過ぎた。

文禄元年三月は、秀吉にとって、日本国にとっても忘れ得ない歴史的重要な月である。朝鮮への出陣が見られた。

本篇の結構と直接のかかわりはないので詳しいことは省略するが、秀吉が意図したのは単なる朝鮮出兵ではない。遠く震旦四百余州を掃蕩《そうとう》し、印度、ペルシャにまで神州の威光を発揚せんとする宏大な気宇の戦略展開であった。この点、歴史的にはジンギス・カン、アレキサンダー、ナポレオンに拮抗《きっこう》する大構想だった。秀吉は、本気で、夢のようなこの雄大な気宇の実現を謀《はか》っていたらしい。

文禄元年五月十八日、秀次に与えた書翰《しょかん》が遺《のこ》っているが、

「大唐都（北京《ペキン》）へ叡慮《えいりょ》うつし申すべく候。其の用意あるべく候、明後年に行幸なさるべく、しかれば都廻《みやこまわり》の国々十カ国進上つかまつるべく候云々《うんぬん》」

と書いている。そして実際に、前田玄以に命じて公卿の家に蔵する記録に就き、天皇行幸の儀式を按《あん》じ、聖駕《せいが》を北京に遷《うつ》す計画をねっている。

日本の天皇を中国の帝位に即《つ》け奉り四百余州を統御せんと、まじめに構想しているわけだが、どうやら当時の上下一般が、この実現を信じて疑わなかったらしく、『鹿苑日録《ろくおんにちろく》』六月六日の条に――

「太閤より朱印を上《たてまつ》る。来々年大唐に遷都あらせられるべき儀云々」

とあり、同月十三日の条には、主上正親町《おおぎまち》天皇が、

「太閤より入唐《にっとう》をすすめて参ったが、しかれば誰を召連れて行こうか」

なぞと公卿たちに本気で打診された記録がある。公卿には、遷都のあと、周辺の諸州を知行として与えると秀吉は立案していたのである。

そして大唐関白には自らなって、後、秀次に譲り、日本の関白には大和《やまと》中納言

か浮田《うきた》宰相をあてるとも定めていた。

　こうした大計画は、未だ曽《かつ》て国史に例を見ない。朝鮮がこの案を一笑にふして従わなんだから、震旦を征する途次、当然、朝鮮でのいくさから始めねばならなかったわけだが、あくまで、秀吉は本気であった証拠に、おびただしい軍勢を九州博多《はかた》に集結させ、ついで朝鮮に渡らせた。秀次を養子とし、関白職を譲ったのも実はみずから軍兵を率いて北京へ出向く意図の下準備だったのである。

　秀吉の九州への出発は、はじめ三月一日の予定だったが、都合で二十八日に延びた。相当、口うるさいが、それだけ支那の書物や事情にくわしいト先生を、是非とも同行させようと秀吉は考えたのである。こればかりは太閤殿下たる威光において、秀吉は命令した。例によって石田三成が使者となり大岩祠を訪のうたら、

「かんにんしろや。しんどいわ」

　ト先生、三成に来意を聴いても別に驚く様子はなくて、

「あの三人で充分じゃろ。わしゃ、しんどいわ」と言った。

「は?……三人とは?」

「とぼけるな。南禅《なんぜん》寺の僧らの三人じゃ」

　あっ、と三成は仰天した。南禅寺の僧霊三《れいさん》、相国《しょうこく》寺の僧承兌《しょうだ》、東福《とうふく》寺の僧永《えい》

哲《てつ》の三人が、たしかに翻訳係りを兼ねて秀吉にお供する。でもこれは内定の段階で、まだ公けにはなっていない。況して祠を出歩くとは聞かぬ先生の日常なのである。

「どうしてそれを？……」

唖然《あぜん》として、穴のあくほど、卜先生のどこやら太閤殿下に似た面貌を、三成は凝視したら、

「そんなことより子胤じゃ。出来たようじゃな」

「？……」

「おぬしの当てにした方ではないぞ。気の毒にの、あたら豪傑ひとり、いのちを捨てよったが……お蔭で宰相局というたか、あの婦人、人が変ったように優しいおなごになるぞ。生れて初めてじゃろう、あんな、ええおもいをしよったは……さすれば死ぬるも本望であろう」

「死ぬる？」

「殺されよる。でもの、そもそもの企みはおぬしの胸三寸にあったはず。ちがうか」

ギョロッと大きな眼玉で睨《にら》まれて三成の顔面は紙のように真っ青となった。

「ふ、ふ、ふ……」

蔑むごとく哀れむごとく、老人は苦笑し、

「慈悲で教えておいてやろう。よいか三成、おぬし三年に一度の割でしか、歳とれん男よ。されば知恵のめぐりも三分の一とおもえ。何事によらず此度のようにおぬしが悪企みいたすこと絶対に、成就はせん。このこと篤とおぼえておれよ。さなくば身を滅ぼすぞ」

「！……」

「さればじゃ、改心の証《あかし》に、宰相局が妊《みごも》った児《こ》、太閤どのの胤じゃとそっと関白に告げてみいや、秀次にの。野心あらば、秀次は密《ひそか》に宰相局を始末いたそう、私心なく潔白の男なれば、やがて、天下は秀次が握る。おぬしではないわ、秀次が。――これは、賭《かけ》じゃ」

「！……」

「それから、太閤には、侍妾のひとりを、誰でも気に入ったのでよい、九州名護《なご》屋《や》の陣所まで、伴うようおぬしから進言するとよい。これも又、賭じゃがの。……ふ、ふ、人のまごころへの、賭じゃ」

賭とは何を意味するのか、三成は是非糺《ただ》しておきたいとは思ったが、すでに心底を見透された懼《おそ》れと狼狽で、言辞を継ぐこと能《あた》わず、匆々《そうそう》に洞窟を退散した。その後ろ姿へ洞内から卜先生は喚《わめ》いた。

「よいか、わしも指導を手がけたゆえ子は授けたいが、こればかりはまごころで定まることじゃ。せいぜい、禁忌を重んじ精気を養うよう太閤に言ってくれい。名護屋へ供のことは、とみに肢《あし》がおとろえ、随《つ》いて行けんとでものう」

三成は戻って、同行は老衰にて不可能のこと、そのかわり、侍妾の一人を同伴すれば教導を手がけた手前、前の仙の通力にかけても受胎を見るよう、祈ると卜先生が告げたと、秀吉に復命した。内心の疚《やま》しさが殊更こう言わせたのであろうが、秀吉は、

「気に入った一人をじゃと？　うん、成程」

莞爾《にっこり》して、

「ならば、ちゃちゃにしよう」

淀どのは当時、なぜか眼疾に悩んでいた。それで平癒をまって、三月二十六日、征途についたのである。この秀吉の出発は天下の壮観をきわめ賭者《としや》（見物）群衆した。

記録によれば、秀吉は伏見より大坂に至りその足で九州へ発《た》った。

すでに出兵の準備まったく成って、「高麗《こま》へ罷《まか》り渡り候軍勢」

加藤清正、福島正則、黒田長政《くろだながまさ》、小西行長《こにしゆきなが》らに率いられる兵十一万余。ほかに九鬼《くき》、藤堂《とうどう》、加藤嘉明《よしあき》ら九千二百余人は水軍として朝鮮沿海を襲撃し、徳川家康《いえやす》、前田利家、徳川秀康《ひでやす》、上杉景勝《うえすぎかげかつ》、蒲生氏郷、伊達政宗《だてまさむね》、丹羽長重《にわながしげ》らは兵十万余と共に名護屋の本営に留まっていて太閤秀吉と、お市の方に劣らぬ容色の美人淀どのを迎えた。

姫路殿、宰相局をはじめ他の寵妾は大坂城に置き去りにされ、関白秀次と三成も残った。

賭は為されたのである。

三成は、一日、秀次の前に出て、人払いを乞い、膝を進め身近ににじり寄って、私語した。

「まことか？」

秀次は目を瞠り、つとめて喜色満面の表情を作らんとしたことは明白だったが、瞳孔はうろたえていた。嘘《うそ》のつけぬ性質の人であった。虚偽を告げた治部少輔のほうがはるかに質《たち》が悪い。

「め、めでたい仕儀じゃ……うん、めでたい。太閤殿下はこのこと、もはや承知しておられような？」

「存じなされておるなれば淀どのを伴うたりはなされませぬ」

「む？……」

「関白どの。月のものが無うて、初めて女子は、娠《はら》んだと知るものでござる。あれからまだ、二月《ふたつき》とは……」

複雑微妙な逡巡《ためらい》が一刷毛《はけ》さっと青年関白の面上を趁《はし》ったのを三成の鋭い眼は見のがさなかった。

「ならば――」

稍《やや》あって秀次は言った。歯の間から無理に言葉をおし出すような、力《つと》めた口調で、

「早速に名護屋へ注進せいよ。いかばかり満悦あそばすか」

「でも関白どの。淀どのがあの烈しい御気性ゆえ、黙って引き退《さが》られ申すことか、いちどはお胤を宿せし腹、おくれてなるかと殿下をお攻めなされては、ソレ、ト先生の申した百閈の荒淫とやらで……加えるに宰相局どのはあのような華奢《きやしや》な体つき、流産を見ることが無いとは申せますまい。それではかえって、名護屋へ注進仕《つかまつ》る儀も太閤殿下の御落胆をさそうようなもの……今しばらく、様子を見るが順当かと我ら心得申すが」

秀次は、あらぬ方に視線をうろつかせ、三成の言葉もよくは耳に入らぬ様子だった。

三成もそれ以上、くどくは話し込まずに御前を退った。名護屋への注進は当座は見合わすこととときめて。

それからの、秀次の何やら物おもいに耽《ふけ》り、ためらい、憔悴《しょうすい》する様は詳述するにしのびない。

ただ時折、そっとうかがうように宰相局の腹部を偸み見た。

宰相局は、以前の彼女とは人が変ったように侍女へも心づかいやさしく、温和《おとな》しく、万事控え目な婦人になっていた。胎内の子が誰の胤かをむろん彼女は自覚していた。詫びて新兵衛が屠腹したのが、わずかにプライドを慰めていた所為《せい》もあろう。生れて、女として、初めて閨の喜びを教えてくれた男である。その男は既に世にない。安んじて、むしろ追慕の愛をこめて彼女は産みおとすつもりでいたのである。女の性は、かくも情に目覚めるとやさしいものか。

歳月は矢の早さで過ぎた。もう誰の目にも宰相局が妊《みごも》ったことは明らかだったが、自室にひっそりと籠って人目の煩しさを避け、源氏《げんじ》物語など繙《ひもと》いて彼女は胎教に専念したのでその妊娠は、限られた者しか知らなかったという。

朝鮮での軍《いくさ》は、当初は破竹の進撃をつづけ、五月三日早くも首都漢城《ソウル》を陥落した捷報《しょうほう》などが、刻々、大坂城にもたらされたのも人々を活気づかせ、宰相局のことなぞさして皆は気にとめなんだのであろう。

だが、ついに賭は卜先生の惧《おそ》れた方の答えを出した。

善意と悪意の相克に自らくるしみ、精神衰弱となって秀次はとうとう自滅の道をえらんだ。曰《いわ》く殺生関白となった。妊婦たる宰相局の腹を彼は刺したのだ。

時あたかも十月三日、宰相局は一言、

「吾子《あこ》」

と絶叫して息絶えたが、不思議なるかな此《こ》の日より十カ月後に、月満ちて淀のは拾君《ひろいぎみ》——すなわち秀頼《ひでより》を出産している。卜先生、果していかなる感慨でこれを傍観したろうか。

火坂雅志

石鹼

―石田三成―

一

——石鹸《シャボン》

という言葉は、葡萄牙《ポルトガル》語のサボン（sabão）に由来している。

紀元後まもなく、石鹸はガリア人によって獣脂と灰から造られたというが、それがヨーロッパ全土に広まったのは八世紀に入ってからだった。十三世紀になって、地中海沿岸の特産であるオリーブ油と海藻から、さらに上質の石鹸が生み出されるようになった。

その石鹸がはじめて日本に渡来したのは、南蛮貿易がさかんになった桃山《ももやま》時代のことである。博多《はかた》の豪商神屋宗湛《かみやそうたん》が石田三成《いしだみつなり》へ石鹸を贈り、それに対する三成の礼状が『神屋文書《もんじょ》』に残っている。

為見舞、書状並志やぼん二被贈候、遠路懇志之至満足に候、今度之地震故、爰《ここ》許《もと》普請半《なかば》に候、委細期後音候。

八月二十日　　　　　　　　　　石治少　三成

博多津　宗旦返事

シャボンなる言葉が日本の古記録にみえるのは、この慶長《けいちょう》元年の三成の書状が、史上はじめてであろう。

（よい物をもらった……）

と、石田三成は思った。

三成は生まれついての潔癖性で、不潔な物、清浄ならざるものが何よりも嫌いである。聞けば、南蛮渡りの石鹼《シャボン》は、水につけて手をこするだけで、いかなる汚れも立ちどころに洗い流すという。

三成は、主君の秀吉《ひでよし》のように、珍奇な南蛮渡りの品ならば何でも諸手《もろて》を上げて喜ぶというわけではなかったが、この神屋宗湛が贈ってくれた石鹼だけは好みに合った。

さっそく、木箱におさめられた二個の石鹼のうちのひとつで手を清め、使ったあとのさっぱりとした清潔感に満足した。

きれいになった手を木綿《もめん》の布でぬぐい、

（あの、むさい加藤《かとう》や福島《ふくしま》も、石鹸で磨けば、少しはすっきりした顔になろうものを……）

よけいなお世話だとは知りながら、三成は豊臣《とよとみ》政権内で武断派といわれている彼らのことを思った。

加藤主計頭清正《かずえのかみきよまさ》、福島左衛門大夫正則《さえもんだゆうまさのり》、ともに同じ秀吉子飼いの将でありながら、三成とは不仲の男たちである。加藤、福島が戦場で槍《やり》を振りまわして武功をあげてきたのに対し、三成はもっぱら裏方の物質の調達や兵站《へいたん》で能力を発揮してきた。

　戦場での槍ばたらきをしない三成を、加藤らは見下し、

「あの背の低い、わんさん者が」

と、あざけり笑っていた。わんさん者とは、〝和讒者《わざんもの》〟すなわち陰で告げ口をする者という意味である。

　しかしながら、秀吉の天下統一とともに合戦がなくなり、政治の季節を迎えると、文官である三成のほうが、かえって秀吉に重く用いられるようになった。それが、加藤らはおもしろくない。

一方、三成のほうも三成で、みずから恃《たの》むところが強く、人を小馬鹿にし、痛烈な皮肉を言い、他人と妥協することができないという性格から、加藤や福島のみならず多くの武将たちの反感をかい、鬼子のように憎まれてきた。

もっとも、三成自身、豊臣家臣団のなかでの不評は、まったくと言っていいほど気にしていない。

三成にとって、みずからの行為は私利私欲によるものではなく、すべては豊臣家のため、秀吉のためであった。豊臣政権にとって無駄なもの、無益なものがあれば、情け容赦なく切り捨てる。

（正義をおこなって、どこが悪い……）

世に誇りたいような気持ちであった。

ともかく――。

秀吉の近習《きんじゅう》から身を起こした石田治部少輔《じぶのしょう》三成は、いまや豊臣家の筆頭奉行として人事や財政、政務全般に辣腕をふるい、

「その勢威、比肩の人無し」

と、いわれるほどの権力を握るようになっていた。

神屋宗湛がくれた南蛮渡りの石鹸を、三成はおおいに気に入った。ふつうの者

ならば、物惜しみしながら珍奇な二個の石鹸を大事につかうところだろうが、三成はもともと物欲が少ない。

（このよき物を、摩梨花《まりか》にも使わせてやろう……）

三成の脳裡《のうり》を、堺《さかい》の宿院《しゆくいん》町にひそかに住まわせている女のことが翳《かげ》りのごとくよぎった。

摩梨花のことを思うと、三成の胸はかすかに甘く痛む。女の冷ややかな顔容《かんばせ》を溶かすためなら、いかなる手立てをつくしても惜しくはないと思うほどである。

摩梨花はめったに笑わぬ女であった。そんな女に、なぜ魅《ひ》かれるのか、三成は自分でもわからない。

残ったひとつの石鹸を袱紗《ふくさ》につつんでふところに入れると、

「馬を用意せよ」

三成は外出の支度を小者の弥助《やすけ》に命じた。

半刻後、三成は弥助ひとりを供に、大坂《おおさか》城三ノ丸の屋敷を出た。

道に、濡れるような夕闇が満ちはじめている。

先ごろの伏見《ふしみ》大地震で、軒の傾いた家が目立つ大坂の町なかを抜け、四天王寺《してんのうじ》あたりまでくると、しだいに人家もまばらになってきた。

茅原《かやはら》のむこうに、赤みがかった丸い月が見える。吹く風はすでに秋のものである。

（わしに隠し女《め》がいることを知れば、島左近《しまさこん》は何と思うであろうかな……）

三成は馬上で目を細めた。

摩梨花のことは、家老である島左近にも打ち明けてはいない。

豪放磊落《らいらく》、戦国乱世の気風を色濃くとどめる島左近は、

「愛妾《あいしょう》の一人や二人持てば、殿も少しは尻の穴が広がるじゃろう」

などと、おもしろがって冷やかすだろう。が、三成は、おのが唯一の弱みである女のことを誰にも知られたくはなかった。

阿倍野《あべの》まで来たとき、月が雲にかげった。

と──。

道端の地蔵堂のわきで人影が動いた。

瞬間、ダンと腹の底に響くような轟音《ごうおん》が炸裂《さくれつ》し、松明《たいまつ》を持って馬の横を歩いていた小者が前のめりにつんのめる。

「弥助ッ！」

三成が見下ろすと、小者の弥助は頭を撃たれ、額から鼻にかけて血まみれにな

っていた。ほとんど即死であろう。

（火縄銃か……）

何者かが、地蔵堂のかげから三成を狙って狙撃したようである。

誰が――と思うより早く、三成は馬の尻にするどく鞭《むち》をくれていた。ダッと走りだした馬の背後から、つづいて銃声がとどろいた。

三成は左肩に焼け火箸《ひばし》を当てたような痛みを感じた。

（撃たれたな）

この期におよんでも、三成は冷静だった。

右手で手綱をしっかり握り、馬のたてがみに顔をすりつけるように身を低くし、

（とにかく、堺の町へ飛び込んでしまうことだ。町なかまでは追っては来まい……）

頭のすみで計算しながら、馬を矢のように走らせた。

少しおいて、また後ろで銃声がしたが、三成は振り返らず、夜の闇のなかを走りつづけた。

二

女の住む宿院町は、堺の南　庄《みなみのしょう》にある。町の西に住吉《すみよし》社のお旅所があったため、宿院町の名で呼ばれるようになった。

あたりには、神社が多い。

家々の屋根の向こうに、くろぐろとした神社の森が森閑としずまっていた。

三成は馬の背から転げ落ちるようにして、宿院町の女の屋敷に飛び込んだ。騒ぎに気づいて庭先に出てきた小女が、血に染まった三成の肩を見て、甕《かめ》が割れたような悲鳴を上げる。

「騒ぐな」

三成は小女を制して裏庭へまわった。

井戸端で片肌ぬぎになり、傷をあらためてみると、弾丸は左肩の浅いところをかすめただけで、骨に食い込んではいなかった。ただし、出血がおびただしい。

（ばかなまねをする……）

井戸から汲《く》んだ水で傷を洗いながら、三成は自分に狙撃者を差し向けた者の心当たりを考えた。

真っ先に頭に浮かんだのは、加藤清正である。平素から犬猿の仲の清正だが、近ごろではとくに、朝鮮《ちょうせん》の役で謹慎処分になったのを三成の讒言《ざんげん》のせいだと深く恨んでいると聞いている。

(あの男ならやりかねぬだろう)

傷に沁《し》みる水の冷たさに、三成が顔をしかめたとき、背後で人の気配がした。

三成が振り返ると、白萩《しらはぎ》の茂みのかげに女が立っていた。

背の高い女である。

細おもてで目尻がするどく切れ上がり、美人と言っていい顔立ちだが、表情の硬さが女の容貌を氷のように冷たいものにしている。

「摩梨花か」

三成は目を細めた。

「何でもない。部屋にもどっていよ」

「何でもないということがありましょうか。見れば、お怪我《けが》をなされておるような」

「ほんのかすり傷だ。ここへ来る途中、どこかの愚か者が、鉄砲でわしを狙い撃ちにした。おかげで小者は倒れたが、このとおり、わしは無事よ」

「まあ……」

女は眉をひそめたが、さほど案ずるような顔をしていない。むしろ、形のいい唇に、皮肉な微笑すら浮かべているほどである。

「あなたさまは、業《ごう》の深いお方だから……」

摩梨花が土を踏みしめ、三成のそばに歩み寄ってきた。

「世に、あなたさまをお恨みする者は多うございましょう。あなたさまの策謀で切腹させられた千利休《せんのりきゅう》どののご遺族しかり、関白豊臣秀次《ひでつぐ》さまの旧臣もまたしかり」

「わしは、何ら天に恥じるおこないはしておらぬ」

「さようでしょうか」

そっと肩に置かれた女の手が冷たかった。

「あなたさまは、私の父も罪なくして死に追いやったのです」

「それはちがう。前野《まえの》どのは……」

言いかけて、三成は傷でうずく左肩を押さえた。

「痛みますか」

「……………」

「その痛みは、あなたさまに殺された者どもの恨みと思いなされませ」

きらきらと光る目でにらみつけながら摩梨花が言った。

「まさか、人を使ってわしを撃たせたわけではあるまいな」

三成は女の目を見つめた。

摩梨花は冷たく笑い、

「そんなまわりくどいことをするくらいなら、とうの昔に、この手であなたさまの寝首をかいております。仇《かたき》とはいえ、恋しいお方をどうして殺すことができましょう。それができぬからこそ、こうして苦しんでいるのです」

「摩梨花……」

三成は井戸端から立ち上がり、女の細い肩を強く抱き寄せた。

三成が摩梨花と出会ったのは、いまから半年前のことであった。堺町奉行をつとめる三成は、堺の商人津田宗凡《つだそうぼん》(宗及《そうきゅう》の息子)の茶会に出て、大坂へもどる途中、住之江《すみのえ》の近くで俄雨《にわかあめ》に降られた。

茶会帰りのこととて、供はごくわずかである。三成は近くの農家へ供を連れて駆け込んだ。

そこにいたのが、摩梨花だった。

一目見て、ただの田舎娘ではないとわかった。ひかえめな立ち居ふるまいに隠しようのない気品があり、どこか人目を避けているふうがあった。

女は下働きの老女と二人暮らしのようで、突然あらわれた三成主従に、あきらかに迷惑そうなそぶりをみせたが、それでも一行を囲炉裏端に上げ、熱いクマザサ茶をふるまってくれた。

春先の花散らしの雨で冷えきった体を茶でぬくめながら、

（どういう素性の人なのだろうか……）

横顔に憂いを含んだ翳りをたたえる女に、三成はむくむくと頭をもたげる好奇心を押さえることができなかった。思えば、そのときすでに、三成の心は妖しい恋の糸にからめとられていたのかもしれない。

やがて、雨は止《や》み、三成は相手の名も聞かず、おのが名もなのらず、その家をあとにした。相手が素性を隠しているようすであったため、あえて無理に聞き出すのをはばかったのである。三成はいついかなる場合でも、節度をわきまえた男だった。

しかし――。

女との出会いは、三成の胸に、薄闇に咲く夕顔の花のような陰を残した。

あの雨の日から時が過ぎれば過ぎるほど、女の面影が忘れられなくなり、

（もう一度、会いたい……）

と、思うようになった。

政務においては何事にも怜悧《れいり》で辛辣な三成だが、身のうちから湧き上がる恋の心だけは、如何《いかん》ともしがたかった。

（我ながら、ばかな……）

おのれに唾を吐きたいような思いを抱きつつ、半月後、女のもとをたずねた。

女のほうも、口数は少ないながらも、三成に対して悪い感情は持っていなかったようで、三成はその日、女の家に泊まった。

そもそも、三成の女性関係は清廉すぎるほど清廉である。

主君の秀吉などは、豊臣家の世継ぎの秀頼《ひでより》を生んだ淀《よど》殿をはじめとして、二十人あまりの側女《そばめ》がおり、三成はその姿をつねに間近で見てきたが、主君の行為を真似ようと思ったことは一度たりとてない。

三成は、近江源氏《おうみげんじ》の末裔《まつえい》である宇多頼忠《うだよりただ》の娘を妻とし、二男四女をもうけている。ほかに愛妾はひとりもいなかった。正妻のほか何人もの側女を持つのが当た

り前の戦国武将としては、ごく珍しいことである。

べつに、正妻を熱愛しているわけではない。

ただ単に、

――女は無駄だ
と、思うのである。

近江出身で、万事に合理的なものの考え方をする三成は、女に費やす時間も金も、すべてが無益に思われたのだ。

妻は、おのが子孫を残すためにいればよい。

それ以外の女に耽溺《たんでき》することは、男としての仕事に支障をきたすと、三成は昔から思ってきた。いや、その考えはいまでも変わってはいない。

だが、人の心はつねに計算どおりに働くものではないということを、摩梨花と出会ってはじめて、三成は肌に荒塩をすり込まれるように強く思い知らされた。

(これが恋か……)

女のどこに、これほど魅かれるのか、自分にもわからない。おそらく、わからぬのが恋というものであろう。

摩梨花のもとに通うようになってほどなく、三成は堺の宿院町に、もと金剛流《こんごう》ツレ方の能役者が住んでいた小さな屋敷を女のために買い求めた。

三

「もっと早く、あなたさまの名を聞いておけばよかった」

閨《ねや》の床で黒髪を乱しながら、摩梨花があえぐように言った。

「出会った最初から、あなたさまが父上を殺した石田治部少輔三成だと知っておれば、間違ってもこのような仕儀にならずにすんだものを……」

「前野どのは、わしが手を下して殺したわけではない」

三成の指が、女の肌をまさぐった。

闇のなかで摩梨花の白く隆起した胸がふるえる。

「じかに手を下さずとも、わたくしの父、前野将右衛門長康《しょうえもんながやす》はあなたさまに激しく糾弾され、腹を切らねばならなくなった……。違いますか」

「…………」

女の語気の激しさに、一瞬、三成は愛撫《あいぶ》の手を止めた。

「わしを恨んでおるのか」

「……お恨みいたしております」

「ならばなにゆえ、憎い男に体を開くのだ。そなたが嫌と言えば、わしは無理じいはせぬ」

「人の心が理のままに動くのなら、どれほどよいものを……」

女の頬《ほお》を、ツツと一筋の糸のような泪《なみだ》が流れた。

三成は指を近づけ、頬をつたわる泪をなぞった。指をそっと嘗《な》めると、女の涙はほのかに塩辛い味がした。

摩梨花の父の前野将右衛門長康は、秀吉の尾張《おわり》時代からの功臣である。

もとは、木曽《きそ》川の水運を支配する川並《かわなみ》衆の頭であったが、兄貴分の蜂須賀小六《はちすかころく》とともに、まだ織田《おだ》家の一家臣にすぎなかった秀吉に仕えるようになり、その天下取りを陰で支えつづけ、但馬出石《たじまいずし》十万五千石の大名にまで出世した。

いわば、秀吉と苦楽のすべてをともにしてきた同志のようなものである。本来であれば、豊臣家草創期以来の功臣として、安楽な余生を迎えられるはずであった。

ところが、朝鮮の役から帰還し、そろそろ隠居したいと考えていた前野将右衛門に、秀吉から関白豊臣秀次の後見役をせよとの命が下された。

秀次は秀吉の甥で、豊臣家の後継者である。子のなかった秀吉が自分の養子とし、関白の位をゆずっていた。

しかし、秀吉の側室淀殿にお拾《ひろい》（のちの秀頼《ひでより》）が生まれ、関白秀次の地位は危ういものになっていった。

秀次は太閤《たいこう》秀吉を追い落とすための陰謀をはかり、それが五大老のひとりの毛《もう》利輝元《りてるもと》の密告によって発覚。激怒した秀吉は、秀次を高野山《こうやさん》へ追放し、切腹を命じた。同時に、秀次の妻妾子女三十余名を京の三条《さんじよう》河原《がわら》で斬首に処した。

関白秀次の筆頭後見人となっていた前野将右衛門の糾問にあたったのは、ほかならぬ三成であった。

三成は伏見城内の評定所に将右衛門を呼び出し、尋問した。

「そのほうは太閤殿下より、関白秀次さまの後見という重い役儀を仰せつけられていた。にもかかわらず、謀叛《むほん》のたくらみを止めることができなかった。あまつさえ、謀叛の連判状には、そのほうの子息、出雲守景定《いずものかみかげさだ》の名も見えておる。これは、いかに。知らぬ存ぜぬですむことではございませぬぞッ！」

かつて、三成と前野将右衛門は、同じ秀吉の天下取りに力を尽くした同僚であった。しかも三成は、すでに齢《よわい》六十五を数える前野将右衛門より、二十九歳も若い。

だが、だからと言って、糾問に恩情を差しはさみ、追及の手をゆるめるような三成ではなかった。

前野将右衛門は、いっさい言いわけをしなかった。彼自身は秀次事件には無関係であったが、筆頭後見人という立場上、責任は免《まぬか》れぬとわかっていたのであろう。

「息子の不忠は、それがしの不徳のいたすところ。すでに覚悟は決めてござる」

その言葉のとおり、将右衛門は領地をみずから返上し、さきに切腹した息子の景定の後を追うように、腹をかっ切って果てた。

（まさか、摩梨花が、あの前野将右衛門の忘れがたみだったとは……）

そのことを知ったのは、三度目の逢瀬《おうせ》のときであった。

摩梨花が前野将右衛門の娘だと知って、三成は少なからず動揺した。しかし、三成より、もっと深く傷ついたのは、摩梨花のほうであったにちがいない。

摩梨花は父が自害したあと、乳母《めのと》の里を頼って、摂津《せっつ》住之江に隠れ住むようになったという。それが、相手が三成であると知らずに深い仲になった。

関白秀次事件のあと、世間には、あれは前野将右衛門ら古参の家臣の一掃をはかる三成の陰謀であったとする流説がささやかれており、摩梨花もそれを頑《かたく》なに信じ込んでいた。

しかし、三成は秀次事件に関して、何ら後ろめたいところはなかった。陰謀を企てたのは、むしろ関白秀次のほうで、三成はただ、それを法にのっとって処断したにすぎない。

三成は、おのれの正しさを何度も摩梨花に説いた。だが、摩梨花は三成の言葉を受けつけず、冷たく心を閉ざしつづけている。

三成には、わからない。

摩梨花はなぜ、理の通った自分の話を信じないのか。それ以上に理解できないのは、激しく憎みながらも、相変わらず自分という男を受け入れている摩梨花の心根だった。

「来て……」

摩梨花が低くささやいた。

三成は女の体に、おのが体を重ねようとした。とたん、左肩がツンと痛み、思わず顔をしかめた。

「痛うございましょう」

摩梨花の細い手が伸び、晒《さらし》を巻いた三成の肩を撫《な》でた。

「もっと、もっと、お苦しみになればよい。あなたさまは、人の心の痛みを知らない。ご自身が痛みを知れば、人の心もおわかりになるはず……」

「摩梨花……」

三成は痛みをこらえ、女に深々と体を埋めた。女が強く足をからめてくる。

(逃れられぬ……)

痛みと快感が、ねじれた二彩の糸のように背筋を駆け上がった。

翌朝、摩梨花に石鹸《シャボン》を渡して三成は大坂へ帰った。

四

慶長三年八月十八日、伏見城において豊臣秀吉が死んだ。

密葬をすませた三成は、大坂の自邸へもどり、石鹸で手を洗った。縁先のつくばいの水を柄杓《ひしゃく》で汲み、何度も繰り返し洗う。

草色の石鹸が、手のなかで溶けて泡立った。

(豊臣家のゆくすえは、わしの肩にかかっている……)

石鹼で手を洗いながら、三成はかすかに胴震いをおぼえた。

思えば、豊臣家の天下は、秀吉という燦然《さんぜん》と輝く太陽あってこその天下であった。秀吉亡きあと、その政権を受け継ぐべき秀頼は、いまだ六歳の幼児にすぎない。徳川家康《とくがわいえやす》、前田利家《まえだとしいえ》、毛利輝元ら、戦国乱世を図太く生き抜いてきた諸大名を統《す》べる力など、あろうはずもない。

秀頼を無事に、

――天下人

たらしめるためには、秀吉のもとで政務を取り仕切ってきた三成が、補佐役を果たさねばならなかった。

(警戒すべきは家康だ……)

五大老筆頭にして関八州二百四十二万石の太守、徳川家康が天下取りにひそかな野心を燃やしていることは、三成のみならず、衆目の一致するところであった。

生前の秀吉も、家康を恐れ、秀頼への忠誠を誓うむねの起請文を一度ならず提出させている。家康は、表面上、律義者をよそおい、秀頼に従うそぶりをしていたが、それが見えすいた演技であることは、炯眼《けいがん》な三成にはわかりすぎるほどわかっていた。

（いずれ、家康は動く）

三成は、石鹸を強くこすった。

三成にとって、秀吉が遺《のこ》した豊臣家の天下をおびやかす者は、何者によらず悪であり、三成自身はその悪を懲らすことに、おのれの存在意義を賭《か》けていた。

秀吉の密葬がすんで間もなく、三成は朝鮮出兵の軍をすみやかに撤収すべく、九州《きゆうしゆう》博多へ下った。

博多の奉行所へ入った三成は、徳永寿昌《とくながながまさ》、宮城豊盛《みやぎとよもり》らを代官として朝鮮へ渡海させ、秀吉の喪をかたく秘して軍勢を引き揚げるよう、諸将に伝えた。

朝鮮で長い合戦をしいられていた加藤清正、黒田長政《くろだながまさ》らは、勢いづいた朝鮮、明《みん》の連合軍に追われるように総撤退した。

柿の実が朱色に染まり、やがて、木枯らしが博多の町を吹き抜けた。

重い役目をひとつ果たし終えた三成は、博多の豪商神屋宗湛から、一客一亭《いつきやくいつてい》の茶会に招かれた。

「石鹸《シャボン》の匂いがいたしますな」

屋敷内にある〝竜華庵《りゆうげあん》〟と名づけられた三畳台目の茶室で三成と対座した宗湛は、そう言ってかすかに目をほそめた。

神屋宗湛は四十七歳。

三成より九つ年上の、柔和な顔をした僧形の男である。

「いつぞや、宗湛どのより南蛮渡来の石鹼をいただいてから、すっかりあれが癖になってしまった。近ごろでは、堺の薬種商のもとからしばしば取り寄せている」

「申して下されば、手前が博多より急ぎお送りいたしましたものを」

宗湛は目尻に皺《しわ》を寄せてうっすらと笑い、白い湯気を上げる平釜から湯柄杓で湯をすくった。

茶碗は、唐渡りの油滴天目《ゆてきてんもく》である。

床の間に掛けられた掛け軸は、瀟湘夜雨《しょうしょうやう》。花入は天竜寺手《てんりゅうじで》の青磁。茶入は天下の名物、博多文琳《ぶんりん》であった。

いずれも、ひとつで数千貫の値がつく高価な茶道具ばかりである。博多一の豪商といわれる宗湛の財力のほどが知れよう。

「まずは一服」

亭主の宗湛があざやかな手さばきで茶を点《た》て、三成の膝もとに油滴天目の茶碗をすすめた。

「馳走《ちそう》になろう」

三成は作法どおりに茶を飲んだ。

「動いておりまするな、雲が」

竹連子《たけれんじ》窓のほうに、宗湛がちらりと目をやった。

三成が見ると、窓の向こうの澄みわたった空に、白く光る綿雲が風にあおられて流れていく。

「あの雲のごとく、天下も風雲急を告げそうな勢いでございますな」

「天下に波乱を起こそうとしている者がおる。わしは、それを未然に食い止めねばならぬ」

「徳川どのでございますな」

「うむ」

三成は茶碗をもどした。

「合戦は何としても避けたいと思っているが、万が一、いくさとなったとき、そのほうら博多の商人衆はいずれにつく」

「申すまでもござりませぬ。われら博多衆は、故太閤殿下に格別の御恩をたまわりました。豊臣家安泰のためには、いかなる助力も惜しむものではありませぬ」

「武将よりも、お前たち商人たちのほうがよほど忠義じゃな」

三成は笑った。

人から冷酷で情のない男と思われているが、三成自身は案外、情にもろいところがある。もろいからこそ、それをおもてに出さぬようにつとめている。

「そのときは頼むぞ、宗湛」

「心得ておりますとも。矢銭の御用から武器の調達まで、この宗湛に何でもお任せくださりませ」

「博多で、五大老の毛利輝元どのや宇喜多秀家《うきたひでいえ》どのにも会った。朝鮮から引き揚げてきたばかりで、まだ事態の急変にとまどっているようすだったが、徳川がことを起こしたときには、ともに秀頼さまをお守りするであろうと約束してくれた」

「さすがは石田さま、早くも諸将のあいだに手を打っておられましたか」

「相手は古つわものの徳川家康よ。向こうもさっそく、諸将の抱き込みをはじめておるわ」

「太閤殿下がお亡くなりになって、まだ三月もたたぬと申すに、世のうつろいは激しいものでございますなあ」

しみじみと、宗湛が言った。

思いは三成とて同じである。太閤秀吉が死んだことで、世の流れは、秀吉在世中とは一変している。みな、生き残りのために、必死になっているのである。なかには、秀吉に恩顧を受けた大名でありながら、家康の切り崩し工作にやすやすと乗っている者もあると聞く。

(だが、わしは変わらぬ。ほかの誰が変節しようとも、わしだけは死ぬまでおのが節を曲げぬぞ……)

三成が黙っていると、宗湛が、

「徳川さまと申せば」

あたりをはばかるように声を低めた。

「伏見の出店の者から聞き及んだのですが、徳川さまはだいぶ以前より、紀州根来《きしゅうねごろ》の鉄砲の名手をひそかに雇い入れているとのよし。万が一ということもございますれば、くれぐれもお身の回りにはお気をつけなされませ」

「徳川が鉄砲の名手を集めているか……」

三成はふと、堺の摩梨花に会いに行く途中、何者かに狙撃されたことがあったのを思い出した。二年前の秋のことである。

まさか、そのころから家康が自分を狙っていたとは思いたくないが、家康の野心の前に、三成という存在が目の上の瘤《こぶ》であることは間違いない。

「もう一服、茶をいかがでございますか」

「いや、もうよい。茶も過ぎれば、胃の腑《ふ》に悪いという」

三成はきまじめな顔で言った。

五

三成が上方へ帰還すると、予想どおり、早くも家康が不穏な動きを見せはじめた。

——諸大名の縁組の儀は、御意をもって相定むべし
という故秀吉の禁制を公然と破り、伊達政宗《だてまさむね》、福島正則、蜂須賀家政《いえまさ》（小六正勝《まさかつ》の子）との縁組を、つぎつぎと進めたのである。

諸大名との仲立ちをしたのは、家康に近かった堺の茶人、今井宗薫《いまいそうくん》（宗久《そうきゅう》の子）。

大名家同士が縁組することは、取りもなおさず、強固な同盟関係を結ぶことを

意味する。ゆえにこそ、秀吉は大名の勝手な婚姻を禁じたのだが、家康はそれをぬけぬけと反故《ほご》にしてみせた。

（厚顔無恥な……）

秀吉の奉行として諸大名の理非をただしてきた三成の目に、それは豊臣政権への反逆の狼煙《のろし》に映った。

慶長四年一月十九日、三成をはじめとする五奉行、並びに五大老の前田利家は、使者を立てて家康を問詰した。

むろん、素直に罪をみとめるような家康ではなく、

「そのことなら、仲人の今井宗薫が届けを出し、とうに許しが下りているものとばかり思っておった」

と、そらっとぼけてみせた。

一方の宗薫は、

「手前は一介の町人にござりますれば、そのようなご法度があるのを、つゆ存じませなんだ」

巧みに非難の矛先をかわそうとする。

（のらりくらりと言いわけして、既成の事実を作ってしまおうというわけ

か……)

三成はあらためて、徳川家康という敵のしたたかさ、手ごわさを痛感した。

(しかし、好き勝手にさせてはおかぬぞ)

相手が強硬な姿勢をつらぬくなら、こちらもまた、手段を講じねばならない。

三成は、考えぬいたすえ、

——家康暗殺

という、秘策を用いることにした。

「家康の首を取りますか」

備中島の大坂屋敷で、家老の島左近が目の奥を輝かせた。三成に一万五千石の大禄《たいろく》をもって召し抱えられた島左近は、いくさが三度の飯より好きな老将である。

「左近、声が高い」

「これは失礼を」

島左近は悪びれるふうもなく三成の目を見た。

「聞け、左近」

「は……」

「できることなら、わしも家康に正面からいくさを挑みたいと思っている。しかし、敵は関八州二百四十二万石の太守、近江《おうみ》佐和山《さわやま》二十万余石のわしがまともにぶつかっても、とうてい勝てる相手ではない」

「力をもって倒せぬなら、智恵で倒そうというわけでございますな」

「すべては秀頼さまをお守りするためだ。家康の皺首を墓前に供えれば、草葉の陰で、太閤殿下もさぞや安堵《あんど》されることだろう」

三成は島左近とともに、家康襲撃の策謀をひそかにめぐらし、機会をうかがった。

やがて――。

ときはおとずれた。

三月十一日、病に倒れた前田利家を見舞うために、家康が伏見の屋敷から大坂へおもむき、藤堂高虎《とうどうたかとら》の大坂屋敷に宿を借りたのである。

勢をもって藤堂邸を押しつつみ、家康を亡きものとする、またとない好機であった。

「動くなら今でございます」

島左近は迅速な行動をすすめたが、三成は首を縦に振らなかった。

「勝手に動いては、小西行長《こにしゆきなが》、長束正家《なつかまさいえ》ら、志を同じくする者たちに対して礼を失する。彼らにも相談のうえ、ことを起こそう」

「ぐずぐずしていては、時機《とき》を逸しますぞ」

「しかし、筋は通すべきだ」

三成が、小西行長邸に同志を集めているうちに、この動きが家康側にもれ、加藤清正、福島正則、池田輝政《いけだてるまさ》ら、徳川に心を寄せる武断派の武将たちが兵を引き連れて藤堂高虎の屋敷に詰めかけた。

事ここに至っては、家康襲撃どころではない。三成の計画は失敗に終わった。

その後、天下に重きをなしていた五大老の長老前田利家が病死すると、加藤、福島、池田ら武断派の武将らによって、逆に三成は襲撃を受けることになった。

事前に身の危険を察知した三成は、伏見の家康邸へ逃げ込んだ。事実上の敗北宣言である。

家康は命を助けてやるかわりに、

――隠居せよ
と、三成に迫った。

（無念だが、ここはやむなし……）

三成は息子の重家《しげいえ》に家督をゆずり、佐和山城へ身を引いた。

佐和山退隠後も、伏見、大坂の情勢は、京畿に放ってある忍びから、刻一刻と伝えられてきた。

三成を追い払った家康は、伏見城に入り、さながら天下人のごとく、号令を下しているという。さらに九月には、大坂城西ノ丸へ入って、諸大名の加増転封を勝手におこないだした。

（許せぬ）

とは思ったが、いまのところ、三成は黙って見ているしかない。

（いずれ……）

と、三成は佐和山城の天守から、漣《さざなみ》の広がる琵琶湖《びわこ》を見下ろした。

いずれ、大坂へもどって、天下の政道をただす――それが、天から与えられたおのれの役目だと、三成は信じている。自分には一点の曇りもない。そのことが、どうしてほかの武将たちにはわからぬのか――。

三成は口惜《くや》しかった。

ふと目をやると、白帆を立てた小舟が一艘《そう》、あおあおとした湖面を近づいてくるのが見えた。

六

佐和山城の御殿に、三成は思いもかけぬ客を迎えていた。

摩梨花である。

昨年の太閤秀吉の死去以来、三成は多忙をきわめ、摩梨花に会っていなかった。とはいえ、細かなことに気のまわる三成は、堺宿院町への金子《きんす》の仕送りだけは欠かしていない。

「来るなら来るで、なぜ、使いをよこさなんだ……」

「不意に思い立ってやって来たのです。大津《おおつ》の湊《みなと》から柴を運ぶ丸子舟に乗ってまいりましたが、ずいぶんと風光のうつくしいところでござりますな」

摩梨花は、少し太ったようだった。そのぶん、かつての険のある冷たさが影をひそめ、柔和な女らしさが匂い立つようになっている。

三成がそのことを口にすると、

「そう言うあなたさまは、お痩せになられました」

摩梨花は三成を見返した。

「いい気味と思うているだろう、摩梨花」

「なぜです」

「そなたの恨んでいた男が大坂を追われ、退隠の身となったのだ。そなたばかりでなく、わしを恨む多くの者どもも、それ見たことかと嘲笑《あざわら》っておる」

「もはや、あなたさまに対する恨みはありませぬ」

「なに」

女の意外な言葉に、三成は目をみはった。

「わしを恨んでおらぬと……」

「はい」

摩梨花は楚々《そそ》たる微笑を浮かべ、

「もしかしたら、ずっと以前から、父が死んだのはあなたさまのせいではないと、わかっていたのかもしれませぬ。されど、誰かを恨まねば、石榴《ざくろ》のように引き裂かれた心を癒すことができなかったのです」

「摩梨花……」

「あなたさまの仰せになることは、いつでも正しい。理にかなっております。それでも、人は筋道の通らぬ思いにとらわれることがあるのです」

「何を言っておるのか、わしにはよくわからぬ」

三成は摩梨花の手を握り、そばへ抱き寄せた。肌理《きめ》のこまかいうなじが、目の前にあった。

「そう、あなたさまには、おわかりにならないでしょう。だから、人に憎まれる」

「わしが嫌いか」

「嫌いだったら、こうしてたずねてまいりませぬ」

摩梨花は木洩《こも》れ日の落ちる障子に目をやった。

「私欲のない、ひたすらに真っすぐな三成さまをお慕い申し上げております」

「佐和山で暮らせ、摩梨花。そなたのため、部屋を用意させよう。佐和山には、そなたの義理の兄の舞兵庫《まいひょうご》もおる」

摩梨花の姉婿の舞兵庫は、かつての名を前野兵庫といい、関白秀次事件に連座して浪人暮らしを送っていた。それを、一年前に三成が拾い上げ、五千石の侍大将に取り立てていた。

「それはできませぬ」

摩梨花が小さくかぶりを振った。

「いやか」

「申しわけございませぬ」

「やはり、わしを恨んでいるのだな」

「いえ」

「では、なにゆえ……」

「あなたさまは遠からず、いくさをなさるおつもりでございましょう」

「…………」

三成は返答しなかった。

しかし、摩梨花の言葉は当たっていた。じつは、三成は会津《あいづ》百二十万石の上杉《うえすぎ》景勝《かげかつ》の宰相、直江兼続《なおえかねつぐ》と結び、東西で呼応して兵を挙げる企てを押しすすめていた。

（このいくさは勝てる。負けるはずがない）

三成の計算では、豊臣家に恩顧のある諸国の大名は、なだれをうって三成の軍に加わり、味方の勝利は間違いなかった。げんに、五大老の毛利輝元、宇喜多秀家らは、三成と密書を取りかわし、すでに助力を約束している。

「おなごには、いくさのことはわかりませぬ」

摩梨花が三成の襟もとに指先を這《は》わせた。

「しかし、いまのあなたさまの胸のうちには、徳川を倒すことしかない。わたくしの棲《す》む場所など、どこにもないでしょう」

「そなたの申すとおりだ」

女の肩を抱きながら、三成は遠くを見ていた。

「しばし、待っていてくれ。三成の目は徳川に勝ち、そなたを迎えに行く」

三成との別れを惜しみながら、女は堺へ帰っていった。

天下分け目の関《せき》ヶ原《はら》合戦がおこなわれたのは、翌慶長五年、秋のことである。

会津の上杉景勝征伐のため、家康が遠征軍をひきいて江戸へ下ったすきに、三成は佐和山から大坂へもどり、挙兵した。

徳川家康を総大将とする東軍、八万九千。対する三成の西軍は、八万二千。文字どおり、天下を二分する両軍は、九月十五日早暁、霧の立ち込める美濃《みの》国関ヶ原の地でぶつかり合った。

当初、戦況は一進一退を繰り返した。

両軍は死力をつくして戦い、戦端がひらかれてから二刻（四時間）以上たっても、勝敗は決しなかった。いや、むしろ西軍のほうが、やや押し気味に戦いを展開していたと言っていい。

その西軍有利の流れをがらりと変えたのが、関ヶ原を見下ろす松尾山《まつおさん》に陣をしいていた小早川秀秋《こばやかわひであき》であった。

秀吉の正室、北政所《きたのまんどころ》ねねの甥にあたる秀秋は、西軍方に属して関ヶ原に参戦していたが、かねてより東軍への内応の気配があり、動きが疑問視されていた。

その小早川秀秋が、最後に裏切った。さきの朝鮮の役での行動を三成にとがめられ、左遷されたことを秀秋は深く恨んでいたのである。

小早川隊の寝返りにより、西軍は一挙に崩れた。

大谷吉継《おおたによしつぐ》隊、全滅。小西行長、宇喜多秀家隊敗走。三成の本隊も激闘のすえ、島左近、舞兵庫らがつぎつぎと戦死した。

戦いは決した。

三成は、生き残った家臣たちと別れ、ひとりで伊吹《いぶき》山中を逃げた。

(負けるいくさではなかった……)

胸に、無念の思いがある。逃げ延びて、いずれ再起を期すつもりだった。

しかし、徳川方の落人《おちうど》狩りの手は、伊吹山中の洞窟にかくれていた三成にも及んだ。

捕らえられた石田三成は、敵将徳川家康の吟味を受け、大坂と堺の辻々《つじつじ》を引きまわされたすえ、京の六条河原《ろくじようがわら》の刑場へ送られた。

『明良洪範《めいりようこうはん》』によれば、刑場へ向かう途中、三成は警固の役人に、

「喉が渇いたゆえ、白湯《さゆ》がほしい」

と、訴えたという。

役人は三成の望みを聞き入れ、近くの民家へ走ったが、あいにく湯を沸かしている家がない。やむなく、柿を手に入れてもどってきた。これでも食べよと役人がすすめると、三成は生まじめな顔で、

「柿は痰《たん》の毒だ」

と、断った。これから首を刎《は》ねられる者が何を言うと、役人はせせら笑ったが、

「大義を思う者は、死のまぎわまで一命を惜しむ。生きているかぎり、最期の一瞬まで本望を遂げようと願うからである」

三成は毅然として言い放った。

また、異本には、こんな話もある。

柿を拒否して刑場へ着いた三成の面前に、群衆のなかから、妙齢の女が進み出た。女は、警固の侍たちに押し止《とど》められながらも、必死の形相で近づき、

「これで手をお清め下さい」

と言って、ふところに納めてきた石鹼《シャボン》を三成に差し出した。

三成は役人に願って縄を解いてもらうと、桶《おけ》の水を用いて石鹼を泡立て、指の股のあいだまで一本、一本、ていねいに洗い清め、従容《しょうよう》として斬首された。

石鹼を渡した妙齢の女は、摩梨花であったにちがいない。

吉川永青

義理義理右京

秋七月も半ばにならんとする武蔵国《むさしのくに》、野に渡る夜風が冷たい。義宣《よしのぶ》は陣屋の櫓《やぐら》にひとり登り、自らの軍兵によって築いた堤と、北西一里半(一里は約六百五十メートル)の先にある忍城《おしじょう》を見遣《みや》った。月明かりに城の構えがぼんやりと浮かんでいる。その周囲を巡る堀にも時折ちらちらと跳ね返る光があった。

忍城を水攻めにすると聞いたのは一ヵ月ほど前のことだ。それからずっと、城を囲う堤を築くべく兵を督している。うんざりとした気持ちで溜息《ためいき》をつき、首を回した。

堤は城の北東三里の辺りからこの丸墓山《まるはかやま》本陣を通り、南方をぐるりと回って荒川《あらかわ》沿いに延びている。既に城の西方三里まで築いた。しかしこの軍の大将・石田《いしだ》三成《みつなり》は、いつまでも堤を延ばせと命じるばかりで一向に水を引き入れようとしない。堤の上で半里置きに篝火《かがりび》が掲げられた様子は壮観ですらあったが、どうにも馬鹿馬鹿しいことをしていると思えてならなかった。

「築きも築いたり、実に四十里か。だが……」

義宣は思った。この城を水攻めになど、果たしてできるのかと。

忍城は利根《とね》川と荒川に南北を挟まれ、それぞれの細かい支流が縦横に走る湿地の只中《ただなか》にある。縄張りした頃から幾度となく川が溢《あふ》れていたのは明らかで、それが証《あかし》に本丸を始めとする郭《くるわ》は周囲の平地より高く造られていた。洪水でも水を被らぬ「浮き城」の異名は伊達《だて》ではあるまい。

ふと、背後に人の気配がした。

「だが、何だと申される」

振り向けば、当の三成がそこにいた。のっぺりと能面のような顔、口元に申し訳程度の髭《ひげ》を蓄えた色白である。忍城は水攻めでは落ちぬ。それすら分からぬとは、大将の器にあらず。心中で嘲《あざけ》りつつ義宣は「何でも」と頭を下げた。

三成は甲高く揺れる声で笑った。

「何でもないことはあるまい」

向こうは関白・豊臣秀吉《とよとみひでよし》の子飼い、こちらは秀吉に帰順した常陸《ひたち》の一大名である。歳《とし》とて三成が三十一、己は十歳も下なのだ。言ってはならぬと思えばこそ口を噤《つぐ》んだのに、なお問うとは。

疎ましい思いを胸に頭を上げ、掬《すく》い上げるように眼差しを送った。篝火に照らされた三成の顔は薄笑いで、まさに能面を下から見た風であった。

その能面が、何ごともなかったかのように発した。

「佐竹《さたけ》殿は、水攻めでは落とせぬと踏んでおるのだな」

分かっていて問うたのか。何と底意地の悪い男だろう。胸に湧き上がった怒りを悟られぬようにと、義宣は俯《うつむ》いて無言を貫いた。だが——。

「まさに慧眼《けいがん》、そのとおりよ」

続けられた三成の言葉は驚くべきものであった。思わず顔を上げる。

「そのような……いえ、その。石田様は左様にお思いで？」

忌々しげな笑みが返された。

「如何《いか》にも。分かっていて水攻めの支度を進め、堤を築くよう其許《そこもと》に命じた」

三成は右手をすっと前に出して軽く手招きをした。そして自らは櫓の床板にぺたりと座る。義宣もそれに倣って正面に腰を下ろした。

今まで気付かなかったが、三成は左手に瓢箪《ひょうたん》ひとつ、小さな杯二つを持っていた。杯の片方をこちらに寄越し、瓢箪の栓を抜いて酒を注ぐ。

義宣は頷《うなず》くように頭を下げてこれを受けた。然《しか》る後に杯を床に置き、こちらも酌をする。双方の杯が白い濁りで満たされると、三成はちびりと舐《な》めて「ふふ」と笑った。

「其許、これで城が落ちぬと分かっていながら、なぜ堤を築き続けた」

「はあ……。左様にお下知を頂戴しましたからには、勤め上げるのがそれがしの役目にて」

「諫言《かんげん》を吐こうとは思わなんだのか」

問われて苛々《いらいら》が募った。この人は何が言いたいのだろう。

三成と佐竹家の付き合いは数年前からである。米沢《よねざわ》の伊達政宗《だてまさむね》が会津《あいづ》を窺《うかが》い、これを北方の脅威と認めた佐竹の先代、父・義重《よししげ》は豊臣秀吉と誼《よしみ》を結んだ。両者の取次ぎ役が三成であった。

義宣は父の隠居によって家督を継いだばかりの身である。三成とも、秀吉の小田原《おだわら》攻めに参じて初めて対面した。常陸の鬼と恐れられた父と昵懇《じっこん》だった男とは、どれほどの人物か。期待が大きかっただけに、己に向けられる態度が鼻に付いてならなかった。

だが、それでもこの男に従わねばならぬ。平安の昔から続く佐竹家を守るという、誇らしい使命を課せられた当主なのだ。先祖への義理、敬慕する父への義理を通すためには何でもする覚悟だった。

いつまでも黙っている訳にはいかない。義宣は一気に杯を干して発した。

「佐竹が関白殿下の庇護《ひご》を頂戴できたのは、一にも二にも石田様のお取次ぎゆえ。父からそう聞かされております。恩義あらばこそ、お下知に異を唱えるなど思いも寄らぬことにて」

三成は目に喜色を見せ、然る後に裏返った声で笑った。

「其許は、まこと義理堅い。良き哉《かな》、良き哉」

虫唾《むしず》の走る尊大な態度に、心中で唾棄しながら頭を下げる。と、耳に刺さる哄《こう》笑《しょう》が不意に止《や》んだ。続いて大きな溜息が聞こえてくる。

「わしも其許と同じじゃ。先にも申したとおり、これで城を落とすことはできぬ。が、水攻めは関白殿下たってのご希望ゆえな」

三成は言う。小田原城に籠って抵抗を続ける北条氏直《ほうじょううじなお》を締め上げるのに、関東諸城の攻略は是非とも必要だったと。特に忍城は、ただ落とすだけではならぬと命じられたそうだ。

「此度《こたび》の小田原攻めによって、これまで殿下に従わなんだ者もようやく擦り寄って来た。彼奴《きやつ》らが二度と楯《たて》突くことなきよう、力の差を思い知らせたい……殿下はそう仰せられた」

ゆえに、何が何でも水攻めにしろと言って譲らなかったらしい。湿地とは言え遮るものなき平野である。なるほど、ここに湖を作り出して忍城を沈めれば、関白の力、豊臣の富を新参の大名衆に見せ付けることができる。だが――。

三成は心底疲れたように「ふう」と長く息を吐いた。

「実は昨日、北条氏直が小田原城を明け渡した。これ以上抗《あらが》っても詮なきことと、忍城も明日の朝に開城と決まった。其許に無駄な働きを命じ続けたこと、詫《わ》びとうてな」

わざわざ酒を携えて来た理由が知れた。同時に、三成という人に対する思いが少し変わった。

「石田様は、こうなることをご承知で？」

「いいや。できれば堤を見せ付けることで、もっと早く降参させたかった。が……まあ、それは構わぬ。殿下がどうしても水攻めをと仰せられるなら、わしは、どうしても堤の中に水を引き入れずに終わらせねばならなかった。そうなっただけで十分よ」

三成は、またこちらの杯に酒を注いだ。濁りに満たされてゆく杯と水攻めの堤が重なるように思えて、義宣はぽつりと呟《つぶや》いた。

「もし水を引き入れていたなら……」

言葉は返って来なかった。三成は口の端を引き攣《ひ》らせるように笑みを浮かべ、ただ首を横に振っている。その姿が、がんと胸に響いた。

水攻めに遭ってなお城が落ちなければ、秀吉の面目はどうなったろう。関白の力を見せ付けるどころか、赤っ恥である。思った途端、目が覚めた。義宣は深々と頭を下げ、愕然《がくぜん》とした面を伏せた。

「申し訳ござりませぬ」

「何が？」

「申し訳次第もござらぬ」

同じ言葉を繰り返して頭を上げる。三成の顔には穏やかな、それでいて自らを嘲るような笑みが浮かんでいた。

「わしはな、佐竹殿。これまで一度も武功というものがない。そもそも力が弱く、槍《やり》働きに向かぬ。小競り合いの軍を率いても勝ったためしがない。戦下手か……。忍城も、十倍の兵を率いながら落とせなんだ」

「されど、それは」

こちらが言いよどむのを余所《よそ》に、三成はぐいと杯を呷《あお》って呟いた。

「市松《いちまつ》（福島正則《ふくしままさのり》）や虎之助《とらのすけ》（加藤清正《かとうきよまさ》）が、またぞろわしを罵るであろうな。

それぱかりは口惜しい」

目端が利かぬくせに尊大で、底意地の悪い男と思っていた。いつ如何なる時でもすまし顔の、いけ好かぬ男だと。だが違った。豊臣の天下を保ち、国に安寧をもたらすには――だからこそ自らの戦下手を「使った」のだ。その三成から漏れた繰り言が、この上なく眩《まぶ》しかった。

「大事なことを教わった思いです」

この人に嫌なものを覚えていたとは、思い違いも甚だしい。義宣は自らを恥じ、すっと目元を拭って杯を呷った。

＊

小田原征伐の後、秀吉は関東・奥羽《おうう》の大名に朱印状を与えて所領を定めた。義宣の領国・常陸の周囲も状況が一新された。まず北条の旧領には徳川家康《とくがわいえやす》が転封されてきた。また奥羽を席巻していた伊達政宗が、昨年攻め落としたばかりの会津を召し上げられた。かねて秀吉が発していた惣無事令《そうぶじれい》――大名同士の私闘を禁ずる触れに反したという理由である。

諸大名にとって良いことばかりではない話も、佐竹家にとっては有難いことずくめだった。長らく角突き合わせてきた北条が滅び、南方の懸念が消えたのは大きい。近年の北条は徳川との盟約あって佐竹を圧していたのだから、徳川にも良い感情を抱いてはいない。それでも徳川は秀吉に従順で、当面は佐竹の脅威にならぬだろう。伊達が召し上げられた会津には蒲生氏郷《がもううじさと》が入り、北方にも安堵《あんど》できるようになった。

加えて義宣には常陸一国を任せる旨が沙汰された。三成からの書状によれば、忍城攻めの堤を一手に引き受けたことが認められたのだそうだ。誰が何をしたかは明らかであった。

義宣はこの沙汰への謝意を示すべく、他の大名に先駆けて伏見《ふしみ》に屋敷を建て、父・義重を住まわせた。大坂にある秀吉の間近に人質を送った格好である。秀吉は大層喜び、小田原征伐から五ヵ月が過ぎた十二月、朝廷に奏上して義宣を従四位下・右京大夫《うきようのだいぶ》に補任した。

これを以《もつ》て義宣は上洛《じようらく》した。そして宣旨を受けると、その日のうちに大坂へ下る。秀吉に礼を申し述べるためであった。

大坂城・中の間の襖《ふすま》は金箔で飾られ、実に眩《まばゆ》い。案内の小姓が開けると四十畳の一番奥、こちらを見下ろすように高くなった畳の上で秀吉が待っていた。ぎょろりと目が大きい面長に唇の厚さが目立つ顔立ちは、小田原の頃から変わっていない。だがいくらか不機嫌そうなものを湛《たた》えていた。向かって左手前には、相変わらずの薄笑いで三成が侍している。

義宣は胡坐《あぐら》の両脇に拳を突き、肘を張って頭《こうべ》を垂れた。

「お目通りの儀、お聞き入れくださり恐悦至極に存じ奉ります」

秀吉は「うむ」と唸《うな》るように応じた。

「佐竹殿、これへ」

三成に促されて平伏を解き、前に進む。秀吉から二間（一間は約一・八メートル）を隔てて腰を下ろし、再び頭を下げた。

「此度は殿下のご恩徳により、朝廷への奏上を賜り──」

「ええがや。面を上げい」

ぶっきらぼうな秀吉の声に遮られ、頭を上げて居住まいを正す。そこへ、すぐに次の言葉が飛んで来た。

「右京よう。わしの言うたこと、きちんとやっとるんかい」

「はて、それがし何かお気に障ることでも……」

秀吉は右手の扇を軽く開き、また閉じて、ぱちりと音をさせた。

「常陸をきちんと治めとるんかと、聞いとるんじゃ。ほれ、あの……三十三館主とか言うたか。あやつらのことよ」

然り、常陸には頭痛の種がある。下総《しもうさ》国近くに領を持つ国人、南方三十三館主と呼ばれる者たちだ。佐竹家はこれらを束ねる盟主の立場である。国の外に脅威がなくなったせいか、昨今ではこの国人衆が義宣の命令に従わない。勝手な振舞いが目に余った。

「あの者共は、かつて佐竹が北条と敵対していた頃からの付き合いにて」

されど殿下のご下命とあらば征伐してご覧に入れます。そう続けようと思っていた。だが乾いた喉が粘り付いて上手《うま》く声が出ない。口中の唾を飲み込もうとしている間に、秀吉の顔には明らかな嫌気が宿った。

すると三成がからからと笑った。面持ちひとつ変えぬ哄笑よりも、笑う理由が分からぬ方に気味の悪さを覚えた。

「石田様」

何とか掠《かす》れ声を捻《ひね》り出す。三成の笑いがぴたりと止まった。

「其許は相変わらず、何とも義理堅いお方よ」

そして秀吉に向き直る。

「佐竹右京殿ほどの律義者はそうそうおりませぬ。殿下のご恩徳に感じ、誰よりも早く伏見に屋敷を構えたるは忠節の証にござりましょう」

「されど三成よう、それと領国の差配は別物じゃろう」

三成はゆっくりと、大きく首を横に振った。

「さにあらず。殿下は佐竹殿をお叱りあそばされますが、いささか筋が違うのではと思う次第」

「何がじゃ。右京は旧縁の義理に囚《とら》われて、わしの言い付けを蔑《ないがし》ろにしとるがや」

「いえいえ、そうではござらぬのです」

三成は口元をにたりと歪《ゆが》め、少し唇の開いた右端から息を漏らすように笑った。

「右京殿がまこと義理堅いのは、そこではござりませぬ。思うに、殿下の発せられた天下惣無事のお触れを重んじておられるのかと」

秀吉は目に驚きを宿し、三成からこちらに向き直った。

「もしや、わしが伊達に厳しい沙汰を下したからか」

自らを置き去りにして進む話に、義宣は目を白黒させた。秀吉はそれを見て呆《あき》れ顔になった。

三成が追い討ちの言葉を投げ掛ける。

「そもそも殿下が罰を下されるべきは、三十三館主の方でしょう。右京殿は常陸一国、殿下のお墨付きを頂戴したことを重んじて律義に戦を避けて来たのです。国衆共がその足許を見るなど、殿下の仰せを侮っている証にございます」

秀吉の顔が忙しい。三成の言葉を聞いて、今度は憤怒の朱に染まる。右手の扇子で膝元の畳を何度も打ち据える様は、まるで猿だった。

「三成の申すところ、まこと道理である。右京！　わしの許しを得るまでもにゃあで。おみゃあの下知に従わん国衆など、ただちに討ち滅ぼせ」

「あ。は、はっ」

義宣は思わず平伏《ひれふ》した。秀吉は勢い良く立ち、どすどすと畳を踏み鳴らして中の間を去った。

足音が遠ざかり、静寂が訪れる。三成の「ふう」という溜息が聞こえて、義宣は頭を上げた。

「何が何やら。ともあれ、有難う存じます」

三成は常なる薄笑いで応じた。

「右京殿は、まだ若いのう。されど、わしは其許を高く買っておる。この国を戦乱に逆戻りさせぬために……わしの他にそれができるのは其許ぐらいであろう」

「滅相もない。たった今とて殿下に睨《にら》まれ、縮み上がっておりましたものを」

「そこが若いと申す。良いか右京殿、これからの其許に必要なのは、肚《はら》を据えることぞ」

「肚を、ですか」

「忍城でのこと、其許は我が真意を見通しておられた。つまり持ち前の武勇に加え、世を経《おさ》め民を済《すく》う道、経世済民の才がある。肚を据えて掛からば何ごとか成らざらん」

「そうは仰せられましても、殿下を前にしては」

三成は首から上だけを突き出すようにして問うた。

「其許、将として腹を切る覚悟はおありか」

「戦に敗れ、進退窮まれば無論のこと。懸命に戦った皆への義理というものがあり申す」

「そうであろう。されど失策の責めを負うのは誰にでもできる。わしが言いたいのは、もうひとつ上ぞ。まことに肚を据えた者は、自らの命を対価にして正しきことを成さんとする」

義宣は「あっ」と口を開いた。忍城でのこと、三成の胸の内が思い起こされた。

「分かったようであるな。その覚悟あらば、常陸のことも首尾良く成し遂げられよう」

三成はそれだけ言って、静かに去って行った。

義宣は領国に戻ると、年明けの天正《てんしょう》十九年（一五九一年）二月九日、一族の重鎮・東義久《ひがしよしひさ》に命じて三十三館主を呼び寄せた。花見の宴《うたげ》で絆《きずな》を深めんという名目である。

三十三館主はひとり残らず常陸太田《おおた》城に参じた。勝手な振る舞いをしても兵を向けられることがなく、花見の宴という言い分も「義宣が弱腰に出て来た」と侮ったためである。

――それが命取りであった。

本丸の庭にある桜の下で供された酒には眠り薬が仕込まれていた。国衆たちは誰ひとりとして疑いを挟まず、その酒を豪快に呑《の》んだ。半時（約一時間）もせぬうちに全てが眠りに落ちると、義宣は自ら刀を取ってこれらを皆殺しにした。

全ての首を庭に並べ、血濡れの手で杯を取る。

「石田様……。蒙《もう》を啓《ひら》いてくださりましたこと、恩に着ますぞ」

そして、唇に受けた返り血と共に酒を呑み下した。

*

義宣と三成の交わりは次第に緊密になっていった。

天正十九年十二月、秀吉は関白を辞して太閤《たいこう》と称した。そして翌文禄《ぶんろく》元年（一五九二年）の三月、明《みん》帝国征伐のため大陸に出兵した。佐竹家は兵五千の軍役を課されたものの、後に三千に減らされている。この「唐入り」は激戦の末に得るものなく撤兵となったのだが、義宣自身が渡海することはなかった。三成の計らいであった。

慶長二年（一五九七年）には佐竹の寄騎《よりき》大名、かつ義宣の従兄弟に当たる宇都《うつの》宮国綱《みやくにつな》が改易された。家督争いに端を発する内紛が第一の理由である。宇都宮の上役であり縁者である義宣にも何らかの責めが噂《うわさ》されたが、この時も三成の取り成しで事なきを得た。

そして慶長三年八月十八日、豊臣秀吉がこの世を去った。大陸に再度出兵している最中のことである。海を渡った諸将は、五大老筆頭・徳川家康の下命に従い兵を退いた。義宣も朝鮮《ちようせん》への出兵拠点・肥前名護屋城《ひぜんなごや》に詰めていたが、今回も海を渡ることはなかった。

名護屋から兵を返した義宣は、大坂城に上がって三成を訪ねた。久しぶりで目にした能面のような顔は、幾分やつれたように映った。

「殿下がご遠行されてそろそろ二ヵ月になりますな。石田様もご多忙にて、お疲れのことでしょう。それがしにできることあらばお助けいたす所存」

三成は珍しく、嬉しそうに笑みを浮かべた。

「お気遣い痛み入る。それにしても右京殿は変わられた。どっしりと落ち着きを増し、初めて会うた頃とは別人のようじゃ」

「当年取って二十九、家督を継いだばかりの若造ではなくなり申した。全ては石田様のお導きがあったればこそ」

「頼もしい限りである。されば、ひとつお願いしようか」

三成は眉をひそめて小声で発した。

「朝鮮に出た者が騒いでおる」

大陸に遠征した諸将は多大な財を費やし、血を流して戦った。だが三成ら奉行衆はこれら「武功の者」に恩賞の沙汰を下さなかった。そのことへの不平不満が渦巻いている。

義宣は当惑しつつ返した。

「はあ……。されど二度の唐入りでは何ら得るところなく、これを以て武功と言うことはできぬと心得ますが」

「其許のように分別ある者ばかりではない。負け戦でも一番槍を付ければ功ありと胸を張る奴輩《やつばら》は、道理を弁《わきま》えておらぬ」

「では、皆を説き伏せよと？」

三成は軽く頭《かぶり》を振った。

「それぞれの所領を保つだけの能しかない者に、国の全てを前に進める大義や計図を説いても無駄というものよ。それを解するは大老衆のみ、中でも徳川家康殿と前田利家《まえだとしいえ》殿ぐらいであろう。されど……実は徳川殿に不穏な動きがあってな」

義宣は面持ちを厳しく引き締め、眼差しで「それは？」と問う。三成が頷いて続けた。

「太閤殿下のご遺命に反し、許可なく諸大名との縁組を進めんとしておるとか。自らの味方を増やそうという肚ぞ」

驚いて目が丸くなった。

「まさか。まだ二ヵ月ですぞ」

「まだ、ではない。もう二ヵ月ぞ。重ねて言うが、徳川殿は国を動かす大義を心得ておる。それがゆえに動き始めておるのだ。もっともその大義は、我らの大義とは大きく違うようだがな」

豊臣の家督を継いだ嫡子・秀頼《ひでより》は六歳の稚児である。未だ政の全てを家臣が取り仕切らねばならぬのに、五大老筆頭の立場にある者が先君の遺命に背くとあらば、それは簒奪《さんだつ》を意味する。

三成の口元が歪んだ。

「せっかく定まった形を覆し、自らの望む形に一から作り直さんとする……。斯《か》様《よう》なことが罷《まか》り通らば、この国は十年、二十年も後戻りしてしまうであろう」

「然らば戦を？　徳川殿は豊臣家中第一の将にござりますぞ」

「徳川殿を抑え込むとあらば、戦を抜きには語れぬ。されど今ではない。時を稼ぐ必要がある。わしは前田殿を説き伏せ、徳川殿の動きをできる限り阻む。其許は徳川殿に擦り寄る有象無象の動きを教えて欲しい」

二人は無言で頷き合い、会談を終えた。

以後の世は急激に動いた。

家康の動きを知った前田利家は、重い病の床にありながら烈火の如《ごと》き怒りを見せ、公然と糾弾した。三成の説得が功を奏したのか、或《ある》いは秀吉と無二の親友だったからなのかは分からない。いずれにしても、利家が家康の野心を認めたことだけは確かであった。

そして年明けの慶長四年一月、家康派と利家派の双方が緊張を高め、各々の屋敷に集結する事態となった。義宣も前田邸に参じていた。三成からの指示である。一触即発の様相だが、一方の旗頭とされた利家は腰が重かった。血気に逸《はや》った面々を宥《なだ》め、とにかく落ち着けようとしている。家康を非難したとて、今すぐに戦で片を付けようとは思っていないのだ。国を大きく乱さぬための、確かな判断であった。

そうした中、痺《しび》れを切らしたように裏返った怒声を上げる者があった。増田長《ましたなが》盛《もり》である。

「何ゆえ、徳川方を討つと仰せになられぬのです」

「徳川殿は亡き太閤殿下から秀頼公の行く末を託《たく》されたにも拘《かかわ》らず、自らが取って代わろうとしておるのですぞ。今動かねば侮られます。前田様は病重く、気弱になられたのだと」

長束正家《なつかまさいえ》が続いた。増田と共に、奉行衆の中でも三成に近しい者であった。

義宣は「おや」と思った。三成と親しい二人が口を揃《そろ》えてけしかけることに何の意味もないとは思えない。だが──。

思案していると、細川忠興《ほそかわただおき》が口を開いた。

「お二方、必死にござるな」

嘲弄とも取れる言葉に、増田と長束が「何を」と腰を浮かせる。細川は「しばらく」と一喝して利家に向き直った。

「我ら揃って死力を尽くさば、どうして負けることがござろうか。されど無礼を承知で申し上げます。前田様は病の身、しかもお歳を召されておられますれば、この先十年、二十年を生きることは叶《かな》いますまい。徳川方を討っても、いずれ漁夫の利を得る者があるのは一目瞭然にござる」

増田と長束がまた騒ぎ出したが、細川はそれを超える大声でなお続けた。

「前田様は天下の行く末を案じ、徳川殿を抑えんとしておられるのでしょう。さすれば軽々しく戦に及んではなりませぬ。ご嫡子・利長《としなが》殿にとっても、その方が良いのではござらぬか。今成すべきは徳川殿との和解と心得ます。そして徳川方を取り込み、世を正しき形に整えるのです。前田様にしかできぬことですぞ」

　頬《ほお》まで不精髯《ひげ》で埋め尽くした加藤清正、丸顔にしかめ面の浅野幸長《あさのよしなが》が無言で頷く。加藤嘉明《よしあき》が俯《うつむ》いて腕組みをした。

　しばしの沈黙を破り、利家がしわがれた声を発した。

「細川殿の申しよう、道理である。前田と徳川が戦に及べば決戦となろう。されど互いに数が足りぬ。半端なぶつかり合いは無駄に長引くもの、最も多くの人死にを出す愚かな戦ぞ」

　その言葉は義宣に別の事実を確信させた。互いに数が足りぬ――徳川とて同じことを考えていよう。いずれ、今すぐの戦を望んではいないのだ。

（つまり……そういうことか）

　義宣は三成の真意を察した。増田と長束は利家を焚《た》き付けるために寄越されたのではない。不穏な者を炙《あぶ》り出し、己が誰に目を光らせていれば良いかを明らかにするためなのだ。細川忠興、加藤清正、浅野幸長、加藤嘉明、いずれも「武功の者」で、武功なき三成が世を牛耳っているのを憎んでいる。豊臣の世を重んじるがゆえ前田邸に参集したのだろうが、先の短い利家が鬼籍に入ればどう転ぶか分からぬ面々だった。

利家が家康との和解を選んだことで、騒動は一時の鎮静を見た。しかし利家はそれから三ヵ月足らず、閏《うるう》三月三日に世を去った。

当日の夕刻にこの報を得ると、義宣はまず屋敷で召し使う下人を走らせ、先般の工作で炙り出された四人の屋敷を探らせた。四半時（約三十分）もすると下人が戻り、見て来たことを報じる。義宣は「やはり」と歯噛《はが》みして、すぐに大坂城北詰の備前島《びぜんじま》、三成の屋敷を訪ねた。

下人に案内されて進んだ一室では、三成が何らかの書状に目を落としていた。

「石田様、一大事ですぞ」

義宣の大声に、三成はうるさそうな眼差しを寄越す。

「右京殿、どうなされた。前田殿が亡くなられて、わしはこれからのことを定めるのに忙しいのだが」

「何を悠長に構えておられます。加藤清正殿の屋敷に福島正則殿、黒田長政《くろだながまさ》殿、とにかく続々と集まっておるのです。ここを襲うつもりに相違ござらぬ」

三成の顔が強張《こわば》った。

「まさか。無法に過ぎる」

「前田様が亡くなられた今、徳川殿の敵となり得るのは貴殿だけなのですぞ」

「左様なことは分かっておる。されど、わしはこれまで亡き太閤殿下のご下命に背いたこともない。秀頼公にも忠節を尽くしておる。それを襲わんとするなら、然るべき筋道というものがあるはずだ」

義宣は満面に苦いものを満たし、俯き加減に頭を振った。

「朝鮮出兵後の差配のことで、武辺の面々が貴殿を憎んでおるのはご存じでしょう。貴殿が通じておられる世の大略とは全く違う、これが戦場で自ら敵と斬り結ぶ武士《もののふ》なのです」

「馬鹿な……左様なことは謀叛《むほん》ぞ。豊臣への、謀叛ぞ！」

青ざめた三成に向け、義宣は大きく首を横に振った。

「それがしが加藤殿と同じ立場なら、間違いなく貴殿を今宵のうちに亡き者とし、徳川殿を祭り上げます。徳川殿がさらに力を増さば、他の大老衆とて抗《あらが》えぬでしょう。如何に無法な行ないとて握り潰《つか》せるのです」

そして、わなわなと震える手首を摑んで部屋から引き摺《ず》り出した。三成はふらつきながら、たどたどしい足取りで走る。

導いた先、石田邸の裏門の外には駕籠《かご》を支度していた。その中に三成を押し込むと、義宣は駕籠舁《か》きに耳打ちして走らせ、自らはいったん自邸に戻った。馬を曳《ひ》いて後を追うとすぐに追い付くことができ、それからは自身が先導して先を急いだ。

到着した先で三成を下ろす。能面の顔がいびつに引き攣った。

「こ、ここ……ここは」

「然り、伏見城です」

秀吉が隠居所として築造した城である。三成も秀吉側近として、長くここで権勢を振るった。もっとも今では、遺命によって家康が城代を務めている。

「まさか其許、わしを売る気か」

「その気なら、そもそもお屋敷から連れ出しませぬ。窮鳥《きゅうちょう》懐に入れば猟師も殺さずと申しましょう。それがし、貴殿に受けた恩義に報い、必ずやお命を守るとお約束します」

そして三成の手を引き、大手門へと至る。

「佐竹右京大夫義宣、参上仕《つかまつ》った。徳川内府公にお目通りを願いたい」

この名乗りに門衛のひとりが走った。ほどなく案内の者——何と「赤鬼」の二つ名を持つ徳川第一の臣・井伊直政《いいなおまさ》が出て来て、義宣と三成を城内に引き入れた。

三成はかつての居所・治部少丸に通された。一方、義宣は謁見の広間に導かれる。秀吉の隠居所だっただけに、とにかく広い。しかも至るところが金箔と朱漆で彩られている。この華やかさが何とも落ち着かぬものを覚えさせた。

半刻（約十五分）ほど経った頃か、家康が入って来た。義宣は平伏して迎えた。

「右京殿、面を上げられよ」

言葉に従って居住まいを正す。家康はこの上ない当惑顔で単刀直入に問うた。

「これは、何の真似じゃ」

「井伊殿にお伝えしたとおり、石田治部様をお守りいただきたく、参上した次第です」

家康は、きょろきょろと大きな目で値踏みするように見つめた。

「何ゆえ其方《そのほう》が斯様なことを」

義宣は胸を張って答えた。

「徳川様と石田様の……間柄は、それがしとて承知しております。されど我が佐竹家は、石田様に命運を繋《つな》いでいただいた恩義がござる。如何なる手を使ってでも恩人を守りたいと思うは、人の道に外れたことでしょうや」

家康は「ほう」と目を丸くした。

「人の道には外れておらぬが、愚かなことやも知れぬぞ。其方の申しようによれば、加藤清正殿や福島正則殿ら、七名が治部殿を襲おうとしたとか。襲われるには相応の訳があろう」

「されば、七将の頼みを聞いて石田様を斬りまするか。それこそ愚かであると言わざるを得ませぬな」

「何だと？」

低く押し潰した声で家康がじろりと睨む。だが義宣は、かつて秀吉に睨まれて縮み上がっていた若者ではなかった。すう、と息を吸い込み、腹に力を込める。

「石田様は果たして、これまで主家のご下命に背いたことがありましょうか。それを討たんとするは、豊臣への謀叛にござりましょう。内府様が七将にお手を貸すとあらば、進んで謀叛人の汚名を着るに等しいものと心得ます」

家康は最前の睨みを利かせたまま押し黙った。互いの呼吸の音だけが、十、二十、三十と流れる。

「いやっははは、ははは！」

不意の哄笑と共に、家康は何度も手を叩《たた》いた。

「これは良い。いやはや、噂に違《たが》わぬ律義者よのう。確かに其方の申すとおりじゃ」

「然らば、石田様をお助けくださりますか」

家康は「ふふ」と含み笑いをして返した。

「相分かった。治部殿の命はこの家康が守ると約束する。されど右京殿、これで其方は、わしにも義理を作ったことになるな。それを忘れるでないぞ」

一時半（約三時間）ほどして、三成を襲撃せんとした七将が伏見城に参じた。だが家康は「三成を引き渡せ」というそれらの要求を退けた。

顚末《てんまつ》が知らされるまで、義宣は治部少丸で三成と共にあった。助かったと知った時の三成は、さすがに憔悴《しょうすい》して見えた。

＊

豊臣の政の中心にいる者が襲撃された——その騒動について、家康は三成にも一方の責任を問うた。処分は領国・近江佐和山城《おうみさわやま》への蟄居《ちっきょ》である。前田利家の死去、三成の放逐によって、豊臣家は事実上、家康の独裁となった。

もっとも三成はこれで気を萎えさせてはいないようだった。さもあろう、いずれ家康と雌雄を決さねばならぬと端《はな》から承知していたのだ。家康が我が物顔で振る舞えば、きっと反感を抱く者が出る。それを梃子《てこ》に味方を集めるべく、密《ひそ》かに動いていた。

慶長五年（一六〇〇年）六月二日、家康は関東の諸大名に向けて陣触れを出した。去る三月、会津中納言・上杉景勝《うえすぎかげかつ》に謀叛の嫌疑がかけられ、これを征伐するためである。

陣触れを受けて伏見の屋敷に入った義宣の下に、東義久が書状を届けた。包みの裏には「近江之佐吉《さきち》」と記されている。

さっそく書状を拡げ、目を落とす。

「佐吉……治部様か」

「何と書かれております」

義宣は引き締まった眼差しを返した。それだけで伝わったようで、義久は緊張した面持ちを見せた。

「治部様は、やはり決起されるおつもりか。されど……」

何を懸念しているかは分かっている。見え透いた誘いではないのか、ということだ。

家康が大坂を空ければ三成が挙兵するというのが、武士と町人、百姓衆の別を問わず、昨今の風評であった。確固たる証はないが、それは正鵠を射ている。如何に家康が実権を握っているとは言え、天下人はやはり豊臣秀頼なのだ。その在所たる大坂を空ける意味を、家康が承知していないはずはない。

義宣は書状を畳みながら応じた。

「たとえ罠《わな》でも乗らぬ訳にはいくまい。内府様のなさりようは確かに豊臣を蔑ろにしているのだからな。この機を逃さば、治部様が集めた味方も離れよう」

かつて前田利家が言った。半端なぶつかり合いは無駄に長引くと。あれから一年半、家康と三成はそれぞれ大名を束ね、共に十万にも及ぼうかという数を揃えられるまでになっている。機は熟したのだ。

「多くの者が死ぬでしょうな」

義久の沈痛な呟きに、軽く頭を振って見せた。

「双方が集まっての決戦なればこそ、人死にを避ける道がある。如何なる戦とて、相手の泣き所を崩すことが肝要ぞ。福島正則、加藤嘉明、黒田長政、竹中重門《たけなかしげかど》……」

浅野幸長、中村一栄《なかむらかずしげ》、山内一豊《やまのうちかずとよ》、一柳直盛《ひとつやなぎなおもり》、堀尾忠氏《ほりおただうじ》。義宣は会津征伐に集められた諸将のうち、秀吉の子飼いから身を起こした者の名を連ねた。

「皆、天下の大義を解しておらぬ。それを認めず、治部様を憎むことで自身の愚に目を瞑《つむ》り、挙句は内府様に搦《から》め捕られた。されど秀頼公に弓引く気はあるまい」

もし三成が秀頼という切り札を戦場に示せば、どうなるか。それが家康の泣き所なのだ。義久の目が丸くなった。

「豊臣恩顧の者は、秀頼公の旗を目にして心を揺らす。そこでひとりでも寝返りが出れば」

「然り、後は堰《せき》を切ったように流れが生まれる。戦は終わりだ。加えて寝返りの者には、一時でも内府様に与《くみ》したことを咎《とが》として減封の沙汰を下すこともできる。そうやって力を殺《そ》ぎ、ひとつずつ潰す……火種も残らん。治部様は確かに戦下手かも知れぬが、経世の大才よ。これに気付かぬはずがない」

義久が意を決したように背筋を伸ばした。

「然らば当家は会津征伐に加わらず、大坂に入るのですな」

「いいや。内府様に従って東下する。治部様のお命を救っていただいた義理があるゆえな」

こともなげに返すと、きょとんとした面持ちが向けられた。義宣は、くすくす笑いながら言葉を継いだ。

「治部様からの書状にも書かれておる。もし今すぐこちらに付けば、会津への通り道たる常陸は踏み潰されてしまうぞと。またも治部様に恩義ができた」

「いつもながら殿は、義理、恩義ばかりですな。されど、それでは治部様と干戈《かんか》を交えることになりますぞ」

義久の当惑顔に、義宣は不敵な笑みを返した。

「決戦の場での寝返り、誰が呼び水となるであろうな」

二呼吸ほどの時が流れる。義久は言葉の意味を解したようで、「おお」と声を上げて頷いた。

六月六日に会津征伐の進路が決まると、東国の諸将は一斉に帰国した。義宣も常陸に戻って軍兵を整える。猪苗代《いなわしろ》湖の東方、須賀川《すかがわ》から攻め込む仙道口《せんどうぐち》を進むように指示されていた。

対して家康の行軍は遅い。徳川の本国、武蔵国江戸《えど》に入ったのは一ヵ月近く後の七月二日だった。三成に誘いをかけている以上、当然の動きであろう。

直後の七月四日、義宣の下に三成の書状が届いた。来る十一日に所領の佐和山で挙兵するという。大老のひとり、安芸《あき》中納言・毛利輝元《もうりてるもと》を名目上の総大将に据えるべく語らい、加えて大老の備前中納言・宇喜多秀家《うきたひでいえ》、南肥後《ひご》の小西行長《こにしゆきなが》ら、錚々《そうそう》たる面々を集めているそうだ。会津の上杉景勝も元より三成方である。

同じ報《しら》せを既に受けているだろうに、それでも家康は大坂に取って返そうとしない。二十一日に江戸を発《た》ち、二十四日には本隊が集結する小山《おやま》に入るという。東国諸将には、それぞれの持ち場に着くようにと下知があった。

未だ会津征伐を唱えているのはなぜなのか。訝《いぶか》しく思いながらも義宣は、持ち場の仙道口手前に三千の軍兵を進めた。

しかし——。

七月二十四日、日付が変わったばかりの夜九つ（零時）に、東義久が陣屋へ駆け込んだ。去る十九日から、三成方が伏見城を攻めに掛かったという。また会津征伐に従軍する諸将を降らせるべく、大坂に残った妻子を人質に取っているそうだ。

「いよいよ、始まりますな」

義久は血を滾《たぎ》らせていたが、義宣は逆に青ざめた。

「まずい……。内府様は、これを狙っておったか」

「はて、それは？」

義宣は捲《まく》し立てるような早口で、自らの見立てを語った。

「治部様の決起に西国衆が集ったは、内府様の専横を面白からず思っていたからだ。このまま決戦に及べば理は治部様にあったものを、御自らに理のあるを以て先に手を出してしまわれた。あまつさえ大名衆の妻子を人質に取るなど、敵意を煽《あお》るのみぞ。皆、なお頑《かたく》なになる」

三成との決戦に及ぶ道理のない家康に、絶好の口実が生まれた。やはり戦に於《お》いては家康が一枚も二枚も上である。それを知って義久の顔が青くなった。

「我らはどう動くのです。このまま内府様に従うべきでは」

しかし義宣は首を横に振った。

「ならぬ。それでは義を欠く」

「されど！」

「かくなる上は……。義久、硯《すずり》と筆を持て」

義宣は一筆したためて透破《すっぱ》に持たせ、急ぎ佐和山へと走らせた。併《あわ》せて自らは急遽軍《きゅうきょ》を退き、常陸と陸奥《むつ》の国境近く、白河口《しらかわぐち》の東南に当たる赤館《あかだて》まで戻った。

まんじりともせぬまま朝を迎え、次の動きを待った。すると昼過ぎのこと、既に小山に入ったのであろう家康から遣いが寄越された。島田重次《しまだしげつぐ》なる男である。

義宣はこれを陣所に招き入れて面会した。

「内府公より、佐竹右京大夫殿にご下問の儀がござります」

「何なりと」

島田は言いにくそうに口を開いた。

「実は小山の本陣に不穏な噂がござりまして。右京殿はかねてご昵懇の上杉と手を組み、内府公の軍を襲おうとしていると」

義宣は、「はは」と笑って返した。

「異なことを。こうして兵を出し、征伐に備えておるではござらぬか」

「されど昨晩までは仙道口の間近におられたのでしょう。何ゆえ赤館まで退かれたのです。ここは白河口の背を襲うに格好の地にて、皆々それを懸念しております」

義宣は敢《あ》えて、にやりと笑って見せた。

「内府様とて上方の動きはご存じのはず。それがしは伏見に父と妻子を置いておる。人質があるゆえ軽々しく兵を進めることはできぬと踏んで、いったん退いて来たまでのこと」

「飽くまで逆意はないと仰せですか」

「逆意とは、これまた異なことを申される。それがしは豊臣の臣にて、内府様の臣にあらず。此度は上杉家に叛意あるゆえ、主家に仇為《あだな》す者を討ち果たさんとしておるのみ」

「いや、されど、それは……」

あんぐりと口を開けた島田に向け、義宣はなお不敵に言い放った。

「内府様は主家に忠節を尽くされるお方ゆえ、間違いなど起ころうはずがない。上杉はこの右京が抑えるゆえ、早々に軍兵を返して上方のことに対するのが良いのではござらぬか。其許、戻って左様伝えられよ」

島田は疑念に満ちた目で頷き、赤館の陣を後にした。それを見送ると義宣は空を仰ぐ。秋の千切れ雲を目にしながら、ふう、と大きく息を抜いた。

「治部様……それがしが時を稼ぎます。何卒《なにとぞ》、万全なる布陣で決戦を迎えられませい」

本当は決戦の場で最初に寝返り、一気に三成の勝利へと導くつもりだった。しかし三成が諸将を痛憤させてしまった今、戦場での寝返りは自らの背後を危うくする。我が身が滅びるのみであれば、そうやって義を通す道もあるだろう。だが家康の軍を崩すことができぬのなら、何もしていないと同じなのだ。ならば逆に、東国にあって家康の背後を寒からしめん。それが義宣の決意であった。

家康は翌二十五日に小山で評定を開き、豊臣恩顧の諸将に改めて忠節を誓わせた。それができたのは、ひとえに三成の取った行動の拙《まず》さが原因である。そして二十六日には陣を引き払い、福島正則、池田輝政《いけだてるまさ》、黒田長政、浅野幸長、細川忠興らを先手として尾張国清洲《おわりきよす》へ向かわせた。

一方、義宣には上杉の動きに備えることが命じられた。だが、実のところは敵と認められたに等しい。下野《しもつけ》の宇都宮城には、家康の次男・結城秀康《ゆうきひでやす》を筆頭に多くの将が残っている。上杉に加えて佐竹にも目を光らせるためであった。

一ヵ月が過ぎて八月二十六日となった。義宣は未だ赤館に陣を敷いたまま、宇都宮城の結城勢と睨み合っている。二日前の八月二十四日、家康の三男・秀忠《ひでただ》が三万八千の兵を率い、徳川本隊として東山道《とうさんどう》から西へ上ったそうだ。もっとも家康は未だ江戸城から動いていない。

三成の支度は、どれほど整っているのだろう。気を揉《も》む義宣の下に、透破らしき者が参じた。

「治部様からの書状を届けに来たとのこと。受け取って参りました」

義久から手渡された書状は、細かく折り畳まれて棒のようになっていた。少しずつ解《ほぐ》し、拡《ひろ》げていく。記されている文字は間違いなく三成の手であった。しばし目を落とす。そこには「岐阜《ぎふ》城を背にして、清洲にある者共を蹴散らす」と綴《つづ》られていた。

「何と……。治部様は未だ、秀忠殿が東山道を進んだことをご存じないようだ」

このままでは、木曽《きそ》から美濃《みの》に入る徳川本隊に背後を衝《つ》かれるかも知れない。義宣はすぐさま返書をしたため、密書を運んだ透破を引見してこれを託した。

透破が走り去り、陣幕の内が静寂に満たされる。傍らの義久を向いて語った。

「二十四日に宇都宮を出て、三万八千が美濃まで行軍するのには十日余りか」

「道中、上田《うえだ》の真田昌幸《さなだまさゆき》殿が行く手を塞《ふさ》ぎましょう。もう少し、二十日ほどでは?」

「そうかも知れぬな。いずれにしても先の透破は間に合ってくれるだろう。これで治部様のために果たせる義は、全て果たしたことになる」

義久は安堵した風に頷いた。

「決戦の地は、何処《いずこ》になりましょうな」

「そうよな。城に拠《よ》って戦うなら岐阜か大垣《おおがき》だろう。野戦なれば……まずは関《せき》ヶ原《はら》か。あの地であれば自軍が山に陣取り、東から来る徳川方の全てを見下ろせる」

　そして、にやりと笑った。

「さて、今度は内府様への義を果たさねばならぬ」

「はて。それは如何なる御意にて?」

　義宣は苦虫を嚙み潰したような顔になって俯き、ゆっくりと頭を振った。

「宇都宮城に睨まれ、決戦の地に参じられぬのが口惜しい。戦の勝敗は兵家の常、わしの書状で徳川方の動きを知ったとて、治部様が必ず勝つ訳ではない」

「それは、そうですが」

「然らば、もし内府様が勝ったら何とする。わしは、ただ腹を切らされるのみ。かつて治部様の命を救っていただいた際、内府様は仰せられた。こちらにも義理を作ったことを忘れるなと。それに報いぬまま死ぬなど、男の名折れではないか」

「はあ。やはり殿は、そこですか」

　呆れ返った顔の義久に目を遣り、苦笑を浮かべた。

「義久に命ずる。これより兵三百を率いて秀忠殿の軍に加勢すべし。わしは赤館から兵を退き、水戸《みと》に帰る」

　赤館を引き払って家康の脅威を除くとなれば、それは佐竹が三成方から手を引いたことを意味する。では徳川に付くのかと言えば、それも違った。徳川本隊の数からすれば、義久が率いる援軍三百など、ものの役に立たぬ寡兵なのだ。家康への義理を果たすと同時に、これ以後はどちらにも味方しないという意志を示すための行動であった。

家康は、義宣の真意を察したようだった。義久が率いた兵は秀忠の軍に合流した直後、礼状と共に送り返されてきた。

そして九月十五日、徳川家康率いる七万三千、石田三成率いる八万余は、関ヶ原で激突した。

東山道を進んだ徳川本隊三万八千は、この決戦に間に合わなかった。信濃国上田で真田昌幸の抵抗を受け、また長雨で水嵩《みずかさ》が増した川を渡りあぐねたのが原因である。

それでも、勝ったのは家康であった。三成方の小早川秀秋が寝返り、決定的な流れを作ったためだった。戦はたった一日で決した。

水戸城にこれが報じられたのは数日後のことだった。決戦の場で三成方に寝返り、自らが流れを作る――そう志していた義宣にとっては何とも皮肉な結末であった。

敗れて捕らえられた三成は十月一日に京の六条河原《ろくじょうがわら》で斬首となった。これを知ると義宣は「もはや義を果たすこと叶わず」と嘆じ、家康・秀忠父子に戦勝祝賀の書状を発した。

＊

決戦翌年の慶長六年（一六〇一年）四月、義宣は伏見城天守の広間にあった。佐竹の伏見屋敷にある老父・義重が、家康に詫びを入れよと書状を寄越してきたためである。

「佐竹右京大夫、面を上げい」

尊大な声音に応じて平伏を解く。この日の家康には、三成の命乞いをした日に見せた当惑など微塵《みじん》もなかった。未だ豊臣が世の頂にあるとは言え、真の天下人は交代したのだ。そのことを肌で感じた。

「ご尊顔を拝し奉り、恐悦至極に存じます」

家康は嫌気に満ちた顔で、重々しく「うむ」と頷いた。

「お主、巧《うま》く立ち回ったのう」

「はて、それは」

しかめ面の舌打ちが返された。

「治部に付いておったのは明らかであった。なのに、わしに従う形だけは作りおった。まこと、したたかな奴じゃわい」

憎らしげに響く声音を聞き、はっきりと分かった。罰してやろう、それが家康の考えなのだ。さすがに恐ろしくなり、ごくりと唾を飲んだ。だが――。

『まことに肚を据えた者は、自らの命を対価にして正しきことを成さんとする』

頭の中で不意に三成の言葉が響いた。秀吉に睨まれて縮み上がった二十一歳の己を、本当の意味で佐竹の当主に、大名に押し上げてくれたひと言であった。

義宣は震えそうな身を「何の」と抑え、胸を張って首を横に振った。

「巧く立ち回るなど、左様なことは毛ほども考えておりませなんだ。治部殿への義理、内府様への義理、それがしにとっては等しく重うござりました。ゆえに、どちらにもご助力をせぬ道を選んだまで。それがお気に召さぬと仰せなれば、いつ首を刎《は》ねられても構いませぬ」

「ほう。首を刎ねられても、か」

ぎろりと睨まれた。だが義宣は微動だにせず返した。

「それがし、未だ内府様より頂戴した恩義に報いきっておりませぬ。命で報いよとの仰せなら喜んで従いましょう。されど」

そこで言葉を切り、眼差しで挑んだ。このまま己を斬るも良し。だが明らかに弓引いた訳でもない者を罰すれば、決戦の場で徳川に寝返った皆が何を思うか考えよ。徳川の天下、経世済民の道に火種を燻《くすぶ》らせることになるぞ、と。

義宣は、また口を開いた。

「内府様は既に、天下人なのです」

家康はしばし、身の毛もよだつような睨みを利かせたままであった。その視線を正面から受け止め、ただ黙って呼吸を繰り返す。

やがて家康は口元を歪め、心底呆れ返ったように発した。

「やれやれ。律義なのは美徳だが、お主のように過ぎたる者は厄介極まりない」

「はっ」

「はっ、ではない。阿呆《あほう》め。お主、ここに何をしに来た。父御《ててご》に言われて詫びを入れに来たのではないのか」

「詫びを以て恩義に応えよと仰せられるなら、従います」

　大きな溜息と共に、家康は発した。

「……左様なことで応えられても面白うないわい。右京よ、お主はわしが既に天下人だと申したな。されば我が天下を支えよ。お主だけではないぞ。末代まで変わらず、律義に尽くすべし。永劫《えいごう》に恩義を返し続けるのだ」

「はっ」

　勢い良く平伏する。そこに、何とも腹立たしそうな言葉が投げ掛けられた。

「義理、義理、義理の堅物め。大した男よ。ぎりぎりの綱渡りに勝ちおった」

　そして家康は、持ち前の甲高い声で楽しそうに笑った。

　翌慶長七年のこと、佐竹家は常陸を召し上げられて出羽《でわ》国の秋田《あきた》へ転封となった。さらに一年後の慶長八年二月十二日、家康が征夷《せいい》大将軍に任じられて江戸に幕府を開くと、義宣は久保田《くぼた》（秋田）藩主と定められた。

　豊臣恩顧の大名のうち、大半は幕藩体制の初期に改易された。だがそうした中にあって、佐竹家は徳川の世が終わるまで続いた。

伊東潤

戦は算術に候

秀吉

一

その風采の上がらない男を初めて見た時、三成《みつなり》はうんざりした。

――これが、わしの相役か。

これから共に仕事をすることになる傍輩《ほうばい》は、色の褪《あ》せた小袖に、下地が透けて見えるほど着古した単《ひとえ》仕立ての直垂《ひたたれ》を重ねて、広間の中央にぽつねんと座していた。

上座へ行くため、男の傍らを通り過ぎる時、ちらりと目をやると、袴《はかま》の腰板の縁がすり切れている。

小さくため息をつきつつ、三成は座に着いた。

「石田佐吉《いしださきち》に候」

「それがしは長束利兵衛正家《なつかりへえまさいえ》と申します」

男は、肩幅よりあるかと見まがうばかりの頭蓋をふらつかせながら頭を下げた。

その肩は、話に聞く箱根《はこね》の山のように傾斜が急で、鎧《よろい》を着た時に袖がずり落ちるのではないかと心配になる。

――撫《な》で肩もここまでくれば立派なものだ。

三成は妙な感心をした。

「江北《ごうほく》のご出身とか」

「いえいえ、甲賀《こうか》の水口《みなくち》で」

秀吉《ひでよし》から伝え聞いた男の出身地は間違っていた。

「水口というのは――」

何を思ったか、男が水口の説明を始めようとした。

「存じ上げております」

ぴしゃりと男を制した三成は、さっさと本題に入ろうとした。この多忙な折に、水口の風物でも語られてはたまらない。

「確か、丹羽《にわ》様のご家中におられたとか」

「はい。丹羽家の勘定方におりました」

男が重そうな頭蓋を上下させる。

「仄聞《そくぶん》によると、算術がお得意とか」

「いや、それほどでもありませぬ」

笑みがこぼれた途端、前歯と歯茎がせり出してきた。

——やはり、さっさと済ませよう。

その面《おもて》から目をそらせつつ、三成が話題を転じた。

「実は、頭を悩ませておることがありましてな」

「ほう」

そのとぼけたような受け答えが癪《しやく》に障ったが、三成は一つ咳払《せきばら》いすると、試すような口調で言った。

「羽柴《はしば》家十万の兵が今、泉州千石堀城《せんしゆうせんごくぼり》を囲んでおるのは、ご存じの通り」

「はあ」

正家が気のない返事をする。

天正《てんしよう》十年（一五八二）六月の信長の死を契機として挙兵した紀州雑賀《きしゆうさいか》党と根《ね》来《ごろ》寺に対し、秀吉は天正十三年（一五八五）三月、侵攻作戦を開始した。その緒戦が千石堀城攻めである。

「それがしが頭を悩ませておるのは、兵たちをいかに食べさせていくかです」

「ははあ」

聞いているのかいないのか、心ここにあらずといった顔で、正家が相槌《あいづち》を打つ。

この年、二十六歳になったばかりの三成よりも、二歳ほど若いと聞いている正家だが、その顔に覇気は感じられず、まるで農家の好々爺《こうこうや》のようにぼんやりしている。

——この男は、よほどの虚《うつ》けか太肝《たいかん》か。

これまで羽柴家に仕官を望んでやってきた者の大半が、三成の権勢を恐れ、同じ座で背筋を強張《こわば》らせていたものだが、この男には、そうしたそぶりが毫《ごう》もない。

「それで、千石堀城を攻めるにあたり、どれほどの兵糧《ひょうろう》と馬糧《ばりょう》が要るか——」

「ああ、そのことで」

正家が気の抜けたように言った。もっと難題を出されるのかと期待していたかのようだ。

「ご教示願えますか」

「よろしいので」

「もちろん」

三成が精一杯の愛想笑いを浮かべたとたん、正家の前歯がせり出し、その口が回り始めた。

「家中の定めに従い、一日に白米六合を十万の兵に給する場合、六百石が必要となります。三日もあれば城も落ちるでしょうから、千八百石に上ります。塩はおよそ一千合、味噌《みそ》は二千合。駄馬一頭に四斗樽《しとだる》を二つ背負わせた場合、百三十三人の一日の食が足りますので、十万人だと七百五十二頭の駄馬が必要。となると——」

正家は、すらすらと必要物資の量と運搬に必要な馬の数を述べた。その舌は懸《けん》河《が》のごとく滑らかで、内容にも一切の無駄がない。

三成は息をのんだ。

——上様のお言葉は真《まこと》であったな。

今度ばかりは、秀吉の言葉も大げさではなかった。

「そこまでが陸路の話ですが、もし船の手配がつくなら海路が利便。海路なら——」

「もう結構です」と正家を制止しつつ、三成が少しへり下って言った。

「早速、仕事に掛からせていただいてもよろしいか」

「ええ、もちろん——」

文机《ふづくえ》を引き寄せた三成は、矢継ぎ早《ばや》に質問を発した。

長束正家と名乗る奇妙な男との仕事が、その日から始まった。

秀吉から聞いた通り、算術で正家の右に出る者はいなかった。三成でさえ算盤《そろばん》を使わねばならない複雑な計算を、正家はいとも簡単に暗算するので、兵站《へいたん》維持に必要な物資、費用、運搬にかかわる馬の数などが瞬く間に算出できた。

しかも刻々と変わる状況に応じ、その場ですぐに答えを出さねばならない時など、正家ほど重宝な人材はいなかった。

——これほど便利な道具はない。

三成は心中、快哉《かいさい》を叫んだ。

二

面談の後、正家は正式に羽柴家の直臣となった。

三成と同格の勘定奉行の地位に就いて最初の仕事が、仕上げ段階に入った大坂城の普請作事《ふしんさくじ》である。

「実に見事なものだな」

扇子で庇《ひさし》を作った秀吉は、さもうれしそうに、その巨大な建造物を見上げた。竣工《しゅんこう》成ったばかりの大坂城天守は、筋雲のたなびく蒼穹《そうきゅう》を貫くように、悠然と屹立《きつりつ》していた。

「どんなに見ても飽きぬわ。のう、佐吉」

「はい。これだけの巨大な天守は、この国のどこにもありませぬ」

「この国どころか、唐土《もろこし》にもないわ」

天守をあおぐように扇子を掲げた秀吉は、芝居じみた笑い声を上げた。

――いかにも上様らしい豪奢《ごうしゃ》の限りを尽くした城だ。しかし、これほど浪費されては、先が思いやられる。

上機嫌の秀吉とは対照的に、三成は先々のことを案じていた。

「佐吉よ、金とは、使うべき時を違《たが》えてはならぬ」

「あっ、はい」

三成の心中を見透かしたかのように、秀吉が言った。

「それを過たねば、生きた金となる」

作業の手を止めて平伏しようとする石垣職人たちに、「いいから続けろ」とばかりに扇子を振ると、秀吉は足元に散らばった石材の破片を拾い、手の上で弄んでいる。

「佐吉よ、何事も算術だ。しかし人の世は、算術だけでは計れぬものがある。それに気づいた時、天下は向こうからやってきたわ」

いかにも秀吉は綿密な計算と人心掌握術で、ここまでのし上がってきた。

各地から集められた大石は必要な寸法に割られ、地車《じぐるま》や石持ち棒で、それぞれの現場へと運ばれていく。

その光景を眺めつつ、秀吉が感嘆する。

「これだけの石を、よくぞ集めたものよ」

「本曲輪《ほんぐるわ》の四囲を囲む二曲輪の石垣を加えると、大石だけで二万余になります」

「ほほう。たいしたものよの」

「これらの石は、六甲《ろっこう》、生駒《いこま》、小豆島《しょうどしま》などの石切り場から、運ばせております」

すでに本曲輪や二曲輪の建造物の仕上げ作業に入っている大坂城だが、付属する曲輪の普請作事は、いまだ続いていた。

「さすが佐吉だ。ここに来て、作事が一段とはかどるようになった。大城造りの段取りも、すでにそなたの手の内に入ったということか」

「段取りが分かっただけでは、これだけの大仕事はできませぬ」

「ああ、そうか」と、秀吉が扇子で手の平を打った。

「やはり、かの男か」

「ご明察」

「これだけの城普請の算術を間違いなく行えるのは、かの男を措《お》いてほかにおるまい」

「はい、上様の目に狂いなし。恐れ入りました」

「そうであろう、そうであろう」

秀吉は、さも満足げに扇子で首の後ろを叩《たた》いた。

「すでに伝えた通り、かの男は五郎左《ごろうざ》（丹羽長秀《ながひで》の息子の長重《ながしげ》）の家中におった。この城の経始の頃、五郎左の普請組の仕事がやけに早いので、わしは何かあるとにらみ、五郎左を問い詰めた。それでようやく五郎左めは、かの男のことを白状しおった。しかも何と、先日亡くなった親父に、かの男をわしから隠しておけと言われたというのだ」

「つまり織田《おだ》家中で、兵站や普請を任せれば右に出る者なしと謳《うた》われた丹羽様の秘密は、かの男にあったわけですな」

「そういうことになる。さすが丹羽長秀、死ぬまで飯の種を隠し通すとは、実に天晴《あっぱ》れ！」

　秀吉は、天にも届けとばかりに呵々大笑《かかたいしょう》した。

「長束某《なにがし》の算術と、そなたの段取りの才があれば、羽柴家は安泰だ。しかしな、佐吉――」

　秀吉の目が戦場《いくさば》にいる時のように鋭くなる。

「道具を使うのは人だ。それを忘れてはならぬ」

「人と――」

「うむ。槍《やり》や太刀は、その場に置いてあるだけでは無用の長物だ。しかし一度《ひとたび》、人の手に渡れば恐ろしい武器となる」

「はあ」

　三成が気のない返事をした。そんなことは当たり前だからだ。

「馬も同じだ。馬は人を背負い、荷を載せることで初めて役に立つ」

　密事でもないのに、秀吉は扇子で口元を隠して声を潜めた。

「実は、馬を乗りこなせる者は少ない。馬を乗りこなしているように見えて、その実、馬に乗せられておるのだ」

「はあ」

「すなわち道具は使うもので、使われてはならぬということだ」

「ははあ」

秀吉の言わんとしていることが、ようやく分かってきた。

「佐吉、そなたは物事を理だけで考えすぎる」

三成の耳元に口を寄せてしゃべるため、秀吉の口臭が鼻をつく。

「それゆえ、よき算盤を持ったからといって、算盤にばかり頼ってはならぬ。算盤がいかに正しき答えを弾《はじ》き出しても、それが正しいか否か、疑ってかかる必要がある」

「恐れ入りました」

いかにも肚《はら》に落ちたがごとく三成が頭を下げた。しかし人が信じられぬこの世で、三成が恃《たの》みとするのは理だけであり、それを支える算があれば、怖いものなど何もないはずだった。

三

天正十三年（一五八五）に紀州の根来・雑賀衆、四国の長宗我部元親《ちょうそかべもとちか》、越中《えっちゅう》の佐々成政《さっさなりまさ》を屈服させた秀吉は、翌天正十四年（一五八六）、九州征討を開始する。この戦いで、石田三成、長束正家、大谷吉継《おおたによしつぐ》、小西隆佐《こにしりゅうさ》が兵糧奉行に任じられた。

四人は、三十万人分の兵糧と馬二万頭分の馬糧それぞれ一年分を、豊臣家の蔵入地（直轄領）と諸大名領から調達し、九州まで運ぶという難事業に取り組んだ。とくに長束正家の綿密な計算による諸大名への公平な負担配分は、こうした場合に必ず出てくる不平や不満を封じ込めた。

諸大名への年貢の供出計画の策定以外にも、正家は船の運搬能力と豊臣軍の進軍速度を勘案し、九州のどの港に、どれだけの量の兵糧や馬糧を運べばよいかという配送計画を立案した。

九州の前線から戻る使者の報告を聞き、時々刻々《じじこっこく》と変わる情勢を勘案しつつ、その都度、計画を変更する正家の手腕は、三成でさえ舌を巻いた。

そして天正十五年（一五八七）、二十万の大軍を率いた秀吉が九州まで出陣することにより、さしもの島津《しまづ》家も屈服する。

この出征は、豊臣家の武威を九州に示したばかりでなく、豊臣家奉行衆の実力を満天下に示す好機となった。

関白宣下《かんぱくせんげ》を受けた秀吉は、朝廷から豊臣姓も賜り、まごう方なき天下人となった。それを祝うかのごとき一大行事が、天正十六年（一五八八）四月に行われた後陽成帝《ごようぜいてい》の聚楽第行幸《じゅらくていぎょうこう》である。

この大行事の総奉行職には、秀吉の養子で次代の天下人と目される豊臣秀次《ひでつぐ》が就き、奉行頭には前田玄以《まえだげんい》が就任、それを実務面から三成や正家が支えるという態勢が取られた。

「えー、それゆえ引出物についてですが、禁中には金子百枚に銀子五百枚、鷹司《たかつかさ》殿、西園寺《さいおんじ》殿、近衛《このえ》殿には金子五十枚に銀子二百枚、万里小路《までのこうじ》殿には金子三十枚に銀子百枚、同じく中山《なかやま》殿には――」

行幸にかかった経費の報告を行うべく、三成と正家は聚楽第の謁見の間で、総奉行の秀次と相対していた。

「もうよい」

正家の報告を聞いていた秀次は、蠅《はえ》でも追うように手を払うと、脇息《きょうそく》に身をもたせかけた。半身になったので、頬《ほお》まで伸ばしたもみあげがやけに目立つ。

「ということで中山殿には――、そうそう、こちらは万里小路殿と同額ですな。

その他の武家清華《せいが》と武家諸大夫《しょだいぶ》の分も含めると、当家の散用（出費）は金五千枚、銀三万枚となり――」

「もうよいと言うておるに、聞こえぬか！」

秀次が怒っていることに初めて気づいたのか、正家が手控え（メモ）から顔を上げた。

なぜ秀次が不機嫌なのか分かりかねたかのように、正家は肩越しに大きな半顔をのぞかせ、背後に控える三成に助けを求めた。

「中納言様」

やれやれと思いつつ、三成が膝を進める。

秀次は二十歳そこそこであるにもかかわらず、すでに中納言の地位にある。

「中納言様は、此度《こたび》の帝《みかど》の聚楽第行幸において総奉行職をお勤めになられました。この慶事が、どれほどの散用になったかお聞きいただき、その勘録（報告書）をご承認いただかなければ、われらの仕事は立ち行きませぬ」

三成の鋭い眼光に射すくめられ、秀次がたじろぐ。

「分かっておる。よきにはからえ」

「ということは、これでよろしいですね」

「当家の金蔵には、金でも銀でもいくらでもあろう。足りなければ、どこぞの金山か銀山から掘り出せばよい。それゆえ引出物にどれだけかかろうが、わしの知ったことではない」

三成は、開いた口がふさがらない。

――関白殿下が隠居した後、われらは、この男を主君に仰がねばならぬのか。

それを思うと、暗澹《あんたん》たる気分になる。

「中納言様、そういうわけにはまいりませぬ。勘録をご吟味なさる根気くらいは持っていただかないと、これから先、どのような者が豊臣家の財を私《わたくし》しようとするか分かりませぬぞ」

三成の脳裏には、徳川家康《とくがわいえやす》の顔が浮かんでいた。

「わしは、算術などの面倒ごとが嫌いなのだ」

三成の舌鋒《ぜっぽう》に辟易《へきえき》したのか、秀次が泣きそうな声を上げる。

「それは心得違いでございます。天下の政道を担う中納言様が、面倒ごとがお嫌いとは――」

「治部少《じぶしょう》殿、しばしお待ちを」

秀次の傍らに座す宿老《おとな》の田中吉政《たなかよしまさ》が膝をにじる。

「この場は、われらに任せていただけませぬか」

吉政が、「察してくれ」と言わんばかりに目配せしてきた。

そこには自らの指導の下、秀次に勘録を吟味させ、後で印判を捺《お》させるという意が含まれている。

「致し方ない」とばかりに大きなため息をつくと、三成は言った。

「あい分かりました」

吉政は有能な吏僚で、同郷の三成とも親しく行き来していた。その吉政から頼まれれば、三成も引き下がらざるを得ない。

秀次を抱えるようにして、吉政らが去った後、ひとつため息をついて立ち上がった三成は、あいも変わらず重そうな頭を正面に向けたままの正家に声をかけた。

「長束殿、後は中納言家の年寄どもに任せましょう」

共に執務室に下がるべく声をかけたつもりだったが、正家はなぜかそのまま座している。

「それではお先に」

その呆《ほう》けたような後ろ姿を見て、三成は馬鹿馬鹿しくなった。

——算術しかできぬ男か。

秀次が痺《しび》れを切らした原因は、正家の詳細すぎる説明にあった。

——相手を見て、もっと簡略に申し聞かせればよいものを。

場の空気が読めず、融通《ゆうずう》の利かない正家という男を、三成は憐《あわ》れんだ。

「石田殿」

謁見の間から半身を広縁に出した三成の背に、正家から声がかかった。

「何か」

「人とは不思議なものですな」

正家らしからぬ言葉に、障子を閉めようとした三成の手が止まる。

「それがしは算用で、石田殿は調儀で、また福島《ふくしま》殿や加藤《かとう》殿は槍働きで、関白殿下（秀吉）から禄《ろく》をいただいております。ところが、かの御仁は何で飯を食ろうておるのか、それがしにはとんと分からぬのです」

福島殿とは正則《まさのり》、加藤殿とは清正《きよまさ》のことである。

「血筋というものでござろう」

三成は童子《どうじ》を諭すように答えた。

「長束殿もすでにご存じと思うが、中納言様は、関白殿下の甥御《おいご》にしてご養子にあらせられる」

「それは存じております。しかし、それぞれの芸に秀でた者が、知恵の限りを尽くして国政を動かしている中、血筋だけで大禄を食《は》み、重職に就く方がおられると、政務はうまく回りませぬ」

「長束殿、言葉に気をつけられよ」

「失礼いたしました」

正家が軽く頭を下げるのを見た三成は、ぴしゃりと障子を閉めると広縁に出た。

――そなたの申す通りだ。

実力主義の豊臣家中では、秀吉の抜擢《ばってき》人事によって一芸に秀でた者が次々と出頭していた。政治から槍働きまで、秀吉の眼力にはただならぬものがあり、まさに豊臣家は、国内有数の英知と武勇が集まった感さえある。しかし、その要の位置に無芸無能な者が居座ることで、政治も軍事も滞り、一芸に秀でた者たちは、思うように力を発揮できなくなる。

――それが、わが家中の弱みだ。しかし、血縁者で周囲を固めねば安堵《あんど》できぬ殿下のお気持ちも分からぬではない。

その出自の卑しさから、秀吉は親類衆や重代相恩《じゅうだいそうおん》の直臣《じきしん》団を持たない。それゆえ自らの地位を安定させるために、能力だけでなく血筋という面からも家中を固めねばならないのだ。

——差し渡し(直径)三尺の梁《はり》を、二尺の大柱が支えることはできぬ。家中が肥大化すればするほど、その矛盾は大きくなる。

三成は、こうした矛盾が豊臣家の命取りにならないことを祈った。

四

天正十七年(一五八九)十一月、秀吉は関東の大半を支配する小田原北条《おだわらほうじょう》氏に対し、宣戦布告状を発した。再三にわたる上洛《じょうらく》勧告にも応じず、秀吉の「惣《そう》無事令《ぶじれい》」にも背いたからだ。

すでに秀吉は関東での決戦を覚悟し、傘下諸大名に大規模な動員をかけていた。

しかし関東への大軍の遠征となると、またしても兵站が課題となる。

秀吉は天皇の代理人たる関白であり、陣触れに応じて出陣してきた諸大名の兵も、秀吉直属軍と同じ天下軍となる。すなわち足軽雑兵《あしがるぞうひょう》の末端に至るまで、何《なん》人《ぴと》たりとも兵糧の現地調達、すなわち略奪や押し買いは許されない。

それゆえ、雑兵の末端まで飢えることのない厳密な兵站計画を立てる必要があった。言うまでもなく、それを立案できるのは三成と正家を措いてほかにいない。ところが秀吉は、正家に兵糧奉行を任せ、三成に実戦部隊を率いさせた。家中での三成の発言力を強めるため、三成に武功を挙げさせようという配慮からだ。

一方、豊臣家中となって初めて、正家は単独で大仕事を任された。兵糧予算の黄金二万枚で、伊勢《いせ》、尾張《おわり》、三河《みかわ》、遠江《とおとうみ》、駿河《するが》諸国から二十万石の米を買い集めた正家は、別に黄金一万枚を使い、船や馬などの物流手段と、それに携わる水主《かこ》や軍夫《ぐんぷ》の手配をした。

どれだけ動員が大規模になろうが、正家の手腕に遺漏はなく、見事なまでの早さで兵站計画は策定されていった。

これにより、二十二万にも及ぶ軍勢の遠征が可能になった。

――この雨がやまぬものか。

翌天正十八年（一五九〇）五月末、秀吉から馬廻《うままわりしゅう》衆を貸し与えられた三成は、上州《じょうしゅう》館林《たてばやし》城を降伏開城させた後、武州《ぶしゅう》忍城《おし》を囲んでいた。

忍城は、別名「忍の浮城」と謳われた関東屈指の沼城《ぬまじろ》である。

その東南一里弱にある渡柳《わたりやなぎ》（後の丸墓山《まるはかやま》付近）に陣所を構えた三成は、いつまでも降りやまぬ雨を見ていた。

「佐吉」

振り向くと、副将を務める大谷吉継が立っていた。

「紀之介《きのすけ》、何も申すな」

「いや、申す。すでに討ち死にと手負いは三百に達する。これ以上、力攻めすれば、取り返しのつかぬことになる」

沼沢地に囲まれた忍城の攻め口は七つしかない。三成率いる豊臣勢は、それぞれの口に向けて何度か惣懸りを試みたが、死体の山を築くだけに終わっていた。

いかに兵力差があっても、沼地の細道を行けば正面に立つのは一人か二人になり、圧倒的な兵力差を生かしきれないのだ。

「二万三千の兵で田舎城一つを落とせぬでは、関白殿下に会わせる顔がない」

それだけならまだしも、忍城主の成田氏長《なりたうじなが》は主力勢を率いて小田原城に入っており、城に残っているのは農兵、老人、女子供ばかり三千七百にすぎないのだ。

「佐吉、功を焦れば死人と手負いが増す。ここは隠忍自重し、城方に降伏を促すべきであろう」

吉継の言は尤《もっと》もに聞こえる。

しかし碓氷峠《うすい》を越えて上州方面から攻め入った前田利家《まえだとしいえ》ら北国勢《ほっこく》が、降伏勧告ばかりを行い、戦わずに城を接収していることに、秀吉がひどく憤っていることを三成は知っていた。

関東に攻め入る前、秀吉は見せしめとして、少なくとも同じ地域で一城は、凄惨な落城を遂げさせることにより、豊臣家の武威《ぶい》を関東に示せという通達を出していた。

「こんな田舎城一つ、明日にも攻め落とせる」

「それがいかんのだ。城一つと申しても、地勢を熟知した国衆が知恵の限りを絞って造ったものだ。城一つ落とすことがどれだけたいへんか、兵がどれほどの恐怖を味わいながら前に進むか、おぬしに分かるのか」

吉継の言葉が、実戦経験の乏しい三成の最も痛い部分を突いてきた。

たちまち三成が色をなす。

「よいか紀之介、われらは、豊臣家の馬廻衆を率いておるのだぞ。館林ではおぬしの言を入れ、城方の詫び言《わ》（降伏）を認めた。館林に続いて忍でもそれを認めては、豊臣家が見くびられる！」

さしたる手勢を持たない三成は、秀吉直属の馬廻衆や直臣団を借り受けていた。

それが、関東各地で戦う諸大名を凌《しの》ぐほどの功を挙げねばならないという気負いにつながっている。

「そんなことはない。それよりも力攻めを続け、これ以上の犠牲を出せば、殿下に何と申し開きするのだ！」

盾机を叩いて二人がにらみ合った時である。

「ここにおられたか」

陣所の入口に濡れ鼠《ねずみ》が立っていた。

二人が茫然《ぼうぜん》とする中、濡れ鼠が菅笠《すげがさ》を外すと、大きな頭が現れた。

「長束殿ではないか」

「こんなところに何用か！」

吉継が雷鳴のような声音で問うたが、元来が鈍感なのか、正家は何ら物怖《ものお》じせず答えた。

「すでに、それがしの仕事は終わりました。それゆえ殿下は『小田原でぶらぶらしておるのも退屈だろう』と仰せになり、こちらに向かうよう命じられました」

二人が顔を見合わせる。秀吉が、戦見物だけで正家を送り込んでくるはずがないからだ。

「あっ、そうそう、殿下の策をお持ちしました」

「迷惑だ」

吉継が吐き捨てたが、正家はそれを意に介さず言った。

「殿下は『関東の衆に水攻めを見せよ』と仰せになっています」

その言葉に、三成と吉継は唖然《あぜん》とした。


城は河川の近くに築かれることが多い。河川が堀の役割を果たし、敵の攻撃から城を守ってくれるからだ。近くに河川がなければ、堀を掘削《くっさく》して水をため、敵を近づけぬようにするのが、戦国後期の城造りの常道になる。

これにより城方は、数倍する寄手に攻められても、寡兵で城を守ることができた。

ところが秀吉は、これを逆手に取った。

「水が欲しくばくれてやろう」とばかりに、攻撃対象の城を水浸しにしたのだ。

秀吉が陣頭指揮を執り、水攻めを行った備中《びっちゅう》高松《たかまつ》城と紀州太田《おおた》城での鮮やかな成功は、その成功体験に深く刻まれており、それを関東でも行い、関東の人々の度肝を抜きたいという思いがあった。

六月七日、近隣の農村から大百姓を集めた正家は、「夫丸《ぶまる》を出してくれれば、一人につき昼は永楽銭《えいらくせん》六十文と米一升、夜は永楽銭百文と米一升を給する」と布告した。

これを聞いた近隣の農々から男女が殺到した。

この労賃は、北条家の普請役の三倍から四倍に上り、戦によって田畑が荒らされ、食うに困っている農民にとって、まさに干天の慈雨に等しいものだった。

夫丸の物頭を集めた正家は、絵図面を羽織掛けにつるすと、城の東から南にかけて不格好な半円を描いた。

正家は「ここに土堤《どてい》を造り、北の利根《とね》川と南の荒《あら》川から水を引き込む」と宣すと、「堤の長さは七里、高さは二間、基底《きてい》幅六間。夫丸は約一万おるので、昼夜二交代で掛かれば五日ほどで造れるはず」と決めつけた。

むろん「与えられた仕事を早く済ませた組には、それなりの恩賞を出す」と、付け加えることを忘れなかった。

この日から五日後の十二日、正家の計画通りの土堤が完成する。これが後世、「石田堤」と呼ばれる七里に及ぶ長大な土堤だった。

引き込み水路の土留を落とすと、怒濤《どとう》のように水が押し寄せ、瞬く間に忍城は沈んでいった。しかし思惑通り行っても、正家は何ら喜ぶこともなく平然としている。

「見事でしたな」

三成が珍しく世辞を言うと、正家は淡々と返した。

「算術に間違いはありませぬ」

しかし、この頃から梅雨が終わり、次第に水は引いていった。

これを聞き知った秀吉は、二十日付の書状で「(土堤の) 普請大形《おおかた》でき候《そうら》はば、御使者を遣はされ、手前に見させらるべく候の条」として、絵図面を元に自ら対応策を練り、水攻めに知恵を貸そうとした。

一方、正家は「天候ばかりはどうにもならぬ」と愚痴るだけだ。

川の水量が減ることを見越して、利根川と荒川からの引き込み水路の幅か深さを大きく取っておけば、こんなことにはならなかった。

──この男は算術に頼りすぎる。様々な状況を考慮し、ときには何かを足したり、引いたりする裁量が必要なのだ。

正家にすべてを任せたことを、三成は悔いた。

三成と正家が、水路の拡幅工事を検討していた矢先の二十五日、小田原から使者が着いた。

小田原城内にいる忍城主の成田氏長が密《ひそ》かに秀吉に内通し、忍城の開城を命じてきたというのだ。これにより、「降伏開城」は秀吉のお墨付きを得たことになる。

早速、氏長直筆の書状を持った使者を城内に送ると、城方は、あっさりと降伏を受諾した。城方も厳しい籠城戦を強いられ、限界に達していたのだ。

二十七日、忍城は豊臣方の手に渡り、三成は面目を施すことができた。

忍城を接収した三成は、秀吉の言葉を思い出した。

「道具は使うもので、使われてはならぬということだ」

関東に覇を唱えた北条氏を滅ぼして東国を平定した後、三成と正家には、さらに本領を発揮する舞台が待っていた。

豊臣家の財源を豊かにすべく、二人は貫高制から石高制への移行を進め、全国で「太閤《たいこう》検地」を実施、年貢の徴収から諸賦役《ぶやく》まで、石高を基準とする経済上の大変革を成し遂げた。

すなわち二人とその下役たちは、これまでの一反を三百六十坪から三百坪に変え、これに伴って三千坪を一町とし、さらに検地尺や検地枡の統一を図った。この基準単位の統一により、慶長《けいちょう》三年（一五九八）までに三成と正家が弾き出した全国の石高は、合計千八百六十万石となり、これまでよりも六百万石も増分を打ち出せたのだ。

これにより豊臣家の歳入は飛躍的に増大し、その金蔵には、金銀がうずたかく積まれるようになった。

豊かな財源を持つ豊臣家の天下仕置は順調に進んでいた。その行く手には不安などなく、未来永劫《えいごう》、豊臣家の天下は続くものと、誰もが思っていた。

しかし、そんな順風満帆な豊臣家の天下にも、暗雲が垂れ込め始める。

三成や正家が太閤検地で諸国を飛び回っている最中の文禄《ぶんろく》四年（一五九五）六月、関白秀次に謀反《むほん》の嫌疑がかけられたのだ。

天正十九年（一五九一）、秀吉唯一の子である鶴松《つるまつ》の死去に伴い、秀次は秀吉の養嗣子となって関白職を譲られており、秀吉の後継者と目されていた。

ところが文禄二年（一五九三）、秀吉に拾《ひろい》（後の秀頼《ひでより》）が生まれると、秀吉との間に隙間風が吹き始める。それは次第に強風となり、二人の間を引き裂いていった。

この頃、佐竹《さたけ》領常陸《ひたち》国で検地の指導に当たっていた三成は突然、秀吉から呼び戻され、秀次への詰問使に指名された。

七月、聚楽第を訪れた三成は秀次と面談し、様々に問い質《ただ》した。

秀次は無実を主張したが、調査を進めるにしたがい、独自に毛利輝元《もうりてるもと》と誼《よしみ》を通じている文書が見つかるなど、怪しげな事実が浮かび上がってきた。

秀吉の承諾を得ずに諸大名と誼を通じるのは、豊臣家中においては禁忌である。

さらに、多くの大名に大金を貸していることも明らかとなった。金を貸すこと自体は勝手だが、秀吉の耳に入れずに大金を貸すことは、与党化を図っていることになる。

伏見《ふしみ》に伺候した三成が秀吉にありのままを述べると、秀吉は秀次を伏見に召し出し、対面もせぬまま高野山《こうやさん》に放逐した。

すでに覚悟を決めていた秀次は大人しく高野山に上り、切腹を命じられると、文句一つ言わず、応じた。享年は二十八だった。

その半月後、京の三条河原《さんじようがわら》で、秀次の妻子も残らず処刑される。その数は三十九人に上った。

〝人たらし〟と呼ばれるほど人使いのうまい秀吉が、養子の一人さえうまく使いこなせず、こうした悲劇的な結末を迎えたことは、三成にとっても衝撃だった。

――太閤殿下と秀次殿が、もっと密に会っておれば防げたはずだ。太閤殿下は秀次殿に関白職を降りてほしければ、はっきりとそう言うべきだったのだ。

この悲劇は、秀吉の肥大化した疑心暗鬼の産物以外の何物でもなかった。

――大事なことは、己の意図や指示を明確にすることだ。

三成は己に言い聞かせた。

五

慶長三年（一五九八）八月、三成は、大坂城奥御殿の寝所に仰臥《ぎょうが》する秀吉の許《もと》に伺候した。

「佐吉か」

「はっ」と答えて三成が平伏すると、「ちこう」という秀吉のかすれた声が聞こえた。

膝をにじる時に生じる衣擦《きぬず》れの音が聞こえたのか、秀吉が顔をやや横に向ける。

——しばらく見ぬ間に、随分と衰えられた。

秀吉の面には、すでに死の影が漂っていた。

朝鮮《ちょうせん》半島で戦っている渡海軍の兵站を支えるべく、三成は正家と共に肥前名《ひぜんな》護屋《ごや》城に常駐していた。そのため、秀吉の顔を見るのは二月《ふたつき》ぶりだった。

「唐入りは進んでおるか」

「あっ、はい」

「もう唐土まで攻め入ったであろうな」

「はっ、はい」

あたかも秀吉の死を待つかのように、朝鮮半島南端に築いた諸城に籠もった日本軍は、積極的な攻勢を取らずにいる。

「此度の戦がうまくいったのは、そなたと大蔵《おおくら》のおかげだ」

大蔵とは長束正家のことだ。

文禄四年、三成は近江佐和山《おうみさわやま》十九万四千石を拝領した。同時に正家も近江水口五万石を賜り、さらに慶長二年（一五九七）には十二万石に加増され、官位も従四位下侍従、職位も大蔵大輔に任官していた。

「われらよりも渡海した諸将の働きこそ、称揚すべきものかと——」

「いかにも、命を張って豊臣家のために尽くす者どものことを、わしは忘れておらぬ。しかし、そなたら奉行衆がいてこそ、兵たちも力を発揮できるのだ」

九州征討や小田原合戦で培った豊臣家奉行衆の兵站計画策定力は、文禄・慶長の役でもいかんなく発揮された。

文禄の役で十五万余、慶長の役でも十四万余の兵が渡海したが、日本軍は現地での略奪を許されておらず、彼らが飢えることなく力を発揮できるか否かは、兵站計画次第だった。

三成と正家は綿密な兵站計画を策定し、それを実行に移した。その結果、李《り》舜臣《しゅんしん》の水軍によって海上兵站線が破壊されるまでは、兵の末端に至るまで、十分な食料が供給できた。

「ありがたきお言葉」

三成が言葉を詰まらせる。

豪奢《ごうしゃ》な蒲団《ふとん》からのぞく秀吉の顔はあまりに小さく、壮年の頃の鋭気溢《あふ》れる秀吉を知る三成は、その皺《しわ》が深く刻まれた横顔をまともに見ることができなかった。

「佐吉、先ほど、うとうとしておると右府《うふ》様が参られた。右府様は『猿、そろそろ冥途《めいど》に参って、わしの馬の口を取れ』と仰せになられるのだ。そこでわしは申した。『しばしご猶予あれ。海の向こうには、わが赤子《せきし》がいまだ多く残っており、かの者らを里に帰してやらぬことには、この藤吉《とうきち》、死ぬに死ねませぬ』とな」

秀吉の話に意図があると覚《さと》った三成は、ゆっくりと顔を上げた。

「右府様は一言、『分かった。それまでは待ってやる』と仰せになられた」

秀吉の言わんとしていることが、次第に明らかになってきた。

「佐吉、体は衰えたとはいえ、この秀吉、いまだ頭は冴《さ》えておる。耳もだ。ここにおると、わしが眠っていると思うて、皆が世間話をする。それによると渡海軍は、半島南端に押し込められておるというではないか」

秀吉はすべてを知っていた。

「仰せの通りで」

恐れ入ったように平伏する三成を尻目に、秀吉は続けた。

「わしも、そろそろ右府様の許《もと》に参ることになる。わしが織田《おだ》家の天下を簒奪《さんだつ》したのは、紛れもない事実。それゆえ、いまだ冴えたこの頭で、右府様への言い訳を考えねばならぬ」

「ということは――」

「もう、終わりにせにゃーよ」

「はっ、いま何と」

秀吉が尾張《おわり》弁で言ったので、三成は聞き返した。

「後のことは、そなたに任せるで、もう手仕舞いにせよ」

「つまり、もう半島から撤兵しても、よろしいのですね」

瞑目《めいもく》したまま秀吉が、わずかにうなずいた。

これまで唐土を征服するまで絶対に兵を引かぬと言い張ってきた秀吉が、初めて渡海軍を引き上げてもいいという意思表示をしたのだ。

「ご英断でございます」

三成が額を畳に擦り付ける。

「そなたと大蔵に任せておけば、退《の》き陣の心配は要らぬ。ただ、わしにも面目があるで、渡海軍には、わしが死ぬまで半島の端にしがみついてもらわにゃならん」

「殿下が死ぬなど、滅相もありませぬ」

そう言いつつも、三成の頭はすでに回転し始めていた。

「誰が何と言おうと死ぬものは死ぬ。それゆえ、今から退き陣の段取りをつけておいてくれ」

「はっ」

「ただし――」

秀吉は再び顔を横に向け、三成を見据えた。

「大蔵は、算術のほかに気が回らぬ。大蔵には算術だけやらせ、残ることはすべて、そなたが判断せい」

「ははっ」

秀吉の言は尤《もっと》もだった。すべてを正家に任せると、忍城攻めの時のように、算術以外の要素をないがしろにすることがありえるからだ。

とくに今回は、多くの傍輩や家臣を半島で亡くした渡海軍諸将の気は荒れており、それを考慮に入れず、「誰それの部隊はこの船に乗って」とやれば、怒りを爆発させることも考えられる。

三成の脳がめまぐるしく働き始めた時、秀吉の声が再び聞こえた。

「佐吉、人という道具ほど使いこなすのが難しいものはないぞ」

「それほど難しゅうございますか」

「ああ、難しい。相手を見極め、十分に心配りしているつもりでも抜けが出る。それが人という道具だ」

「そのお言葉、しかと胸に収めました」

三成が再び額を畳に擦り付けた。

八月十八日、信長《のぶなが》の馬の口を取るべく、秀吉は慌ただしくこの世から去っていった。

秀吉の遺言に従い、簡素な埋葬と供養を済ませるや、三成と正家が策定した帰還計画を元に、渡海軍の引き揚げが始まった。

追撃してくる明《みん》・朝鮮両軍との間で激戦が展開されたが、島津《しまづ》勢の奮戦もあり、日本軍は撤退戦をことごとく勝利で飾った。

十一月には、加藤清正、黒田長政《くろだながまさ》、鍋島直茂《なべしまなおしげ》らが、十二月には、小西行長《こにしゆきなが》、島津義弘《よしひろ》、立花宗茂《たちばなむねしげ》らが博多《はかた》に到着し、前後七年に及ぶ戦いは終わりを告げた。

三成は細心の注意を払いつつ、正家の算出した必要船舶数を上回る数の船を送ったため、大きな混乱は起こらなかった。

しかし、半島での諸将の働きを客観的に秀吉に報告し続けた三成に対する恨みが、朝鮮在陣諸将の間には生まれていた。

六

秀吉の死後、豊臣政権は分裂を始めた。それに拍車を掛けるように動く男がいた。五大老筆頭の徳川家康である。

豊臣政権を守る立場の家康が、逆に豊臣政権を瓦解《がかい》に導こうとしているのだ。しかも文禄・慶長の役において、三成が秀吉に讒言《ざんげん》したという見当違いの恨みを持つ者たちが、三成憎しから家康与党となっていった。加藤清正、福島正則、細川忠興《ほそかわただおき》、黒田長政ら豊臣家の武辺を代表してきた者たちだ。

次第に力を増す家康に対し、三成は前田利家を担いで対抗しようとするが、慶長四年（一五九九）閏《うるう》三月、利家が死去することで、両陣営の均衡が一挙に崩れる。加藤清正や福島正則ら家康与党の武功派大名七人が三成を襲撃しようとしたのだ。

この一件は家康の仲裁により落着したが、喧嘩《けんか》両成敗というこの時代の社会通念から、家康の勧めに従い、三成は佐和山に隠居せざるを得なかった。

利家の死から、わずか一週間後のことだった。

同月、家康は伏見城に入り、四大老四奉行を無視して政務を執り始めた。それから半年後、「秀頼様の後見」を名目に、今度は大坂城西の丸に移った。

すでに天下の趨勢《すうせい》は家康に傾いており、このままいけば、労せずして天下は家康の手に入るはずだ。それを阻止できるのは、三成の頭脳しかない。

豊臣政権を守ろうとする者たちと、家康の天下取りに加担しようとする者たちの間で、激しい調略戦が始まった。


慶長五年（一六〇〇）三月、三成は佐和山から京に潜行し、ある男に会った。

「金吾《きんご》様、まあ一献《いっこん》」

三成の差し出す長い柄《え》の付いた諸口《もろくち》（銚子）から注がれる清酒《すみざけ》を受けた小早川《こばやかわ》秀秋《ひであき》は、それを一気に飲み干した。

秀秋は左衛門督《さえもんのかみ》の官職にあり、その唐名が金吾であるため、豊臣家中では金吾という通称で通っていた。

「金吾様は、亡き太閤殿下の御恩を最も受けたお方です。それをお忘れにならず、一朝事あらば、秀頼様の馬前に馳《は》せ参じ――」

「分かっておる」

秀秋は、うんざりした様子で盃《さかずき》を干した。

小早川秀秋は、秀吉の正室・北政所《きたのまんどころ》の兄・木下家定《きのしたいえさだ》の五男として天正十年（一五八二）に生まれた。三歳の時に秀吉の養子となり、秀吉の寵愛《ちょうあい》を一身に受けるが、文禄二年（一五九三）に秀頼が誕生することで、小早川隆景《たかかげ》の養子に出された。

慶長二年の隆景の死後、その遺領を継いで筑前名島《ちくぜんなじま》三十五万七千石の太守となったが、慶長の役における怠慢が秀吉に伝わり、越前北ノ庄《えちぜんきたのしょう》十五万石への転封を申し渡される。しかし秀吉の死により、転封は実行されず、筑前名島領主にとどまっていた。

「それでは、内府弾劾の決起に与《くみ》していただけますな」

「まあ、待て」と言うと、秀秋はにやりとした。

「実はな、ちと困ったことがあるのだ。その困ったことに手を貸してくれれば、そなたの言う通りにしてもよいぞ」

「困ったこと――」

三成の胸内に不安がきざす。

「以前、ルソン使節が参った折、太閤殿下から、わしが接待役を仰せつかったことを覚えておろう」

慶長二年七月、ルソンからやってきた使節団が秀吉に交易を求めた。ルソン使節団と言っても、その代表はルソンに権益を持つスペイン商人で、布教活動を伴わない交易を主張したが、実際は新手《あらて》の布教手段の一つだと明らかとなり、秀吉の関心もすぐに失《う》せた。

「むろん、覚えておりますが――」

「その折に来た商人《あきゅうど》たちと親しくなってな。そやつらから絵札を教わったのだ」

「絵札と申されるか」

意外な話の展開に、さすがの三成も先が読めなくなった。

絵札とは当時、カルタとも呼ばれたカードゲームのことである。

「その絵札はな、博奕《ばくち》に使うのだ」

――そういうことか。

三成は心中、深くため息をついた。

「金吾様と南蛮商人の行き来が多いとは思うておりましたが、まさか金吾様が博奕を打っておいでとは――」

「まあ、よいではないか」

豊臣家存亡の危機に際し、眼前の男は、平然と博奕を打っていたのだ。

秀秋は南蛮人との関係強化に励んでいるものとばかり、三成は思っていた。

――政権の要職に無芸無能な者が就くことで、政務は滞る。同様に、無芸無能な者が大禄を食むことで天下は混乱する。

かつて秀次に抱いた危惧が現実となったのだ。

「その絵札が実に面白うてな。わしは、すっかりのめり込んだ」

「つまり負けが、かさんだと申されるか」

「うむ」

「それはいかほどで」

その白くふやけた頰を一撫でした秀秋は、決まり悪そうに答えた。

「黄金にして六千枚かな」

――何と。

三成は絶句した。

「小早川家の金蔵を空にして返したのだが、それでもまだ五千枚ほど足らぬのだ」

「黄金五千枚あれば、城のひとつも築けますぞ」

「わしは取り返そうとしたぞ。しかし商人たちは、これまでの負け分を返さぬと、もう絵札をやらせぬという」

「それなら、これを機におやめになられよ！」

眼前の男を張り倒したい衝動を、三成はかろうじて抑えた。

「いや、それならそれでよいのだが、商人たちは負け分を払えというのだ」

「天下が落ち着くまで、待っていただきなされ」

「それがな、もう半年も待たせたので、商人たちは『これ以上は待てん』と申すのだ」

大きくため息をつくと三成は言った。

「致し方ありませぬ。それでは踏み倒してしまわれよ」

「わしもそう思うた。相手は獣に等しき南蛮人だ。『それなら知らん』と言ってやった。ところがだ、連中は何と申したと思う」

秀秋は、いつしか得意げな口ぶりになっていた。

「すべての南蛮商人に触れを出し、当家に対し、鉄砲、銅弾、焔硝《えんしよう》などの売買を差し止めるというのだ」

「ということは――」

「太閤殿下の御恩に報いたくとも、当家は報いられぬのだ」

三成は愕然《がくぜん》とした。

精強な小早川勢が軍備を整えられず、戦いたくとも戦えぬというのだ。

「という次第だ。しかし、大坂城の金蔵から少し融通してくれれば話は別だ」

「金吾様は、太閤殿下の御恩を何とお考えか」

「御恩も何も、弾や焔硝を買えねば、戦ができぬではないか」

さも当然のごとく秀秋がうそぶいた。そのたるんだ頬には冷笑さえ浮かべている。

「何という恩知らずか」

「何か言うたか」

「いや、何も申しておりませぬ」

秀秋を敵に回すことだけは避けねばならない。この件で秀秋が家康に泣きつけば、いかに吝嗇《りんしょく》な家康でも金を貸すに違いない。

——そうなれば金吾は家康方となる。

「なあ治部少、大坂城の金蔵には、黄金がうなるほどあろう。それで足りなければ、どこぞの金山でも掘ればよい」

「何を仰せか。大坂城の金蔵はもとより、金山の黄金にも限りがあるのですぞ」

「とは申しても、われらの代でなくなるわけではあるまい。後のことは知ったことではない」

三成は呆《あき》れて二の句が継げない。

——この男は博奕にいくら負けても、小早川勢を人質に取っていれば、わしが金を出すと分かっているのだ。

幼い頃から秀秋は、そうした知恵だけは回った。いわゆる小才子《こざいし》である。それを大器と勘違いし、天下の覇権を左右するほどの大禄を与えたのが、秀吉の過ちだった。秀次を後継に据えたと同じ轍《てつ》を、秀吉は踏んだのだ。

——あれほど人を見る目があり、人使いの上手《うま》い殿下がなぜ——。

——しかし佐吉、ほかに誰がおるというのだ。

秀吉の愚痴が聞こえてくるようだ。

確かに弟の秀長《ひでなが》を除けば、秀吉の血縁者は哀れなくらい凡庸だった。そうした者たちで周囲を固め、己の天下を後代に伝えていこうとした秀吉も、また哀れだった。

痺《しび》れを切らしたかのような秀秋の咳払《せきばら》いで、三成はわれに返った。

「貸せぬというなら構わぬ。貸してくれる先は、ほかにもあるからな」

人の足元を見るかのような秀秋の言い草に、さすがの三成も怒り心頭に発した。

――しかし、この場は堪えねばならぬ。

小早川勢は毛利家の西国制覇の原動力であり、文禄・慶長の役では日本軍の主力として、その精強さをいかんなく発揮した。

とくに明軍の参戦により平壌《へいじょう》が陥落し、日本軍が壊滅の危機に瀕《ひん》した折、碧《へき》蹄館《ていかん》の戦いを大勝利に導いたのは小早川勢だった。

明軍の砲列が咆哮《ほうこう》を上げる中、親子兄弟が敵弾に砕け散っても、独特の喊声《かんせい》を上げつつ突撃する小早川勢に、明軍は震え上がった。

大砲攻撃に恐れることなく突撃する敵など見たこともない明軍は、瞬く間に逃げ散り、以後、日本軍との衝突を避けるようになった。それが、以後の戦いを日本軍有利に進める要因となる。

その小早川勢の戦いぶりを、今は亡き秀秋の義父・隆景と共に、三成は小丘上の指揮所から見ていた。

啞然とする三成や大谷吉継を横目で見つつ、隆景はさも当然のごとく、「これでよろしいか」と言ったのを、三成は克明に覚えていた。

——この男が虚《うつ》けでも、小早川勢は、喉から手が出るほどほしい。

三成は、「金とは、使うべき時を違えてはならぬ」という秀吉の言葉を思い出していた。

——殿下、今が生きた金を使う時でしょうか。

しばし考えた末、三成は断を下した。

「金吾様——」

三成が、肺腑《はいふ》から搾《しぼ》り出されたような声で問うた。

「黄金五千枚、用立てれば、軍備を整えた上、太閤殿下の御恩に報いられると仰せか」

「申すまでもないことだ」

秀秋の面に下卑《げび》た笑みが広がった。それは、獲物が罠《わな》にかかったことを喜ぶ猟師の顔だ。

三成は口惜《くや》しさを押し殺しつつ言った。

「それを用立てれば、それがしの定めた期日までに、定めた場所に、小早川勢一万六千を連れてこられまするな」

「もちろんだ」

「それを亡き太閤殿下に誓われるか」

「くどい！」

そう言い捨てると、秀秋は去っていった。

しばし物思いに沈んだ後、立ち上がった三成は長束正家の屋敷に向かった。

突然の来訪に驚いた正家だったが、大坂城の金蔵から「黄金五千枚」を秀秋のために用立てるよう三成が要請すると、一言だけ問うてきた。

「黄金五千枚といえば、たいそうな額。それを今、使うべきと仰せになられるのですね」

——そうだ。この黄金五千枚は生きた金となる。

三成が黙ってうなずくと、それ以上の質問を一切せず、正家は「承った」とだけ答えた。

常の金庫番であれば、何のかのと言い募り、理由を問うて出し渋るのが常だが、そうしたことに関心のない正家がその任にあったことに、三成は感謝した。

その場から去ろうとする三成を、正家が呼び止めた。

「血筋だけで大禄を食み、大兵を養っておられる方のお心が、この金で買えるのですな」

「そういうことになる」

三成同様、正家も凡庸者の恐ろしさを身にしみて知っていた。金で凡庸者を思いのままに操れるなら、それに越したことはないと考えるのは正家も同じだったのだ。

七

立ち込めている朝靄《あさもや》を破るような筒音が轟《とどろ》くと、喊声が湧き上がった。音のする方角からすると、宇喜多《うきた》勢と福島勢に違いない。

――いよいよ始まったか。

三成は一つ武者震いすると、戦闘準備を命じた。

法螺貝《ほらがい》が吹かれ、懸かり太鼓の音が空気を震わせる。常とは違う切迫したその音色から、法螺貝吹きも太鼓叩きも、この日が己の運命の岐路となることを知っているのだ。

慶長五年(一六〇〇)九月十五日辰《たつ》の刻(午前八時頃)、西軍七万八千、東軍七万五千という大軍がひしめく美濃関《みのせき》ヶ原《はら》で、天下分け目の決戦が始まろうとしていた。

東軍は西軍の築いた街道遮断線を突破すべく、積極果敢な攻撃を仕掛けてきた。

一方の西軍は、敵を手元に引き付けるだけ引き付け、個々に包囲殲滅《せんめつ》するつもりでいる。

遮断線とは中山道《なかせんどう》と北国街道を断つべく、小早川秀秋が布陣する松尾山《まつおやま》山麓から三成本陣の笹尾山《ささおやま》まで築かれた防塁のことだ。

この防塁は一時的な陣だが、防御力は城塞に比肩するほど強力だった。

つまり西軍は城に拠《よ》っているも同じで、東軍に対して、陣形的に圧倒的な優位にあった。

宇喜多勢と福島勢は、三町（約三百メートル）ほどの間を行きつ戻りつしながら、押しては引いての激戦を繰り広げた。これを見た東西諸軍も次々と戦端を切った。

戦場には、これまで誰も聞いたことがないほどの鉄砲の炸裂《さくれつ》音と鉦鼓《しょうこ》の音が轟き、馬のいななきと喊声が渦巻いている。

しかし西軍で戦闘に参加しているのは、石田、宇喜多、小西、大谷、平塚《ひらつか》（為《ため》広《ひろ》）、戸田《とだ》（重政《しげまさ》）勢だけで、つごう三万六千ほどだ。

いかに陣形が有利でも、これでは長く戦えない。

南宮山《なんぐうさん》の毛利勢一万六千、栗原山《くりはらやま》の長宗我部勢六千、松尾山の小早川勢一万六千、島津勢四千などは、いつまで経っても戦いに参加する気配がない。

南宮山には、毛利勢の背を押すために安国寺恵瓊《あんこくじえけい》勢を、栗原山には、長宗我部勢の尻を叩くために長束勢を配しているにもかかわらず、いっこうに動きがないのだ。

一刻以上もの間、東軍の半数の兵力で西軍は踏ん張っていたが、残る西軍の戦闘参加がなければ敗勢に陥る。

三成は、彼らが決定的な場面で山を駆け下ってくるものと思っていた。さもなければ、ここまで出張ってくる意味はない。

戦っている西軍諸将も、毛利らの参戦を信じて奮戦していた。これにより東軍は西軍の堅固な遮断線を破れず、徐々に攻勢は弱まりつつあった。

東軍の攻勢が限界点を迎えたのだ。

野戦でも城攻めでも、寄手はひたすら攻勢を取り続けられない。必ず攻勢限界点が訪れる。そこで防御側が逆襲に転じることで、寄手は一気に崩れ立つ。

長篠《ながしの》の戦いで見られたように、それまでの攻撃が苛烈であればあるほど、その崩壊は凄《すさ》まじい。しかし、この攻勢限界点を見極められず、防御側が逆襲を掛けないでいると、寄手は再び勢いを盛り返すのだ。

「今だ、佐吉！」という秀吉の声が、耳元で聞こえた気がした。

秀吉の傍らで幾度となく見てきた勝機というものが、遂に訪れたのだ。

開戦から一刻半が過ぎようとする午《うま》の上刻（午前十一時過ぎ）、三成は合図の狼煙《のろし》を上げさせた。これにより、残る西軍が東軍の側背を突き、間違いなく戦は大勝利で終わるはずだった。

――太閤殿下、ご覧《ろう》じろ！

しかし、松尾山は静まり返ったままだった。

「どうなっておるのだ。もっと狼煙を上げろ！」

小者たちは懸命に枯れ柴などを焚《た》き、さかんに狼煙を上げている。風も弱いので煙はまっすぐに中天まで達し、付近のどの山からでも見えるはずだ。

しかし松尾山はもとより、南宮山と栗原山も沈黙したまま動きはない。

――南宮山と栗原山が戦に参加せずとも、松尾山から小早川勢が駆け下るだけで、今なら勝てる。そうか、南宮山と栗原山は松尾山の攻撃を待っておるのだ。

「使番《つかいばん》！」

母衣《ほろ》を翻し、馬廻衆の一人が三成の前に拝跪《はいき》した。

「すぐに松尾山へ行き、金吾めに約束を果たすよう伝えよ」

「承った！」と言うや使番は馬に飛び乗り、松尾山目指して駆け去った。

じりじりと時間が流れる。

依然として東軍の足並みは乱れており、勝機はいまだある。秀吉が「ほれ、何をしておる」とばかりに、道を開けてくれている気さえした。

しかし、依然として松尾山に動きはない。

その時、土煙を蹴立て、先ほどの使番が戻ってきた。

「いかがであった！」

陣所から飛び出した三成は、自ら使番の馬の口を押さえた。

「はっ、金吾様に約束を守られよとお伝えしたところ、金吾様は『約束を守らぬはどっちだ。この期に及んで値切りおって』と仰せになられ――」

「何、値切るとはどういうことだ！」

三成は啞然とした。

「金吾様は、『もらった分は、伏見城攻めと伊勢《いせ》攻めで治部少に返した。残り半分は内府に融通してもらったゆえ、内府に馳走《ちそう》する』と仰せになられるのです」

「何だと！」

確かに秀秋は、西軍として伏見城攻めで主力を成し、伊勢攻めにも西軍として兵を出している。

三成の頭は混乱した。

正家が、三成の承諾を得ずに黄金五千枚を値切ったというのか。

――そんなはずはない。

すぐにでも松尾山に飛んでいき、事の真偽を確かめたかった。しかし三成も事情が分からないでは、たとえ松尾山に行っても、秀秋の誤解を解くことはできない。

そのためには、まず栗原山の長束正家から事情を聞く必要があった。しかし栗原山は遠すぎる。実質的な主将の三成が往復するのは不可能だ。

――太閤殿下なら、いかがなされるか。

「佐吉、ここが切所だ」

秀吉の声が耳の奥で聞こえる。

「すべては金吾次第ではないか。金吾が動かなければ、そなたがここを動かずとも負ける」

三成は決断を下した。

「使番、すぐに栗原山に行き、大蔵大輔殿に伝えよ」

「はっ、何と」

「松尾山の麓で落ち合い、共に金吾の許に赴き、誤解を解こうとな」

馬に飛び乗るや、使番は疾風と化して栗原山に向かった。

八

その男は慣れぬ乗馬に四苦八苦しながら、ようやくやってきた。

「大蔵殿、遅かったではないか！」

「治部少殿、申し訳ない。なかなか馬が言うことを聞かなくてな」

正家が顔をしかめつつ尻に手をやった。馬に乗り慣れていない者の常で、もう尻の皮が剝《む》けたのだ。

正家が馬から下りた拍子に、大きな頭に載せられていた兜《かぶと》がずれ、正家の顔半分を覆った。

「いったい、どうなっておる！」

正家の兜を直してやりつつ、三成が声を荒らげた。

「それが、いくら使いを出しても、毛利も長宗我部も動かぬ」

「そうではなく、金吾のことだ」

「あっ」

今更、気づいたかのごとく、正家が頭上を見上げた。

「まさか松尾山まで動いておらぬか」

三成が、もどかしげに事情を説明した。

「何ということだ」

正家が口惜しげに唇を嚙む。

「まさか黄金五千枚、金吾に渡しておらぬとは申すまいな」

「そんなことはない。耳をそろえて黄金五千枚相当、金吾に引き渡しておる。それがし自ら、大坂の金吾屋敷に運び込んだので間違いない」

「待たれよ。今、何と言った」

「黄金五千枚相当、間違いなく金吾に引き渡したと申した」

「その相当というのは、いかなる謂《いい》か」

「いや、さすがに金蔵の黄金も寂しくなってきた。これから大戦《おおいくさ》ともなれば、南蛮商人から武器弾薬も買わねばならぬ。それゆえ金吾には、金ではなく銀で渡した」

「あっ」

三成は、毛穴という毛穴から同時に冷汗が噴きだすのを感じた。

「それは真《まこと》か」

「黄金五千枚相当の銀を渡せば、同じことではないか」

「ああ」

三成が天を仰いだ。

——道具が余計なことを考えおったわ。

「お待ちあれ。銀の価値は金の五が一（五分の一）、つまり銀を二万五千枚、耳をそろえて渡せば何の文句も出ぬはず」

「それが違うのだ」

「こんな容易な算術を、それがしが間違うと仰せか」

正家の口端《くちは》に引きつった笑みが浮かぶ。

「うむ、間違っておる」

三成は深呼吸すると言った。

「国内での銀と金の交換比率は五が一。しかし南蛮国では――」

「十が一でござろう。それゆえ南蛮商人は金をほしがり、その差益でもうけておる」

三成がその場に片膝をついた。

「その通りだ」

三成は笑い出したかった。

「治部少殿、まさか金吾は、南蛮商人への支払いのために黄金五千枚を用立てろと申したのか。それをお伝えいただかなければ、いかにそれがしとて――」

正家の声が遠ざかり、秀吉の声が聞こえてきた。

「算盤がいかに正しき答えを弾き出しても、それが正しいか否か、疑ってかかる必要がある」

――わしには、道具を使いこなすことなどできなかったのだ。

三成は、絶望の淵《ふち》にゆっくりと落ちていくのを感じた。

その時、小早川勢の喊声が頭上から聞こえてきた。

それがどちらに突撃する声か、三成は確かめるまでもなかった。

安部龍太郎

佐和山炎上

一

琵琶湖《びわこ》の湖畔に整然と植えられた松並木の向こうに、朱の色も鮮やかに百間《ひやっけん》橋《ばし》がかかっている。

佐和山城《さわやまじょう》の搦手口《からめてぐち》と松原を結ぶために琵琶湖の入江に渡されたもので、名は百間だが実際の長さは三百間（約五百四十メートル）にも及ぶ。

開明的な石田三成《いしだみつなり》の城下町造りを象徴する見事な橋である。

湖畔の道から浜御殿《はまごてん》につづく石段を登りながら、八十島庄次郎《やそじましょうじろう》は胸苦しさを覚えて立ち止った。通いなれた百段ばかりの石段だが、今日はいつになく辛《つら》い。

美濃《みの》の戦のことが気がかりで、昨夜あまり眠れなかったことが、やはりこたえているようだ。

大垣城《おおがき》に入った石田家の軍勢は、赤坂《あかさか》に布陣した東軍の先鋒隊《せんぽう》三万と、すでに二十日以上も対峙《たいじ》していた。

徳川家康《とくがわいえやす》は三日前に尾張の清洲《きよす》城に入ったというのに、西軍の総大将である毛《もう》利輝元《りてるもと》は大坂《おおさか》城を動こうとしない。

主君三成がどれほど苦しい立場に立たされているか想像がつくだけに、庄次郎は胸が急《せ》いて寝入ることが出来なかったのである。

苦しみにあえぐ心《しん》の臓をかばいながら浜御殿の表門にたどりつき、奥の書院に入った。

三成の三男八郎《はちろう》が、書見台に書物を広げ行儀よく正座をして待っていた。

庄次郎は懐紙で額の汗をふいてから正面に座った。

「講義の前に、ひとつたずねてもよいか」

八郎は十歳になったばかりである。喘息《ぜんそく》の持病があるせいか、体付きが華奢《きやしや》で顔色もすぐれない。だが素直で思いやりが深く、少しも陰にこもったところがなかった。

「何なりとお訊《たず》ね下されませ」

「戦はいつ始まるのじゃ。父上は息災であろうか」

「無用のご心配と存じまする」

「何ゆえじゃ」

「案じたところで、どうなるものでもございませぬ。殿の武運を信じて日々の勤めを怠らぬことこそ、城を預かる者の心得でございまする」

「分った」

「ならば昨日学んだ所を音読なされませ」

「秦《しん》の武王《ぶおう》、甘茂《かんぼう》に謂《い》って曰《いわ》く、寡人《かじん》、車三川に通じて、以《もつ》て周《しゆう》室を闚《うかが》はんと欲す。而《しか》せば寡人死すとも朽ちざらんか、と。甘茂対《こた》へて曰く、請ふ魏《ぎ》に之《ゆ》いて約して韓《かん》を伐《う》たん、と」

八郎は朗々たる声でよどみなく読みつづけた。

『戦国策』秦の武王の件《くだり》である。我が名を残すために周を侵そうと欲した武王は、大臣の甘茂に意見を問うた。すると甘茂は、周を侵すためにはまず魏と同盟して韓を伐つべきだと答えた。

そこで武王は甘茂に副使をそえて魏につかわしたが、甘茂は副使だけを先に帰して「魏は同盟を約しましたが、まだ韓を攻めるのは見合わせていただきたい」と伝えた。

不審に思った武王は、甘茂を息壌《そくじよう》という町まで出迎えに行って理由をたずねた。

甘茂は「韓に攻め込んで宜陽《ぎよう》を落とすのは容易なことではない。苦戦がつづけば韓に好意的な大臣たちが合戦の中止をとなえ、王は必ずこの忠告を聞くだろう。そうなれば自分は同盟を約した魏をあざむいたことになり、また侵略をけしかけたとして韓のうらみを買うことになる」と答えた。

庄次郎が昨日講義したのはそこまでである。だが八郎は独りで先を学んだらしく、子供には難解なはずの漢文をすらすらと読み下していった。

甘茂が孔子《こうし》の高弟だった曾参《そうしん》の母の例を引いて、武王の心変わりを危ぶむ場面である。

「昔曾子《そうし》、費《ひ》に処《お》る。費人《ひひと》に曾子と名族を同じうする者有りて、人を殺す。人、曾子の母に告げて曰く、曾参、人を殺せり、と。曾子の母曰く、吾が子は人を殺さず、と。織《お》ること自若《じじやく》たり。しばらく有りて、人また曰く、曾参、人を殺せり、と。其の母なお織ること自若たり。之《これ》をしばらくして、一人また之に告げて曰く、曾参、人を殺せり、と。其の母杼《ちよ》を投じて懼《おそ》れ、墻《かき》を踰《こ》えて走れり」

「其の母懼れて杼を投じ、でござる」

庄次郎は即座に誤りを正した。

三年前に八郎の守役をおおせつかって以来、講義する書物はすべて空で覚えるようにしている。心の臓が弱いために戦場に出られない庄次郎の、武士としての意地がそうさせるのだ。

「杼とは何じゃ」

「機を織るときに横糸を通す道具でござる。杼《ひ》と訓じまする」

「費人に曾子と名族を同じうする、とは」

「費とは魯国《ろこく》の地方の名にして、名族を同じうするとは姓名が同じだということでござる」

「別人が人を殺したのに、まわりの者が間違って曾参の母に伝えた。二度目までは信じなかった母も、三度目には機織りをやめて表に飛び出したということだな」

八郎の読解力は少年の域を超えている。

何とも頼もしい教え子だった。

「甘茂は武王に盟約の実行を確約させるために、この故事を引いて諭したのでござる」

庄次郎が次の件に進もうとした時、爪先立ちの忙《せわ》しない足音がして山田勘十郎《やまだかんじゅうろう》が入ってきた。

「ご購読の途中でご無礼とは存じまするが」

八郎にわびてから庄次郎を次の間に呼び出した。

「美濃の関ケ原で、大坂方が大敗したそうだ」

勘十郎の細長い顔が首まで蒼《あお》ざめている。船手奉行山田嘉十郎《かじゅうろう》の嫡男で、庄次郎と同じ二十三歳だった。

「大敗？　殿は大垣城にこもっておられたのではないのか」

「徳川方が不破関《ふわのせき》を越えて佐和山城に攻め寄せようとしたために、昨夜のうちに大垣城を出て関ケ原で迎え撃とうとなされたらしい。ところが今朝から始まった戦で裏切り者が相次いだために、昼過ぎには総崩れになったということだ」

「殿はご無事か。ご無事であろうな」

庄次郎の胸に刺すような痛みが走った。

「分らぬ。伊吹山《いぶきやま》の方に逃れられたと言う者もいるようだが、いまだに行方が知れぬらしい」

「不破関の守りは？」

「大谷刑部《おおたにぎょうぶ》どのも備前《びぜん》中納言どのも、討ち死になされたそうじゃ。数日のうちには、この城にも敵が攻め寄せて来るにちがいあるまい」

庄次郎は何をどう考えていいか分らなくなっていた。八万ともいわれる西軍を率いていた石田三成が、たった一日で敗れ去るということが、本当にあり得るのだろうか。

「どうする。このことを八郎さまにお伝えするべきであろうか」

「いや、いや」

伝えるのはもう少し確かなことが分ってからでよい。敵が我らを撹乱《かくらん》するために虚報を流したのかも知れぬではないか。庄次郎はそう制しながら、虚報であってくれと藁《わら》にもすがるような思いで願った。

とにかく常の講義だけは終えようとしていると、緋《ひ》おどしの鎧《よろい》を着た土田《つちだ》宗《そう》右衛門《えもん》が入ってきた。

「籠城《ろうじょう》と決った。八郎さまを急ぎ本丸にお移しせよとのお申し付けじゃ」

宗右衛門は戦奉行土田東雲斎《とううんさい》の四男で、体も大きく武芸に秀でている。庄次郎と同じ年で、八郎の近習の一人だった。

「八郎さまに伝えるのか」

庄次郎は書院に向かおうとする宗右衛門を引き止めた。

「当たり前じゃ。戦の覚悟を定めていただかねばならぬ」

関ケ原で西軍が大敗したと聞いても、八郎はさして驚かなかった。書見台を前にした時のように、深みのある大きな眸《め》でじっと宗右衛門を見つめるばかりである。

「初戦に敗れたとは申せ、大津《おおつ》には二万の身方がおり、大坂城には五万の兵が秀《ひで》頼《より》さまを奉じて出陣の下知を待っておりまする。殿もやがてはこの城にもどられ、身方と連絡を取って徳川方を攻め滅ぼす策を講じられることでございましょう。それまで我らは一丸となってこの城を守り抜かねばなりません」

「父上はお戻りになるのか」

「さきほど我が父東雲斎が、一千の兵を率いてお出迎えに参りました。夜半には殿の軍勢と合流して帰参いたすものと存じます」

たとえ戦に敗れても全滅することはない。三成は必ず敗残の兵をまとめて佐和山城にもどって来るはずだ。宗右衛門ばかりでなく、城に残った誰もがそう信じていた。

宗右衛門は城中への連絡に回ったために、庄次郎が八郎を本丸に連れて行くことになった。供をするのは八十島家の侍十数人と、八郎の侍女五人である。

迫る夕闇に追われるようにあわただしく仕度をし、黐《もち》の木谷《きだに》の道を本丸に向かった。

佐和山城は琵琶湖東岸に南北に横たわる佐和山（標高二百三十三メートル）の地形を利して作られた城で、山頂の本丸には本丸御殿と五層の天守閣をそなえている。

大手口は中山道《なかせんどう》の鳥居本宿に面し、小野川の水を引き入れた幅九間半の堀と、二層の多聞櫓《たもんやぐら》で守りを固めてある。

山の西側の搦手口は琵琶湖に面し、三成が常の住居としている浜御殿や島左近《しまさこん》、蒲生源兵衛《がもうげんべえ》ら重臣の屋敷が軒をつらねていた。

屋敷の前には琵琶湖が大きく湾入し、天然の要害をなしている。

入江にかけられた百間橋の向こうには、武家屋敷や蔵屋敷が並び、橋のたもとには水軍の船着場があった。

佐和山城は織田信長《おだのぶなが》が近江《おうみ》から畿内へ進出するための足掛りとして築いた城で、安土《あづち》城に勝るとも劣らない構えだった。

三成に過ぎたるものが二つあり
　島の左近と佐和山の城

俗謡にそう謡われたのはそのためだが、山頂の曲輪《くるわ》の石垣を厳重にして多聞櫓や天守閣を修築したのは、文禄四年（一五九五）に石田三成がこの地に入封してからだった。

浜御殿から本丸まで標高差が七百尺（約二百十メートル）ちかくあるために、道は険しい。八十島家の家臣たちは皆鎧を着ていたが、八郎と庄次郎は直垂《ひたたれ》のままだった。

それでも八郎の足は止まりがちで、庄次郎や侍女のお咲《さき》に手を引かれてあえぎながら登っていった。

「若君さま、もう少しの辛棒でございます」

お咲がにこやかに励ましている。えくぼが愛らしい、十七歳になる小柄な娘だった。

「庄次郎、あれを見よ」

八郎が琵琶湖の西を指差した。

太陽が比叡山《ひえいざん》の向こうに沈み、空が赤く染っていた。まるで一面に血を流したような不気味な夕焼けである。

「父上もどこかで、あの空を見ておられようか」

「今頃は東雲斎どのとこちらへ向かっておられましょう。気を強くお持ちなされませ」

庄次郎は八郎を抱きかかえるようにして坂道を登った。浜御殿に行く時にはあれほど辛かったのに、気が動転しているせいか胸の苦しみさえ忘れていた。

夜になって本丸御殿の大広間で戦評定が開かれた。

集まったのは三成の父隠岐守正継《おきのかみまさつぐ》、兄木工頭正澄《もくのかみまさずみ》、土田東雲斎、津田清幽、山田嘉十郎ら一族、重臣二十数名である。

庄次郎、宗右衛門、勘十郎の三人も、八郎の近習として出席を許されていた。

「関ケ原より戻った者の報告によれば」

行灯《あんどん》に照らされた上段の間に、正澄が沈痛な面持ちで立った。三成より五歳上で、堺《さかい》奉行を務めたほどの才覚の持ち主である。

「松尾山《まつおやま》に陣取った小早川秀秋《こばやかわひであき》が東軍に寝返り、朽木《くつき》、脇坂《わきざか》、小川《おがわ》らがこれに従ったために、石田、大谷、宇喜多《うきた》勢は東西から挟み撃ちにされ、退路を断たれて伊吹山に落ちざるを得なくなったとのことじゃ」

三成も伊吹山に入ったまま行方知れずとなっているために、番場の宿まで迎えに行った土田東雲斎らも、諦めて帰城するほかはなかったという。

「また南宮山《なんぐうさん》に布陣した毛利秀元《もうりひでもと》、吉川広家《きっかわひろいえ》、安国寺恵瓊《あんこくじえけい》ら毛利衆も、徳川方に内通していたとみえ、終始高みの見物を決め込んでいたらしい。長束正家《なつかまさいえ》、長宗我部盛親《ちようそかべもりちか》も同様じゃ」

広間のあちらこちらからすすり泣きの声が上がった。

膝頭をにぎりしめて声をかみ殺している者もいる。

「この様子では、大坂城におられる毛利輝元《てるもと》どのも当てにはならぬ。また大津城を攻め落とした西軍も、我先にと領国へ引き上げたとのことじゃ。当家の命運はここに窮《きわ》まったと言わねばならぬ」

今はただこの城を枕に華々しく討ち死にして、我らの苛烈なる忠心を天下に示す他はない。敵の先鋒は裏切者の小早川秀秋が務めるようなので、関ケ原での身方の無念を、我らの手でいくらかなりとも晴らそうではないか。

正澄は物静かな淡々とした口調で語り終えた。

大広間は寂として声もない。皆の心が哀《かな》しみから怒りへと変わり、命を捨てて仇《あだ》を報じる覚悟が定まっていった。

それぞれに守備の持ち場が決まると、庄次郎は宗右衛門、勘十郎と水 盃《みずさかずき》を交わして別れを惜しんだ。

「こうなったからには、裏切り者を一人でも多く道連れにしてやる。喉笛《のどぶえ》食い破ってでも殺す」

父とともに三の丸の守りにつく宗右衛門は、大きな目を赤く泣き腫らしている。

「法華丸《ほっけまる》は真っ先に敵の標的となろう。本丸から我らの戦ぶりを見届けてくれ」

勘十郎は船手奉行である父とともに、法華丸の守りを任されている。琵琶湖に近い曲輪なので最初に攻め落とされるのは明らかだった。

「遅かれ早かれ人は死ぬ」

庄次郎は短くつぶやいて口をつぐんだ。

言いたいことは山ほどあったが、どれも言葉にはならなかった。

二

翌朝、庄次郎は早々と目を覚ました。

覚悟が定まったためか、それとも昨日のあわただしい動きに疲れ果てたためか、昨夜は久々にぐっすりと眠った。

あまりに深く寝入り、今朝もいつもと同じように自分の部屋で寝ているとばかり思っていたので、本丸御殿の天井の荒削りの梁《はり》を見た時にはあわてて周りを見回したほどだ。

子供の頃に親戚の家に泊った時など、よくそうした錯覚にとらわれることがあった。まるで人買いにでもさらわれたような心細さにかられてあたりを見回し、父や母や兄が寝息をたてているのを見てほっとしたものだ。

だが今朝は、三人の姿はなかった。

父と兄は関ケ原の合戦に出ていたし、母はすでにこの世にいない。部屋には宿直《とのい》の若侍二人と、八郎の侍女三人が眠っているばかりである。八郎は添い寝のお咲とともに上段の間で横になっていた。

本丸御殿は常の住居ではないので、すべてが簡素に作ってあった。柱も梁も天井板も荒削りで、壁は荒壁である。床は板張りで、ふすまは白紙である。

山頂の本丸は詰めの城で、敵に攻められた時にたて籠るためのものだ。無駄な装飾を排してすべてを実戦向きにしてあることは庄次郎も知っていたが、まさか本当にここにたて籠って戦う日が来ようとは思ってもいなかった。

戸板のすき間から朝の白い光が薄紙のようにさし込んでいる。

庄次郎は戸を細目に開けて外をのぞいた。

明けかかった空に比叡山が墨色に浮かび上がっている。眼下には琵琶湖が黒い穴となって広がっている。間近に迫った死が、ぽっかりと口を開けて待ち構えているかのようだった。

夜が明けるにつれて、湖の面は空を映して鈍い白銀の輝きを放ちはじめた。搦手口の様子もいつもと変わらない。湖のほとりには松林が連なり、武家屋敷は整然と甍《いらか》を並べている。百間橋は龍のように入江に横たわり、橋のほとりの船着場には十数艘《そう》の船がつないである。

空にかかる闇が落ちると、船着場のまわりに百人ばかりがたむろしているのが見えた。

皆それぞれに大きな荷物を背負い、次々と船に乗り込んでいく。赤ん坊を抱きかかえた女や、子供の手を引いた老婆も、危なげな足取りで船に渡した板を渡っている。

いぶかりながら見ているうちに三艘の船が錨《いかり》を上げ、合図の太鼓も叩《たた》かずに漕《こ》ぎ出していく。主《あるじ》のいない船が、無言のままそれを見送っている。

（城抜けだ）

法華丸の守備についていた山田嘉十郎の一党が、待ち受けている死の淵《ふち》から逃れようと城を逃げ出しているのだ。我らの戦ぶりを見届けてくれと言った勘十郎もあの船に乗っているにちがいない。

（鉦《かね》を叩いて、このことを知らせなければ）

庄次郎は足を踏み出しかけたが、すぐに思い直した。

今さら鉦を叩いたところで、船を止めることは出来ない。おそらく最後となるはずの静かな眠りを、無駄な騒ぎでさまたげる必要はなかった。

人の気配にふり返ると、お咲が外を見やって悄然《しょうぜん》と立ちつくしていた。両目に涙をため、唇をきつく嚙《か》みしめている。

「どうしたのだ」

「あの船に、父母も乗っております」

お咲は山田一族の出だという。八郎の侍女になったばかりに、父母に取り残されることになったのだった。

「申しわけございませぬ」

お咲は哀しみを堪《こら》えて一族の卑怯《ひきょう》をわびた。

今にも崩れ落ちそうな体を、庄次郎は手を差し伸べて支えた。お咲はその胸にすがりつき、声を押し殺して泣いた。

山田一族の脱走が知れわたると、城内は重苦しい空気に包まれた。他にも逃げ出す者がいるのではないかという疑心にかられ、互いにさぐるような目を向け合うようになった。

山田一族の縁者を磔《はりつけ》にして、見せしめにするべきだと叫ぶ者もいた。

庄次郎はお咲のためにそうした空気を少しでも和らげようと腐心したが、やがて同様の運命が自分の頭上にも降りかかってきた。三々五々と関ケ原から逃げ帰ってきた者たちが、庄次郎の父八十島助左衛門《すけざえもん》の逃走を伝えたからだ。

助左衛門は三成の使い番として島津義弘《しまづよしひろ》の陣所におもむき、兵を動かすよう要請したが、下馬の礼を取らなかったために島津の将士の怒りをかった。これが因《もと》で島津義弘は、戦の間一兵たりとも動かさなかったという。

その上形勢が不利になると、助左衛門はただ一騎陣所から駆け出し、敵と一戦も交えることなく逃げ去った。

これを見た三成の近臣の一人が、

関ケ原八十島かけてにげ出ぬと

人にはつげよあまりにくさに

と戯《ざ》れ歌《うた》を詠んで笑い飛ばしたとのことだった。

（嘘だ）

父がそのような卑怯な真似をするはずがない。庄次郎は誰彼の白眼にさらされるたびにそう叫びたかったが、真実を確かめることが出来ないので黙って耐えるしかなかった。

巳《み》の刻（午前十時）を過ぎると、中山道を東軍諸隊が続々と進軍してきた。

正澄が話した通り先鋒は小早川秀秋、二番手は朽木元綱《もとつな》、三番手は脇坂安治《やすはる》で、その勢およそ一万五千である。

いずれも合戦の最中に東軍に寝返った者たちばかりで、家康への忠義の証《あかし》として最も危険な大手口からの攻めを割り当てられていた。

搦手口には岡崎《おかざき》十万石を領する田中吉政《たなかよしまさ》の軍勢三千が、与力の兵二千とともに布陣していた。

これに対して石田方では、本丸に石田正継、正澄父子ら一千人、二の丸、三の丸に長谷川宇兵衛、津田清幽ら五百人、太鼓丸に赤松左兵衛ら五百人を配し、土田東雲斎に鉄砲足軽三百人を付けて遊軍とした。

山田嘉十郎らが放棄した法華丸には、逃亡を拒否した二百人ばかりがたて籠っていた。

庄次郎も紺糸おどしの鎧を着ていたが、この朝、いつもの通り八郎に『戦国策』の講義をした。

「夫れ曾参《そうしん》の賢《けん》と母の信《しん》とを以《もっ》てして、三人之《これ》を疑はしむれば、則《すなわ》ち慈母も信ずること能《あた》はざるなり」

八郎は常と変わらぬ朗々たる声で音読した。

三成から武将の心得を叩き込まれているだけに、子供とはいえ肚《はら》が据っている。

「今、臣の賢は曾子に及ばず。而《しこ》うして王の臣を信ずること、又未《いま》だ曾子の母に若《し》かざるなり。臣を疑はん者は、適《ただ》に三人のみならじ。臣、王の臣の為《ため》に之杼《これちょ》を投ぜんことを恐るるなり、と」

曾参の母の例を引いて人を信じることの難きことを説いた甘茂は、それにつづけて「私は曾参ほど賢くもなく、王の私への信頼も曾参の母ほどではございません。しかも私を疑う者は三人だけではありません。その者たちの讒言《ざんげん》をいれて、王が私のために杼を投ずるのではないかと恐れているのです」と言う。

「訊ねてもよいか」

「何なりと」

「臣の為に之杼を投ぜんことを恐るるなりとは、いかようなる意味じゃ」

「曾参の母は三人の言を信じて、息子が本当に人殺しをしたのかも知れぬと疑いはじめました。それ故機織りをやめ、杼を投げ捨てて走り出したのでござる。これと同じで、武王も他の臣の言を信じて自分を疑うようになるのではないかと甘茂は申しておるのです」

「杼を投げるとは、疑うようになるという意味じゃな」

八郎は小さな籠手《こて》を巻いた手で、律義に書き込みを入れている。

その健気《けなげ》さに庄次郎は胸を衝《つ》かれた。

間近で銃声が聞こえた。数百挺《ちょう》の鉄砲のつるべ撃ちの音が、右からも左からも聞こえて来る。敵が大手と搦手から攻めかかったのだ。身方も櫓の鉄砲狭間《はざま》から撃ち下ろして防戦している。

煙と硝煙の匂いが本丸までただよってくる。

二万人近い敵があげる喚声《かんせい》が、地鳴りのように佐和山城を揺らしはじめた。

関ケ原での汚名を雪《すす》ごうとする小早川勢の猛攻は夕方までつづいた。

二の丸、三の丸から雨のように銃弾をあびせられても、弾よけの竹束を押し立て、身方の屍《しかばね》を乗り越えて次々と攻め上がってきた。

そしてついに三の丸の外に仕寄り口を確保し、佐和山城が夕闇に包まれる頃には、三千近い軍勢を仕寄りの内側に送り込んだ。

これで明日の落城は必至と見たのか、三の丸の守備についていた長谷川宇兵衛が、二百五十人の配下をつれて小早川勢に下った。

津田清幽らはやむなく三の丸を放棄し、二の丸に拠《よ》って最期の一戦にそなえた。

こうした状況を見た徳川家康は、津田清幽に和議の使者を送ってきた。清幽はもともと家康の家臣だったが、石田正澄が堺奉行をしていた時に、見込まれて正澄の家臣となった。

家康は旧縁を頼り、正継、正澄父子と八郎が切腹するなら、城内の将兵と婦女子の命を助けると申し入れてきたのである。

三成の嫡男重家《しげいえ》は人質として大坂城にあり、次男源吾は関ケ原に出陣している。三成の子で城にいるのは三男八郎ばかりだった。

これに対して正澄は、和議の証として三の丸の兵を退去させたなら申し入れに応じると、清幽を使者として家康に伝えた。

その返答を待っている間に九月十六日の夜はふけ、十七日の朝になった。

庄次郎は本丸御殿の荒壁に寄りかかったまま夜を明かした。他の近習や侍女たちも一睡もしていない。

家康が正澄の申し入れを受けたなら自分たちは助かるが、八郎は切腹しなければならないのである。それを思うと眠ることなど出来なかった。

何も知らされていない八郎だけが、上段の間で安らかな寝息をたてている。添い寝するはずのお咲は、どうしたことか昨夜から姿が見えなかった。

庄次郎は強い視線を感じて目を上げた。

十五、六歳の若侍が、じっとこちらを見つめていた。死にたくない。助けてほしい。若侍の顔には必死の思いがにじんでいる。

だが八郎の命と引き替えの和議だけに、誰も口を開こうとはしない。じりじりと死の淵に引きずり込まれていく重圧に耐えながら、うつむいたまま黙り込んでいた。

突然搦手口から銃声が聞こえた。昨日早々に兵を引いていた田中吉政が、夜が明けきるのを待たずに法華丸に攻めかかったのだ。

五千の軍勢は二百人足らずの守備兵を一気に踏み散らし、黐《もち》の木谷の道を我先に駆け登ってくる。

和議の交渉の間は攻めかからぬのが戦陣の作法である。

不意をつかれた石田勢があわてて搦手口の守りを固めるところに、三の丸の小早川勢が長谷川宇兵衛を案内者として二の丸に攻めかかった。

「家康どのに、謀られたわ」

正澄は明るい声で笑うと、すべての城兵に本丸に退くように命じた。

二の丸や太鼓丸から、血だらけになった将兵が次々と引き上げてきた。誰の目も名状しがたい怒りと興奮にギラギラと光っている。逃げ出した足軽や雑兵も多く、本丸に集まったのはわずか二百人ばかりだった。

「我らはこれより天守に登って腹を切る。その間、敵を支《さ》えてもらいたい」

正澄の下知に従って、庄次郎は八郎を天守閣に連れて行こうとした。

「いやじゃ」

差し伸べた手を、八郎が思いがけぬほどの強さでふり払った。

「若君、最期でございます」

「分っておる。だがまだお咲が戻らぬ」

昨夜八郎は、浜御殿から懐中仏を取って来るようお咲に命じたという。

三成が朝鮮《ちようせん》から買ってきてくれたもので、喘息の発作が起こった時には、いつもあれを握りしめて苦しみが去るのを待っていた。

その仏を首にかけて、冥土へ旅立ちたかったのだ。

「お咲は必ず戻ると申した。今に必ず戻って来る」

気丈な八郎が、顔を歪《ゆが》めてべそをかいている。庄次郎は哀れでたまらなくなった。

「ならばそれがしが迎えに行きまする。しばらくお待ち下され」

庄次郎は他の近習にここで待つように頼むと、お咲を捜しに乾門《いぬいもん》から城外に出た。

「庄次郎、八十島かけて逃げ出すなよ」

背後で土田宗右衛門の乾いた声が聞こえた。

三

本丸曲輪の端に立つと、左巴《ひだりともえ》の旗印をかかげた田中吉政の軍勢が、䵻《もち》の木谷と蛇谷《へびだに》ぞいの道を二手に分かれて攻め登って来るのが見えた。

浜御殿からも島左近や蒲生源兵衛の屋敷からも火の手が上がり、黒々と立ちのぼる煙が琵琶湖に向かって流れている。

敵が放火したのか、身方が敵に渡すまいと火を放ったのか。庄次郎にはそれを見極める余裕はなかった。

黐の木谷と蛇谷の間には、もう一本千貫池《せんかんいけ》に下りる間道がある。籠城の時に敵に知られずに水を汲《く》みにいくためにもうけた狭い道だ。

お咲が浜御殿から本丸にもどって来るとすれば、そこを通るはずだ。庄次郎はほどけかけた草鞋《わらじ》の紐《ひも》を結び直し、九十九《つづら》折《お》りの道を一散に走り下りた。

木下陰《このしたかげ》の道は、十四日の夜半にふった雨を吸ってしっとりと濡《ぬ》れている。地表に張った木の根や石を踏んで走らなければ、ぬかるみに足を取られそうだった。

四半里ほど下ると、雑木林がとぎれてぽっかりと視界が開けた。

眼下には琵琶湖が空の色を映して青々と輝いている。

比叡山から比良山《ひらさん》へとつづく山々は、頂上からふもとへと紅葉に染まり始めていた。山頂の近くは錦繡《きんしゅう》を敷きつめたような鮮やかさだ。

庄次郎は思わず足を止めて景色に見入った。

本丸に攻めかかった小早川勢は模様ながめに入ったのか、銃声も山をゆるがす喚声も聞こえてこない。あたりはのどかな静寂に包まれている。

(このまま逃げたなら)

そんな誘惑が、庄次郎の胸をつかんだ。

まだまだやりたいことは山程ある。

自分一人が逃げたところで、何が変わるわけでもあるまい。あるいは、お咲も逃げたかも知れないではないか。

激しく頭《かぶり》を振ってその思いを払いのけると、庄次郎は再び走り始めた。

千貫池の近くのなだらかな道にさしかかった時、小川の側の草むらに朽葉色《くちばいろ》の着物の端が見えた。まるで紅葉した葉が折り重なって降りつもっているようである。

「お咲どの?」

庄次郎は小声で呼びかけて走り寄った。

お咲は水を飲もうとしたのか、小川にはいずり寄るようにして気を失っている。背中に銃弾をあび、尻のあたりまで血に染まっていた。

「お咲どの」

そっと抱き起こした。

あお向けにした拍子に裾がめくれ、白い太股《ふともも》があらわになった。

若々しい張りのある太股の内側には、数ヵ所に青痣《あおあざ》がある。爪を立てた後のようなみみず腫《ば》れも縦横に走っている。

凌辱《りょうじょく》されたのは明らかだった。

それも敵にではあるまい。

昨夜八郎の懐中仏を取りに行ったお咲を、法華丸の守備についていた者たちがなぐさみものにしたのだ。

背中の鉄砲傷は、逃げ出そうとして撃たれたものにちがいなかった。

「お咲どの、しっかりなされよ」

肩をゆすると、ようやく薄目を開けた。

半開きの口から美しく並んだ歯がのぞいている。

「これを、わ、若君さまに」

お咲は首にかけた懐中仏を着物の合わせから取り出した。

黒い漆塗りの小さな厨子《ずし》に観音像を入れたもので、旅や合戦に出る時に身につけていくものである。

「お任せ下され。それがしが必ず」

「さ、昨夜のうちに、も、戻ろうとしたのですが……、狼藉者《ろうぜきもの》らに、捕われて……」

お咲は急に口をつぐみ、まつげの長い深みのある眸で庄次郎を見つめると、眠りにつくように息を引き取った。

庄次郎はお咲の首から懐中仏をはずして己の首にかけた。

小川のほとりに野菊が白い可憐《かれん》な花をつけている。一枝摘むと、お咲にたむけて掌《て》を合わせた。

事は一刻を争う。

庄次郎はお咲の遺体の始末もせずに、本丸へとって返した。

岩場の多い坂道は、下っている時には思いも寄らなかったほど険しい。重い鎧は窮屈さを増していく。爪先立ちになって登るので、ふくらはぎの肉が軽くけいれんし始めている。

それでも庄次郎は額に大粒の汗を浮かべて登りつづけた。胸の痛みは不思議と起こらない。本丸に着きさえすれば倒れ死んでもいいと、荒い息を吐きながら乱暴に歩いた。

と、突然草鞋の緒が切れ、前につんのめりそうになった。片膝をついて改めていると、頭上から十数人の雑兵たちが駆け下りて来る。

庄次郎はあわてて道の傍の岩陰に隠れた。

雑兵たちは城中から盗み出したり、討死にした身方からはぎ取った品々を手にして、ふもとに向かって一散に走っていく。草鞋の緒が切れなければ、庄次郎も彼らと鉢合わせするところだった。

五層の天守閣がようやく見える所まで登った時、天をつんざくばかりの鯨波《とき》の声が上がり、数百挺の鉄砲が火を噴いた。

田中吉政軍の到着を待って、小早川勢が最後の攻撃にかかったのだ。本丸御殿のあたりから、煙と炎が激しく立ち昇っている。

庄次郎は足袋裸足《たびはだし》になって走り出した。天守閣は頭上にそびえているのに、九十九折りの道は果てしなく遠い。窮屈な鎧の胴も草摺《くさずり》もいつの間にか脱ぎ捨て、這《は》うようにしながら城へと向かった。

四半里ばかりの所まで迫った時、耳を圧する轟音《ごうおん》がした。敵が天守に向けて大石火矢を撃ち込んだのだ。

その衝撃をまともに受けて、庄次郎の胸が激しく痛み出した。

今まで耐え抜いてきた心の臓の堰《せき》が切れたらしい。槍《やり》で正面から貫かれたような痛みに、庄次郎は胸をかかえてうずくまった。全身から冷たい汗がどっと噴き出し、意識が急激にうすれていく。

もう無理だった。これ以上は一歩も歩けない。

庄次郎は湿った土塊《つちくれ》を握りしめて泣いた。

若君、許して下され。それがしは力の限りを尽くしました。逃げたのではない。この体が言うことを聞きませぬ……。

無念だった。ここまで来ていながら、八郎の信頼に応えることが出来ない自分が悔しかった。

（お咲、許しておくれ）

庄次郎は懐中仏を握りしめたまま気を失った。

どれほど時間がたったのだろう。

庄次郎はわき返る喚声で我に返った。

天守閣の回りに小早川勢が群がり、節分の豆まきに集まった者たちのように、天守から投げ下ろされる銭に群がっている。

（ついに城は落ちたのか）

敵の大将が、城を落とした褒美に銭をまいているのではないか。朦朧《もうろう》としながらそう考えたが、天守から身を乗り出して銭をまいているのは、土田東雲斎である。確かに宗右衛門の父親だった。

すでに城中の矢弾は尽きている。東雲斎は石田一族の自決の時間をかせぐために、御金蔵を開き、ありったけの金、銀、銭をばらまいて敵を引きつけていたのである。

この機転のお陰で城はまだ無事だった。幸い胸の痛みもかなり治まっている。

(有難い。まだ間に合うぞ)

庄次郎は歯をくい縛り、乾門のくぐり戸を開けて城内に駆け込んだ。

本丸御殿の屋根から火の手があがり、中はもうもうたる煙に包まれている。

八郎はすでに天守閣に移ったかと思ったが、ここで待つと約束したのだ。腰の手ぬぐいで口を押さえ、煙をさけながら御殿に走り込んだ。

「若君、若君はおられませぬか」

いくつもの部屋を横切りながら呼びかけた。

勝手知ったはずの屋敷なのに、煙に巻かれて方向を見失っている。

「若君、庄次郎が戻りました。ただ今戻りましたぞ」

「ここじゃ。ここにおる」

前方の部屋から応える声がした。四畳ばかりの塗りごめの納戸に、八郎は近習三人と足軽二人に守られて座っていた。

風向きのせいか、そこばかりは煙がまったく吹き込んでいない。

「若君、これを」

庄次郎は片膝をつき、懐中仏を八郎の首にかけた。

「庄次郎」

八郎が泣きながら抱きついてきた。

「そちが戻ってくると信じておった。誰が何度戻らぬと言っても、決して杼《ちょ》を投げなかった。こうして、ここで待っておった」

「若君、かたじけのうござる」

庄次郎の頰《ほお》に熱いものが伝い落ちた。主君と家臣という立場を超えた信頼で、二人は強く結び合わされていた。

「敵が間近に迫っております。お急ぎ下され」

土田宗右衛門が迎えに来た。右手には火縄のついた馬上筒を持っている。

「おう、宗右衛門」

庄次郎は立ち上がった。

「よくぞ戻った。すでに皆様のご自害が始まっておる。すぐに若君を天守にお連れしてくれ」

「よし」

八郎を背負って天守閣に向かった。後ろから五人がついて来る。宗右衛門は敵の来襲にそなえて殿軍《しんがり》についていた。

天守台の階段を登って中に入ると、枯れ草が堆《うずたか》く積んであった。自害の後に天守に火をかけるためだ。

重傷を負い、刺し違えて死んだ者たちが無残に転がっている。

庄次郎は階上に上がろうとして足を止めた。なぜ八郎までが死なねばならぬ。石田家が戦に敗れたのは、八郎の罪ではあるまい。

怒りが腹の底から突き上げて来た。

八郎と自分を巻き込んだ理不尽な運命に対する怒り。家臣としてではなく、人として八郎を想うがゆえの怒りだった。

「三蔵《さんぞう》、出来蔵《できぞう》ついて来い」

庄次郎は八十島家の二人の足軽に命じ、天守台をかけ下りて乾門へ向かった。千貫池へつづく間道を行けば逃げられる。逃げのびて八郎を生かさねばならぬ。

「庄次郎、何をするか」

宗右衛門が馬上筒を構えて立ちはだかった。

「若君を落とす。そこをどけ」

「ならぬ。全員自害とのご命令じゃ」

「分ってくれ。宗右衛門」

走り出そうとした時、宗右衛門が引金を引いた。

轟音とともに鉛弾が庄次郎の腹に命中した。焼けた金棒を突き刺されたような熱い衝撃が、脳天にまで突き抜けた。

「おのれ」

庄次郎は八郎を背負ったまま、二発目の弾込めに手間取る宗右衛門に体当たりして乾門まで走った。

門の前で八郎を下ろすと、二人の足軽に千貫池に向かって走るように命じた。

「庄次郎は行かぬのか」

八郎がたずねた。

「それがしはここで追手をくい止めまする。早く落ちられよ」

「嫌じゃ。そちが行かぬのなら、私もここで死ぬ」

「戦国策は長《なご》うござる。じっくりと学びなされ」

庄次郎はためらう八郎をくぐり戸から押し出し、しっかりと閂《かんぬき》をさした。

背後で銃声がして、銃弾が胸を貫いた。

庄次郎はすべての痛みから解き放たれるのを感じながら、うずくまるように倒れた。

右手はくぐり戸の閂をしっかりと押さえたままだった。

矢野隆

我が身の始末

秀吉

家が燃えていた。丹精込めてみずから造りあげた家である。息災《そくさい》に皆が暮らせるよう、民が誇れる物になるよう、少しの妥協も許さず、寝食を忘れて没頭した末にできた愛すべき家が、炎に包まれていた。石田治部少輔三成《いしだじぶのしょうゆうみつなり》は薄ら笑いを浮かべながら、燃える我が家を見つめている。

「炎が夕焼けに溶け、なんとも見事じゃ」

三成の呟《つぶや》きを聞き、周囲に侍《はべ》る家臣たちが啞然《あぜん》とする。城が燃え落ちているのを見て、呑気《のんき》に笑う大名などいない。

佐和山《さわやま》城と言う。いまは亡き主《あるじ》に貰《もら》った城だ。佐和山に入った三成がまず手を付けたのが、城の改修であった。五層の天守を築き、己に過ぎたる物と言われるほどの城となった。あの城には家族がいた。父と妻、そして息子たち。彼等《ら》と一緒に城を守っていた家臣たちも、すでに生きてはいないだろう。関ヶ原《せきはら》での大敗から三日。これほど早く、佐和山が落ちるとは思ってもみなかった。

「死ぬのだなぁ、儂《わし》は」

答える者は一人もいない。敗北の後も主君に忠義を尽くす良き家臣たちだ。主の死を望むような者は、すでに三成の下から去っている。

大敗であった。互いに七万を超す大軍勢を率いての大戦。相対したのは関東二百五十五万石、徳川家康《とくがわいえやす》だ。相手にとって不足はなかった。三成の所領は近江《おうみ》佐和山十九万石。家康に比べれば、実にちっぽけな石高である。そんな己が天下に覇《は》を競った。男冥利《みょうり》に尽きるではないか。勝敗は時の運である。敗《ま》けは敗けだ。素直に認めなければならぬ。戦に敗れれば全てを失うのは世の常である。城が焼けるのも、家族が死ぬのも、覚悟の上の戦だ。別所《べっしょ》、明智《あけち》、柴田《しばた》、北条《ほうじょう》。いままで数え切れぬほどの大名を滅ぼしてきた。たくさんの女子供を、殺しもした。己の番が来て悲しむのは、虫が良すぎる。

「さて、どうするか」

城に背をむけ、家臣たちを見る。どの顔も煤《すす》や埃《ほこり》に塗《まみ》れて真っ黒だ。戦に敗れ、伊《い》吹山《ぶきやま》に逃れてから、さんざん野山を駆けまわった。地を這《は》い、転げるようにしてやっとのことで佐和山まで辿《たど》り着いたのである。誰もが疲れ果てていた。息を吐くと同時に、腹が小さく鳴る。間抜けな音に、思わず笑みがこぼれた。家臣たちは目を伏せ、哀れを満面にたたえたまま、くすりともしない。

「腹が減ったなぁ」

誰一人答えなかった。主に飯を喰わせることすらできぬと、みずからの不明を恥じているのである。

「そんな顔をするな。ここまでくれば、主君も家臣もない」

「しかし」

傍《そば》に侍る初老の男が言った。すでに腹心の左近《さこん》や喜内《きない》はいない。側近《そば》くに仕えていても、左近たちのように気安く冗談が言い合える間柄ではなかった。だからこそ、敗軍の将となった己に、彼等がこれ以上義理立てする必要はない。

「ここからは各々、勝手次第ということにいたそう」

「殿っ」

「もう儂は、お主たちに殿と呼ばれるような男ではない」

「しかしまだ大坂《おおさか》がございます。大坂城には毛利《もうり》殿も秀頼《ひでより》君もおられます。ここに大津《おおつ》攻め、田辺《たなべ》攻めの兵が集えば、まだまだ我等は戦えまする」

「あれだけの大敗を喫しておきながら、己一人生き延びて大坂城へ入り、まだ戦えと申すか」

家臣たちが一斉にうなずいた。先刻まで悲痛に歪《ゆが》んでいた瞳が、熱を帯びている。

「世迷言《よまいごと》を申すな」

「殿っ」

　血気に逸《はや》る男たちを、右手を挙げて制する。とっくに具足は脱ぎ捨てていた。筒袖《つつそで》に籠手《こて》を着けただけの姿である。緩くたるんだ腹が、また間抜けな音をたてた。自嘲《じちょう》するように鼻で笑うと、忠義の士の顔を、ひとりひとり見てゆく。

「毛利は動かんよ」

　あっけらかんと言い放つと、家臣たちが肩を落とす。

「南宮山《なんぐうさん》には恵瓊《えけい》がおったのだ。それでも毛利は山を降りなんだ。すでに徳川との間で話はついておるはず。此度《こたび》の大敗で、毛利は牙《きば》を失ったのじゃ。もはや大坂で抗《あらが》うような気概はない」

「大坂に行ってみねば解《わか》りませぬ」

「儂には解る」

　緩んでいた顔を引き締め、冷徹に言ってのけると、家臣たちはそれ以上の抗弁を諦《あきら》めた。先のことなど解る訳がない。が、それでも三成は、毅然《きぜん》とした態度で言いきる。そうやって、近江の土豪の息子から十九万石の大名になったのだ。

　この男には解るのかもしれない。いや、解るのだ。そう思わせれば、問答は勝ちである。実際、さっきまで三成を焚《た》きつけていた家臣たちも、断言されて完全に黙ってしまった。再び微笑を浮かべ、泣き顔の男たちに語りかける。

「だからもう、お主たちも好きにしろ。儂も好きにさせてもらう」

立ち上がる。

「何処《いずこ》へ」

「さて何処へ行こうか」

答えた三成は、もう二度と佐和山城を見ることはなかった。


暗く湿って心地が良い。時折聞こえるかさかさという音は、虫が発《た》てる足音だ。衣に染みついた他人の汗の臭いと、水気を保った土の臭いにもようやく慣れた。明かりが無いのは、灯火はいらぬと言ったからである。

伊吹山は三成の所領の裡《うち》にあった。佐和山で家臣たちと別れ、ふたたび山へ戻った。関ヶ原から近江にかけては、いまなお敗軍の将を探索する敵兵が、蟠踞《ばんきょ》している。迂闊《うかつ》に動きまわるよりも、こうしてひと所に留《とど》まっている方が危険も少ない。古橋村《ふるはしむら》のあたりを彷徨《さまよ》っていた時、村の百姓たちに匿《かくま》われた。村内の岩窟《がんくつ》を用意され、杣《そま》の装束を与えられた。食い物は粗末であるが、朝夕運んできてくれる。戦が終わってから、はじめて安住の地を得た心地だ。ここに留まるつもりはないが、しばしの時を欲している。己は何故、敗けたのか。何が悪かったのか。みずからのこれまでの歩みの始末を付けておきたかった。それが成るまでは、捕えられる訳にはいかない。始末さえ付けけば、いつ捕えられても良いと思っている。

家康に与《くみ》した者の多くは、豊臣《とよとみ》恩顧の大名たちだ。さすがの家康も、今度の戦の責《せめ》を秀頼に問うことはできないだろう。もし豊臣家を断罪すれば、いまは家康に味方している者のなかからも、造反する大名たちが出てくる。福島正則《ふくしままさのり》や加藤《かとう》清正《きよまさ》などの名が、まっさきに思いつく。

南宮山から動かなかった毛利は、いち早く徳川に恭順の意を示すと見た。領国の維持は難しいかも知れないが、輝元《てるもと》が死ぬという最悪の事態は避けられる公算が高い。総大将は許される。ならば死ぬのは誰か。己しかいない。今度の大戦は、石田治部のために起こった。それ故、いっさいの責を問い、死罪に処す。己が家康の立場であれば、そう動く。責任の所在を明確にし、科人《とがにん》を確実に処断することが、戦ではもっとも重要だ。

殿下もそのあたりは抜け目がなかった。備中高松《びっちゅうたかまつ》の清水宗治《しみずむねはる》、北ノ庄《きたのしょう》の柴田《しばた》勝家《かついえ》、小田原《おだわら》の北条氏政《ほうじょううじまさ》、大きな戦ではかならず敵の大将をしっかりと始末した。明智光秀《あけちみつひで》のような例外もあるが、逃げ惑った末、落ち武者狩りの竹槍《たけやり》で殺されたのだから、それはそれで哀れな最期である。己は光秀になるつもりはない。無様に生き残るため、こうして岩窟に潜《ひそ》んでいる訳ではないのだ。

間違ってはいなかった。千変万化する状況で、常に最善の手を打っていたつもりだ。かねて申し合わせていた上杉《うえすぎ》に家康を挑発させ、大坂より追い出し、後背を突くように挙兵した。家康に位で負けぬよう、毛利を担ぎだし、総大将に据え、味方を募った。伏見《ふしみ》城を落とし、諸大名の妻を人質に取り、家康の反転を待つ。伊勢路《いせじ》と東海道《とうかいどう》から東へと進軍し、家康を迎え撃つ。豊臣恩顧の大名たちが、おおむね家康に付いたと知るや、大垣《おおがき》城に籠り、田辺攻め、大津攻めの兵たちの到来を待った。家康の着陣によって小早川《こばやかわ》が松尾山《まつおやま》に布陣すると、大垣城より出て近江から京へと向かう東海道を塞《ふさ》ぐようにして敵に備えた。まんまと関ヶ原へ兵を進めた家康たちを、陣中深くまでおびき寄せ、南宮山の毛利、長宗我部《ちょうそかべ》の大軍とともに挟み撃つ態勢を取った。全てが勝利へとむかっていた。己の采配に間違いがあったとは思えない。

では何故敗けた。

〝お主を見ておると、光秀を思いだす〟

不意に背後から聞こえた声に、三成は思わず振り返った。しかし、そこにあったのは虚《うつ》ろな闇だけで、声がした時にたしかに感じた気配は、すでに無い。

「殿下」

声の主の名を呼ぶ。あれはたしかに殿下の声だった。振り返った身体《からだ》を元に戻し、かつてかけられた言葉を思いだす。


「滞りなくすみましてございます」

山のように置かれた紙の束を前に、三成は深々と頭を下げた。そこに記されているのは、日の本を隅々まで調べあげた末に導き出された各国の石高である。国の総石高のみでなく、山奥の村々まで事細かに記された検地表を、壇上に座る殿下が満面の笑みで見下ろしていた。

「大儀であった」

目を伏せたまま三成は、主の幾分上擦《うわず》った声を聞く。すこぶる機嫌の良い時だけ、主はこのような声を出す。

「お主以外に遺漏《いろう》なくこれだけの務めを果たすことのできる者はおらぬ。良うやった佐吉《さきち》」

「はっ」

「じゃがな」

先刻の上擦った物とは打って変わって、重く深い声を殿下は吐いた。何か遺漏があったか。思わず三成は頭を上げた。そんな三成を、びっしりと墨で満たされた紙の束越しに、殿下が寂しそうに見下ろしている。

「お主を見ておると、光秀を思いだす」

明智日向守《ひゅうがのかみ》光秀。殿下の旧主、織田信長《おだのぶなが》を討った男である。信長を討って京を支配した光秀は、殿下との戦に敗れ、死んだ。そんな男を、どうして思いだすのか。三成には殿下の真意が解らない。

「光秀は何事にも理で当たる男であった。理を通すためならば、躊躇《ためら》いなく情を殺す。金ヶ崎《かなさき》の時など、敵の前に留まり、死ぬつもりであった。信長様や儂らを無事に京まで届け、敵を食い止める。それがあの時の奴《やつ》の理であったのだろう。理のために死する。それが光秀という男よ」

情よりも理が勝るという点は、納得できた。三成も日頃より、そうありたいと願っている。情に走って横車を押すような真似を、何よりも嫌う。

「決死の覚悟で敵前に留まりながらも、奴は心の裡では生きたいと願っておった」

「無事に逃げおおせたのでございましょう」

でなければ、信長は光秀に討たれていない。

「儂が助けた」

満面に笑みをたたえて、殿下が言った。三成が黙っていると、この頃とみに増えた皺《しわ》を笑みの形に歪《ゆが》めたまま続ける。

「奴の理を引っぺがして、生きたいと願う情を、剝《む》き出しにしてやった。それからは二人して敵に背をむけて、遮二無二《しゃにむに》走ったわ」

殿下が陽気に笑う。ひとしきり笑ってから、殿下はふたたび寂しそうな目をして三成を見た。

「佐吉よ。理だけで人は動かぬのじゃ。そして、お主もまた、人なのじゃ。お主にはお主の情がある。それを忘れてはならん。人の情を想い、みずからの情を慈《いつく》しむ。そのうえで貫く理でなければ、真《まこと》の理とは言えぬ」

丸い岩の天井から滴《しずく》がしたたり落ちて、首筋を濡らし、三成は我に返る。水が肌に触れた瞬間、身が固まり、小さく撥《は》ねた。過敏なほどの反応に、己はまだ生きているのだと実感する。生きたいと願わずとも、身体は死なない。水の冷たさに震えるのは、想いとは別のところにある、身体そのものの動きだ。人というのは、己の身すら儘《まま》ならぬ。心と身体の調和すら、満足にいかない。他人であれば、なおさら儘ならぬ。そんなことは解っていたつもりだった。殿下の側で数多くの恨みを受け、茶坊主などと誹《そし》られながらも、武を好む者たちを理によって長年制し続けた。理など、感情の前には無力であることも、殿下を見ていれば解る。先刻、夢現《ゆめうつつ》のなかで見た光景はなんだったのか。情あっての理。なぜいまになって思いだしたのだろうか。

たしかに情の前には理など無力だ。

朝鮮《ちょうせん》での戦の折、加藤清正が同胞である小西行長《こにしゆきなが》らの言葉を聞かず、功を求めて暴走した。朝鮮には膨大な大名たちが参陣していたのだ。清正一人に好きにやらせる訳にはいかない。三成は清正の横暴を、殿下に注進した。すると即座に清正は任を解かれ、大坂へ戻されることになった。その後、伏見で地震があり、殿下のいた伏見城も大層な被害を受けてしまう。この時、何よりもまずは殿下の御身大事と、我が身を顧《かえり》みずに駆けつけた清正の姿に心を打たれた殿下はその場で彼を許したのである。一時の情の昂《たか》ぶりが理非を越えたのを、三成は痛感し、殿下の脆《もろ》さに呆《あき》れたものだ。

武を好むということ自体が、情を重んずるといっても良い。戦場という殺し合いの場で、信じられるのは心底から結びついた仲間である。理による関係よりも、互いの気性や情の質で繋《つな》がることを、武人たちは好む。それは、戦場という理を超えた場所での絆《きずな》を信じる武人ならではの発想だと思う。己が武人らから嫌われていることは解っていた。情よりも理を重んじなければ、何ひとつ満足にこなせない。そういう立場にいたから仕方がなかった。みずからの才を発揮し、一廉《ひとかど》の男になるためには、この道しかなかったのである。武人たちが心を寄せ、頭《こうべ》を垂れるのは、殿下だ。己ではない。三成は、豊臣家と殿下を煌《きら》めかせるための影であった。影が暗ければ暗いほど、光は輝きを増す。そんな三成の覚悟を、殿下は誰よりも解ってくれていた。だから、己のような戦場で役に立たぬ者に、佐和山十九万石の領地と、大名という立場を与えたのだ。

三成憎し。此度の戦では、それでも重要な要素になるとは思ってもみなかった。どれだけ三成が憎かろうと、豊臣家と殿下から受けた恩は格別であろう。いまの己があるのは殿下がいたから。広大な領地領民を得たのは、豊臣家とともに天下一統《いっとう》に邁進《まいしん》したから。そう想う大名たちの情に比べれば、己に対する怨嗟《えんさ》など毛ほどの価値もないと思っていた。しかし、それが甘かったようである。家康に加担した大名たちは、殿下の生前、多大なる恩恵に浴した者ばかり。徳川の尖兵《せんぺい》となり我先にと大谷刑部《おおたにぎょうぶ》に襲い掛かった福島正則などは、殿下の親類筋に当たる男だ。三成と苛烈《かれつ》に戦った黒田長政《くろだながまさ》は、父如水《じょすい》が荒木村重《あらきむらしげ》の説得のために入った有岡城《ありおか》で一年間幽閉された際、信長の勘気によって殺されそうになったところを、殿下と当時の軍師であった竹中重治《たけなかしげはる》の機転によって助けられたという過去がある。いわば殿下は長政の命の恩人なのだ。

徳川に与した者の誰もが、殿下と豊臣家に足をむけて眠ることのできぬ者ばかり。個人の確執などで、徳川に加担するなど馬鹿げている。しかし、彼等は敵に回った。あの小早川秀秋《ひであき》までもが、戦の最中に徳川に付いたのである。秀秋は、殿下の正妻高台院《こうだいいん》の甥であり、一時は殿下の養子にまでなった男だ。

「何故、解らぬ」

闇しかない洞穴のなか、三成はひとり呟いた。頭のなかには清正、正則、秀秋の幻影が浮かんでは消え、消えては浮かんでいる。

家康の狙いは豊臣家の抹殺《まっさつ》だ。豊臣恩顧の大名たちの手前、いまは耳に心地のよいことを言っていたとしても、必ずいつかは牙を剝く。それは連綿と繰り返されてきた歴史の事実である。物を読まない武人たちには、そんなことも解らないのだろうか。ならば三成みずからが滔々《とうとう》と語っても良い。いかに家康が悪辣《あくらつ》であるかを、いかに徳川が豊臣をないがしろにせんとしているかを。

しかし、ここで三成の人徳の無さが災いした。殿下第一、己は常に影であれ。嫌われることを是《ぜ》としてきた三成の生き方が、彼等の聞く耳を奪ってしまった。三成の理など信用ならぬ。己の気持ちを解ってくれる家康ならば、きっと豊臣家を守ってくれると、都合の良い希望と観測でもって、阿呆《あほう》どもは立場を決めたのである。その結果、三成は敗れた。一世一代の大戦。敗れたことに悔いはない。己の人望の無さなど解っていたことだ。ひとつだけ悔いがあるとすれば、大名たちにとって、豊臣家に対する恩よりも、己への嫌悪のほうが勝っていたという一点を、見誤ってしまったことだけだ。

己のこれまでの人生はなんだったのかという怒りにも似た想いがこみ上げてくる。殿下によって拾われ、殿下のために尽くしてきた人生。己《おの》が命というものは、殿下のためにあり、殿下とともに尽きるのだとずっと思っていた。好きとか嫌いなどという生易しい感情ではない。殿下は己、己は殿下である。そこにある。必ずある。みずからが生きている以上、殿下もまた存在する。三成にとって殿下という存在は、それほど揺るがし難いものだったのだ。

「殿下……。いや、父上」

吐いた言葉が岩に当たって、己の耳に返ってきた。そうして自分が吐いた言葉であることを否応なく知らしめる。

剝き出しの情であった。

父。大きくそして疎《うと》ましく、いつかは超えなければならぬ者。たしかに秀吉は三成にとって父だった。

闇に慣れ、じめついた洞穴に安らぎを感じはじめている。このまま朽《く》ちるのも悪くない。そう思えるほど、この緩やかな静寂が心地良かった。殿下に仕えてからというもの、こんなに己のことだけを考えた日は、一日もなかった。つねに殿下と豊臣家の繁栄に、力の全てを注いできた。家族や佐和山は二の次。まして己のことなど思惟《しい》の端にすら昇らなかった。大谷刑部のような有能な者たちと策を練り、実際に人を動かし、思い描いていた通りにすべてが収まった時、なんともいえぬ心地になる。何事にも不都合は付き纏《まと》う。行程に支障を来した時も冷静に対処し、障害が取り除かれると、これもまた、総身が打ち震えるような快感であった。そうして全て上手《うま》くいき、殿下の耳に入れる。良くやった。そのひと言が、それまでの苦労をいっぺんに吹き飛ばす。

考え、人や物を動かすことが好きなのだ。好きだからこそ良く頭が回るし、精進もする。武人が槍を振り回すことを好むように、三成は頭を使うことを好んだ。好きなことを存分にやって周囲に嫌われた。本望である。嫌われることには慣れていた。そこで三成は思う。果たして己は、いったい何を嫌っていたのか。

「父上か」

これまでの呟きよりも、幾分弱く、そして深く沈みこんでいるように思う。そんなことを考えていると、頭を覆う手拭の分け目から水滴が流れこんで、額を濡らした。肩に岩肌が触れるほど狭い洞穴のなか、右手をあげて眉間へと流れてゆく滴を指でぬぐう。

まだ織田家の足軽であった頃からともに歩んできた弟と、望みに望んだ末に得た我が子、鶴松《つるまつ》。二人が相次いで死んだ頃より、殿下は少しずつ変わっていった。天下を治めるための大義名分でもあった関白《かんぱく》の位を甥の秀次《ひでつぐ》に譲り、みずからは海を渡ると言いだし、長年の戦乱から解放された大名たちを、ふたたび戦へと駆りだした。

明《みん》との戦はあまりにも無謀過ぎた。朝鮮が素直に道を貸してくれる訳がない。当然、明との戦の前に、朝鮮と戦うことになった。そして秀吉は新たな子を得る。

すると関白を譲っていた秀次に謀反《むほん》の疑いをかけて腹を切らせた。誰もが新たな子可愛さに、甥を捨てたと思う。秀次の嫌疑などこの際どうでも良い。健全だった頃の殿下ならば、皆がどう思うかを真っ先に考えたはずだ。真意がどうであれ、必ず人々は殿下を嫌悪する。秀次を殺すだけでは飽き足らず、その妻子までをも殺し尽くすそのやり方は、暗鬱《あんうつ》とした底意を盛大に吐き散らかしただけであった。

思えばあの頃には、もう殿下は死んでいたのかも知れない。肉という枠は残っているが、器のなかはすでに腐り始めていたのではないか。いや、半ば腐っていたのであろう。身近で接していた三成には解る。黄ばんだ目、猜疑《さいぎ》しか宿していない瞳、日を追うごとに強くなってゆく老いた体臭。他にもまだまだ思い当たるものはある。あれらはすべて殿下が腐っていた証《あかし》なのだ。しかし、あの時殿下はまだ生きていた。どれだけ老いていようと、中身が腐っていようと、三成にとって殿下は殿下である。いまになって思うから、冷静に考えることができるが、秀次の妻子を三条河原《さんじようがわら》で皆殺しにした時には、殿下の激しい怒りに戸惑いと恐れを抱きはしたが、腐っているとまでは思わなかった。微《かす》かな不審はあったが、不信はなかった。

殿下と己を切り離せていなかったのである。理を重んじるなどと言いながら、殿下の老いを、心の底で認めていなかったのだと思う。理だけで考えればすぐに出る結論を、三成は見て見ぬふりをした。すべては情の為《な》せる業だ。やはり三成にとって、殿下は何者にも代えがたい父だったのである。

「未熟」

しかし、腐敗に気づいたとして、三成にいったい何ができただろうか。秀次や利休《りきゅう》の死を止めることなどできはしない。ましてや朝鮮への出兵を取りやめるなど、できる訳がない。殿下は朽ちてゆきながら、それでも豊臣家のために進み続けた。何があっても三成は、やはり全力で従っていただろう。三成は三成であって三成ではない。殿下なのだ。殿下が腐ってゆくのなら、三成も腐ってゆく。腐って朽ちたその末に待っているのは、無である。殿下は死んだ。が、己はまだ生きている。ここに身体はある。有だ。では、いったいなんのために己はいまこうして生きているのか。

「始末」

闇が濃くなった。穴を覆う筵《むしろ》から漏れる光が無くなったせいだ。夜になった。ここに辿り着いてから幾日経《た》ったのだろうか。殿下に仕えていた頃は腹が痛くなるほど注意していた日付や刻限が、まったく気にならない。いまも周囲は、家康に逆らった諸将を捜す兵たちが徘徊《はいかい》している。こうして潜んでいられる間に、どうにかみずからの始末をつけたかった。このままでは死ねない。何故生きたのか、そして何故死ぬのか。納得がいかぬままで、生きることも死ぬこともない。いまの三成はまるであの時の殿下のようだ。身体はこうして生きているが、器の裡では少しずつ朽ち始めている。それが己で知覚できているだけ、幸いだと思った。果たしてあの時、殿下は己の腐敗に気付いていたのだろうか。

殿下は焦っていた。怒っていた。それはある特定の何かに対してではない。みずからに触れるすべてに、殿下は怒りを露《あら》わにし、何事にも冗長を嫌った。秀頼君が生まれた頃から、顕著になったように思う。それは秀次に切腹を命じた頃とも重なる。己が死した後の秀頼を思い、秀次の存在を嫌悪し、一族惨殺という決断をした時、殿下のなかで何かが変わったのだ。豊臣家に対する憂慮《ゆうりよ》、そしていまは己の存在をもって従わせている家康ら諸国の大名たちへの恐怖。秀次という存在に秀頼を陥れる者の影を重ね合わせ、彼の一族を滅ぼした瞬間、殿下は豊臣家を覆う影に取り憑《つ》かれたのだ。秀吉という器の裡が腐ってゆく実感と、愛する秀頼を喰らわんとする狼《おおかみ》の群れ。恐怖が怒りとなり、迫りくる死の気配が焦りとなった。

健全だった小田原征伐あたりまでは、殿下の仕草のすべてに陽の気が満ち満ちていた。どれだけ強引な命令であろうと、殿下がひとこと頼むと言って頭を下げれば、誰もが従った。父祖伝来の地である三河《みかわ》を奪われ、関東に転封するなどという強引な命令であっても、殿下が頭を下げて屈託ない笑いでもってすれば、あの家康がうなずくのである。決して力で抑えつけるのではない。人として相対し、情を通じ合わせた末の懇願である。そうしてほだされた者を、三成は何人も見てきた。己にはそんな力は無い。だから敗れた。それは最早、覆《くつがえ》しようのない結果だ。

近江の土豪の次男。それが三成の定めであった。兄を良く支え、石田家のために尽くし、近江の地で一生を終える。そんな一生こそが己の生涯であるはずだった。殿下がいたから三成の定めは激変した。近隣の土豪たちと結束しなければ太刀打ちできなかった大名に、己自身がなるなど、幼い頃は考えもしなかった。武の才のない己が、八万に迫ろうかという大軍を率いて家康の向こうを張って戦をするなど、夢のまた夢であった。すべては殿下あってこそのこと。彼のために生き、生涯をささげたことに悔いはない。定めに従って生きていたら見えなかった景色を、殿下は見せてくれた。それだけで満足である。

三成を此度の戦にむかわせたのは、豊臣を守りたいという想いからであった。己も我が身が朽ちてゆく恐怖に耐えながら、殿下が必死に守ろうとしたものを、守りたかった。

何もかもが順調だったと思う。憂慮すべき事態は方々で起こっていたが、関ヶ原での大戦のその時まで、天下の事象はおおむね掌《てのひら》の上にあった。それがあの半日足らずの戦のなかで、ぼろぼろと零《こぼ》れ落ちたのである。毛利、島津《しまづ》らの沈黙、そして小早川の裏切り。いまとなっては覆すことのできない失態の数々だ。北条攻めでの失態など比べ物にもならない。所詮、己には人が見えてなかったのだ。殿下のように全てを曝《さら》け出して他人と相対することができず、自己の分別ばかりを気にして、理を盾にしてしか話ができない。性分なのだから仕方がないと割り切ればそれまでなのだが、やはり悔いは残る。

殿下は死ぬまで勝者であり続け、三成は二度と立ち上がれぬほどの敗北を得た。

己は父にはなれなかったのだ。

「そもそもお主は、みずからと向き合ったことがあるのか」

呟きが暗闇に反響して、幾度も耳に届く殿下の、いや己の声が、三成に問う。

消えかけたその声に、心中で無いと答える。

殿下の有能な駒であることを第一に考え続けた結果、どこでどのように変質したのかすら、解らない。殿下に会う以前の土豪の次男であった頃と、いまの己は確実に違う。しかし何が違うのかすら、定かではない。己は変わったなどと悠長に言えるような人生を、三成は送っていない。己と向き合ったことのない男が、他人と真正面から向き合うことができるのか。今回の戦でも、すべての者が三成を裏切った訳ではない。大谷刑部や、宇喜多秀家《うきたひでいえ》など、身命を賭《と》して戦ってくれた同胞と呼ぶべき者もいる。彼等には己が、どう見えていたのか。いまさらながら問うてみたい。しかしもはやそれも叶《かな》わぬ望みだ。そこまで考えた時、三成は呆然《ぼうぜん》とした。己は何故、刑部や秀家がともに戦ってくれるのかという理由すらはっきりと見いだせずにいる。あの戦の前まで、彼等と毛利や小早川は、三成のなかで同じ場所にあった。ともに戦う同胞という意味で、両者に別は無かったのである。一方は裏切り、一方は最後までともに戦ってくれた。その根底に何があったのか。いまなら漠然とだが解る気がする。

心だ。己と相通ずる何かを、どれだけ多く持っていたか。それが刑部たちと毛利らを分けたものかも知れない。

「四十年も生きて、お主はいったい何をしておったのだ」

自分で自分を叱責する。あまりにも穏やかな声だった。これほどの不始末をしでかした者を叱る時、己がどれほどきつい物言いをしてきたかを思うと、情けなくなる。面前で腹を切らんばかりに顔を赤らめ、必死に歯を食いしばっていた者たちに、昔に戻って謝りたいくらいだった。

けっきょく己には何も見えていなかった。みずからの心の裡すらも解らぬ者に、あれだけの兵を動かすだけの器量があるはずもない。死して当然である。そんな自分にいまさら何ができるのか。三成はうつむいていた顔を上げ、目を見開く。どれだけ凝視してみても、闇は漆黒の揺らめきだけで、わずかな光明すら与えてはくれない。長いこと同じ格好で座り続けていたから、足といわず腕といわず、身体のいたるところが痺《しび》れていた。屍《しかばね》同然になっても、身体は生きている。狂おしいほどの刺激でもって、存在を三成に主張する。

「みっともない真似は止《や》めんか」

身体を律した。当然、痺れは治まらない。しかし己が身に声をかけたことで、はじめてみずからと向き合えたような気がした。こんなちっぽけな洞窟にすっぽりと納まるだけの、矮小《わいしょう》な身体である。どれだけ天下を想おうと、しょせん三成は些末《さまつ》な一個の人間なのだ。どこまでも愚かで、どこまでも卑屈。人と正直に接することで、心が傷つくことを恐れる。そんな自分の臆病さが嫌だから、誰よりも理屈を鍛えて、上辺を取り繕う。そうしてできた理の化け物こそ、己なのだ。道理の鎧《よろい》を剝がしてしまえば、ただの童《わらべ》である。若かりし頃の殿下の御前に、ただひれ伏していただけの童である。あの頃から三成の本質は、何ひとつ変わっていないのだ。

己、己、己……。これほど自分のことを考えたのは初めてだった。満足している。長かった旅の末に、幼かった頃の自分に戻れたような気がした。齢《よわい》を重ねた己と、幼き己。久方ぶりの邂逅《かいこう》を、幼き自分は喜んでくれているだろうか。色々な物を見た。多くの務めをこなした。悔いがないといえば嘘《うそ》になるが、それでも自分には十分過ぎるくらいに充実した人生だったように思う。きっと笑ってくれているはずだ。土豪の子であった頃の自分に、三成は笑いかけた。

〝お主が佐吉か〟

殿下が初めてかけてくれた言葉だった。あの時、己はどう答えただろう。簡潔であれとみずからに命じながら、拙《つたな》い言葉を並べ立てたような気がする。思えば、三成が心底真正面から相対した人物はただ一人、殿下だけだった。

「さぞ無念であったことでしょうな」

敵を滅ぼし、みずからに仇《あだ》なす者たちをねじ伏せてゆく道程の先に、殿下を待っていたのは緩やかな腐敗であった。武士としての生を全うできず、じわじわと迫りくる死を前にして怯《おび》える毎日。最期のひと時まで、心休まる時が無かったはずだ。

勝ち続け、秀吉は腐っていった。

最後まで勝者であり続けたことで、己の始末すら付けることができぬほどに朽ち果ててしまった。

三成は敗れた。清々《すがすが》しいほどに敗れた。守るものは何ひとつ無い。だからこそ、父にはできなかったことができる。

すべてが殿下とともにあった。殿下のための一生、殿下のための大戦、何もかもが終わった。

「夢のまた夢……」

不意に暗闇に光が射した。筵の隙間から陽光が入り込んで、濡れた岩肌を幽《かす》かに照らしている。時が止まった思惟の天地にまどろんでみたところで、朝は必ず来るのだ。このまま生きることなど考えられない。追手から逃げ続け、日の本の端まで辿り着き、海を越え、何者でもない一生を得る。それでは腐ってゆく殿下と同じではないか。ただ飯を喰うために生き、命を長らえるためだけに逃げ続ける。弛緩《しかん》した日々のなか、三成の裡は緩やかに腐敗してゆくだろう。腐臭を垂れ流しながら生きることはできない。それがすべてを捧げ、心底から向き合ったただ一人の存在である殿下への、最後の奉公だと思った。豊臣秀吉という男に対し、石田三成という男が果たすべき最後の務め。それは、戦国の覇者であった秀吉だけが望んでも許されなかった己の始末を、三成の身によって果たすこと。戦国の世の敗北者である三成の我が身の始末にこそ、秀吉が欲した死があるはず。誰よりも身近で接してきた三成だから悟ることができた、朽ちてゆく秀吉の悲痛なまでの望みである。

「こ、このなかには重い病を得た杣が伏せっておりまする。筵を開き側に近寄りまするると、お侍様にも害を成すやも知れませぬ。どうか、どうか何卒《なにとぞ》」

筵のむこうで悲痛な叫びが聞こえた。その声は、三成をこの洞窟に匿った若き百姓のものである。

「如何なる者であろうと、この目で確かめねばならん。退け。退かぬとただではおかぬぞ」

「お止めくだされ」

どうやら山狩りをしている連中と、押し問答をしているようだ。

「黙れ」

何かが地面に転がる激しい音がした。百姓が押し飛ばされたのだろう。足音が筵の前で止まった。

「某《それがし》は田中吉政《たなかよしまさ》が家臣」

「解った。いま出る」

筵の外からかけられた言葉を断ち切るように言った。田中吉政は徳川に与した。間違いなく三成を捜している兵だ。陽光に照らされた岩肌を見つめながら、三成は深く息を吸った。目を閉じ、瞼《まぶた》の裏に殿下の幻を見る。長浜《ながはま》で出会った頃の、眩《まぶ》しい笑顔であった。

「某は腐りませぬぞ」

殿下に語りかける。

最後は武士として死す。己の身を腐ってゆく前の秀吉と重ねて、いさぎよく死んで見せる。瞼を開き、殿下の幻に別れを告げる。

三成は痺れる腕で筵を押した。

岩井三四二

結局、左衛門大夫は弱かったのよ

百戦錬磨で大酒飲みの福島家臣

星野新右衛門

さようだて。

わが福島《ふくしま》の家中では、儂《わし》が一番の古株だわ。生国《しょうごく》が尾張《おわり》だで、福島左衛門大夫正則《さえもんだゆうまさのり》が洟《はな》垂れ小僧のころから知っとるでよ。おう、関《せき》ヶ原《はら》も出たわ。じっきに古希《こき》だで耄碌《もうろく》はしとるし、いくさ場で指を失い向こう傷を受け、足も引きずっとるが、まだ口も耳も達者だわ。話はできるが、それがどうかしたか。

「へえ、こたびは拝顔の栄にあずかり、ありがとうござんす。福島さまのご家中にその人ありと知られた星野新右衛門《ほしのしんえもん》さまで。手前、ちとわけあって身許《みもと》を明かせやせんが、じつは頼まれて関ヶ原と石田三成《いしだみつなり》の話をあつめておりやして。ひとつお力を貸していただけやせんかと思いやして。もちろん、礼はさせていただきやす」

おっ、金子《きんす》？　こりゃなんじゃ。

「お礼でやす。お願いを聞き届けていただけりゃ、この倍を……、あいたっ、こっ、小判は礫《つぶて》じゃありゃせんぜ。おお痛え。なにも投げることあねえでしょうに。おでこにかつんって……」

この、どだわけが。

武士に金をやれば喜ぶと思っとるんか。えい、金など触るのもけがらわしいわ。帰るぞ。止めるなら刀の錆《さび》にしたる。この大小は飾り刀やねえでよ。

「ま、待ってくだせえ。し、失礼しやんした。山吹色がお気に召さぬたあ、夢にも思わねえで、ついつい……。そ、それじゃあ、こ、これをご覧くだせえ。怪しい者じゃねえってわかっていただけると思いやすんで」

なに、紹介状をもっておるのきゃあ。

どうせろくなものではあるまいに。

誰の……、天海《てんかい》？

……見せよ。

む、な、なんと！

こりゃまことか。

権現さまの帰依《きえ》をうけて以来、いまも幕閣に力をおよぼす大僧正が、なんでこんな町人に……。

わけがわからん。

「ええ、あっしも頼まれごとで、くわしくは知らねえんでやすが、そりゃ本物でやす。とにかく筋目の悪い話じゃあねえんで。へえ、ご武功をおおいに自慢していただけりゃ、あっしがそれを書き留めて頼み主に伝えるって寸法で。なんとかひとつ、よしなにお願えしやす」

天海大僧正が出てきては、疎略にするわけにもいかんがな。

あのお方も、もう九十はとうに越えておろう。不老不死の術でも心得ておるのかの。

それにしても……。訪ねてきて一献差しあげたいっちゅうから、どこへつれていくのかと思えば、えりゃあ騒がしい日本橋《にほんばし》のど真ん中で、しかもこんな豪勢な二階家に誘い込んでおいて、いまさら関ヶ原だの石田三成だの、なんのつもりきゃあ。

「だから、それを聞かねえでくだせえ。どうせ話をまとめて草紙本にするとか、そこいらの話でやしょう」

　また奇妙なことを申す仁《じん》だがや。

　人に頼んでおいて、わけを知らんとはな。

　とはいえ、やむを得ん。僧正の顔に免じて、ちびっとだけ付き合ったるわ。気分が悪いで、早々に済ませえ。関ヶ原の何を聞きてえんや。

「ありがとうごぜえやす。あ、酒はたっぷりありやすんで、あがって下せえやし。あいにくときれいどころはおりやせんが、肴《さかな》はいろいろと揃《そろ》えておりやすんで」

　言われんでも目の前にありゃあ、わかるわ。おう、酌などいらん。勝手に飲む。

「へえ、じゃあ遠慮なくうかがいやす。手始めに、関ヶ原の前の年に七将の騒動ってのがありやしたね。へえ、石田三成を襲うの襲わねえのって騒ぎでやす。福島左衛門大夫さまも一枚噛《か》んでらっしゃいやすが、どうして七人もの立派なお大名がたかがひとりを襲おうとしたのか、そのあたりの見聞からお願えしやす」

　ふん。なかなか味のええ酒だわ。銚子《ちょうし》二本では足りんぞ。肴は膾《なます》か。鯔《ぼら》を酢味噌《すみそ》であえた？

　お、酢がきいとるがや。

　こっちは麩《ふ》をあぶったのか。塩味がまずまずだがや。

七将の騒動？

おお、上方で起こったやつきゃあ。そうそう、たしかにあったな。あれは……。さて、もう三十年も前のことだで、思い出すのに苦労するわ。うむ、そうそう。あったあった。

儂《わし》はあのとき、尾張の清洲《きよす》城におったで、騒動を見てはおらん。しかし、いくさになるやもしれんで、城の守りをかためた上、いつでも出陣できるようにしておけと大坂から一報があったな。

儂らにとっちゃ久しぶりの陣触れだで、そう、朝鮮《ちようせん》から帰って以来、三、四年ぶりだったかの、あわてて支度をしたのを憶《おぼ》えておるの。結局はなにごともなかったがな。

それくらいかのう、見聞と言われてもな。

さような話を聞きたいとは、わぬしも変わったやつだがや。

だいたいが、三成の話なんぞ聞いて、なにがおもしれえんや？

「いや、おもしろおかしくて聞いてるわけじゃあありやせんので。さようですかい。あっしの思うに七将騒動ってのは、当時のご公儀を大名衆がつるんで襲うっていう、いかい物騒な出来事って見えるんですが、そうじゃなかったんですかい」

物騒な出来事？　たわけたことは、おきゃあせ。

そもそも、いまの静かな世の中とあのころを一緒にするのがまちがいだて。関ヶ原から三十年、大坂の豊臣家が滅びた元和偃武《げんなえんぶ》からでも十五年か。早いものだわなも。

いまは大名衆も、江戸の城中で長袴を引きずってしずしずと歩いとるが、もともと大名などは人殺しだわ。人を騙《だま》し賺《すか》し、刃物をふるって首をとるのが商売だで、お里は知れとるわな。

だいたい、七将と言われる者を見てみよ。由緒ある家の出など、細川《ほそかわ》どののぐらいだがや。あとはみな土民の出だわ。

わが主を悪く言いたくはないが、左衛門大夫は子供のころどえらい悪餓鬼での、桶屋《おけや》で奉公しとるうちに喧嘩《けんか》をして、大人を鑿《のみ》で刺し殺して逐電した、ちゅうこともあったほどでな、親戚中でもてあましとったのだで。ほかに加藤清正《かとうきよまさ》どのは百姓の子で、蜂須賀《はちすか》の父親などは野伏《のぶ》せりのたぐいではにゃあか。

七将騒動ってのは、そんなやつらが束になって、気に食わぬ男を討とうとしただけよ。なーんも不思議はあらせん。いつものいくさを大坂の町中でやろうとしただけだわ。毎度のことだがや。

「はあ、さいでやんすか。お大名っていえばお偉いお方って、あっしなんざ思っておりやしたが、人殺しが稼業ねえ。まあ、戦国の世ではそうだったんでしょうねえ。んー、こりゃちょっと頭がこんぐらがってきちまったな。いやあ、話ってのは聞いてみるもんでやすな。するってえと、別に石田三成がとりわけ悪いやつじゃねえってことですかい」

悪いもなにも、大名などみな悪人よ。人を殺し、百姓の上前をはねていばっとるでな。極楽に行ける者など、ひとりもおらんわ。悪人同士で殺し合っとるんだて。

それにあれはな、権現さまの差し金だわ。

呼びかけたのは黒田《くろだ》家だけんど、うしろで糸を引いたのは権現さまだで。

そりゃあそうだて。あのころ権現さまは天下を取ろうとして、あちこちかき回しとった。亡き太閤《たいこう》の領地を勝手に大名にやって味方をふやすわ、嫁や婿のやりとりはするわ、そりゃもうやりたい放題でな。目にあまるとて奉行衆が文句を言うのも当然だったわ。

奉行の中心は三成だでな、権現さまは目障りな三成を叩《たた》いたろって思ったんだて。

といって天下の大老の筆頭たる者が、こやつが面憎《つらにく》いというだけで手を下すわけにはいかん。周囲に示しがつかんでな。じゃあ俺も憎いあやつを殺そうとなって、せっかく鎮まった世がまた戦国に逆もどりしてしまうわ。

それだで三成を討つには罪状がいるが、あれはうまく立ち回っとったで、そんなものはあらせん。それで七将にやらせたんだわ。

まあ権現さまの賢いことよ。

汚れ役を七将にやらせておいて、結局は三成を失脚させた上、命ばかりは助けてやって恩を売るし、世間には七将も奉行衆も両方を抑えた自分の重みを示すっちゅう、いい役どころだわ。

ま、軍略といえばそうかもしれんて。天下人の軍略だわ。

なにしろ権現さまは、太閤亡きあとでは、天下一の弓取りだわ。しかもええお人柄での、そのころは、約束を違《たが》えたことがない律儀なお人っちゅうて評判だったでの。

物腰も柔らこうて、左衛門大夫にもにこやかに接するし、細川どのなど、あるとき金子がのうて困っておったところ、必要な分を用立ててもらったとも聞こえたしな。徳があるというのか、見た目にも福々しくて、器量の大きなお方だったわ。

「ええ、お話の腰を折って失礼しやすが、そのお話ぶりでやすと、星野さまは権現さまにお目通りなさったことがおありで？」

おお、あるぞ。

なにをおどろく。これでも左衛門大夫が存命のころは、安芸国《あきのくに》福島五十万石の老臣《おとな》のひとりだで。

わが家、星野というのは左衛門大夫の本家だでよ。

あれは一族の番匠の子に生まれて、市松《いちまつ》というとった子供のころに桶屋に弟子入りしたあと、織田《おだ》家の足軽をしとった福島市兵衛《いちべえ》に養子に入ったのだわ。おまけに太閤のおふくろさまの縁戚でな、その縁で左衛門大夫は長浜《ながはま》におった太閤の小姓に出たのだわ。ええとこに小姓に出たもんでの、太閤が出世するとだんだんに取り立てられて、ついにはあの悪餓鬼の市松が、左衛門大夫と名乗る大名にまでなったわ。

大名になれば、家来をたんと抱えなならんっちゅうんで、親類縁者に軒並み声がかかったぞ。儂も市松、いや左衛門大夫の又従姉妹《またいとこ》の婿にあたるでの、呼びかけに応じて百姓仕事を放り出して、家来となったのだて。家中には星野、福島の一族が多かったなも。

そんな家筋だもんで、雅《みやび》なことなどいっさい関わりがのうてな、左衛門大夫も歌やら蹴鞠《けまり》やらはとんと縁がなかった。宴席でできることといえば、酒を飲んで戦功自慢をすることぐらいでの。

酒は、並大抵ではなかったぞ。

朝から酒の臭いをさせてな、年中酒を切らしたことがなかったわ。家中も酒好きばかりでなあ、酒の失敗は御免だったでよ。

左衛門大夫も酒の失敗はいくらもあるが……、ま、それは言わんとおくか。関ヶ原とは関わりがないでの。

それだけに戦場では、恐いもの知らずではたらいたがな。

一番駆け、一番首を何度とったことか。播州三木城《ばんしゅうみき》が初陣というが、そこで兜首《かぶとくび》をふたつとったというでな。太閤の采配がよかったこともあろうが、十八歳の青二才が初陣で兜首ふたつというのは、なかなかお目にかかれんほどの手柄だがや。

あれは若いころは手足も首も太くて、仁王のような身体《からだ》をしとったし、いくさ場ではたらきそうな面構えもしとった。いっつもいらいらして、少しでも気に食わんことがあると喧嘩腰になるで、こわい仁だったがな。

老いてからは酒毒のせいか、身体がしぼんで気力も尽きてしもうたがなあ。それでも六十過ぎまで生きたでの。

ま、あれも生きすぎたのかのう。

関ヶ原が終わって、芸州《げいしゅう》五十万石をもらったころに死んでおりゃあ、気持ちよく一生を終われただろうによ。そのあとはご公儀にいいようにあしらわれて……。いまの当家を見ては、さぞあの世で……。

ああ、しょっぱい話になるで、それも言わんとおくか。わぬしも聞くな。いいな。

さて、関ヶ原か。

たしかに左衛門大夫は関ヶ原でようはたらいたが……。

「ええと、ご免なせえ。話をもどしてうかがいやすが、七将騒動のとき、どうして三成を襲ったのか、もすこし話していただけねえですかい。どうせ乱暴者同士、喧嘩しても不思議はねえ、権現さまの差し金もあったと言っても、福島さまも三成に恨みはお持ちだったでしょう」

恨み？　そんなもん、いくらでもあったわ。

「でも、二度目の朝鮮の陣に、福島さまは出ておられねえでしょうが。黒田さまは、蔚山《うるさん》の戦いで卑怯《ひきょう》の振る舞いがあったと讒言《ざんげん》されたのが三成を襲う理由になったそうでやすが、福島さまはどんな恨みをお持ちで」

この町人が。つまらんことを聞くでねえわ。

恨みだの讒言だの、三十年前の他愛もねえ話を掘り返してどうする。

えい、不愉快なやつだがや。あまり癇《かん》に障《さわ》ることを申すなら、刀の錆にしたるぞ。この向こう傷が見えんか。儂とて戦場でとった首は両手ではきかんぞ。

「ひええ、勘弁しておくんなせえ。そんなつもりで聞いたんじゃねえんで。額のお傷、唇から顎にかけてのお傷は、ようっく見えておりやすんで。どうかお気に障ったらお忘れになっておくんなせえ」

おい、その前に酒が足りんぞ。酒がなくて話ができるか。

「へ、こりゃ気がきかねえでご無礼を。おい、酒だ酒。今度は大徳利でもってきておくれ。燗《かん》はいいから、肴を見繕ってな」

むう、弱くなったものだて。若いころは一升くらいでは顔色も変わらんかったが。

おお、来たか来たか。徳利が大きいと気が落ち着くがや。よしよし。ま、左衛門大夫の場合は、朝鮮の陣の恨みではなかろうな。むしろそのあとの、縁辺の儀が引っかかったかな。

これもちびっと込み入った話での。

左衛門大夫はなかなか子ができずにおってての、親戚から養子をもらって跡取りとしたのだわ。正之《まさゆき》さまっちゅうお方だけどよ。そこに権現さまから嫁をとって、縁辺に連なろうとしたのよ。

権現さまとてそうそう娘はおらんから、一門の娘を養女にしてから嫁にやるという手でな、満天姫《まてひめ》さまっちゅうたけど、大名同士ではようある話よ。

左衛門大夫は太閤の縁戚だで、権現さまとも縁戚になれば、両家の橋渡しになるで、太閤のお家にとっても心強いことだと言うておったわ。どこまで本気だったかは知らんがな。

そこに嚙みついたのが奉行衆でな、公儀の許しを得ぬ縁組は、太閤の残した御《お》掟《きて》にそむくと言い立てて、譴責使《けんせきし》を遣わすだの、大騒ぎになったのだわ。

これが左衛門大夫にはかちんと来ての。

仮にも左衛門大夫は太閤の親族よ。太閤のお爪の端と本人は言うとったが、遠縁とはいえ一族だわ。奉行衆などは太閤の召使いにすぎんのに、あるじの親族がやることに文句をつけるとはと、えらい怒りようだで。

結局、奉行衆の追及も尻すぼみに終わって、縁組はそのまま進んだがの、左衛門大夫の怒りはおさまらんわな。

左衛門大夫は一度怒り出すと、もうあと先の見分けもつかん男でな。これと言いだしたら何があろうと聞かん。もっともそれくらいでないと、戦場で真っ先を駆けるような危ない真似はできんが。

こんなこともあったな。

関ヶ原のいくさが終わって、三成の佐和山《さわやま》城も落として、さあ大坂へ進軍しようとしたときのことだわ。

儂らが山科《やましな》へ着いたときには左衛門大夫の弟御が先に京に入っておってな、そこへ下知を伝える使者を出したのだわ。

ところが京の入り口の日ノ岡《ひおか》に関所があって、権現さまの家来が見張っておった。そこでどうしたわけかひと悶着《もんちやく》あって、使者が止められたばかりか、足軽どもに棒でさんざんに打たれたのだて。

理不尽な仕打ちをうけて役目も果たせんかった使者は、もどって左衛門大夫にわけを話し、仇《かたき》を討ってくれと言い残して腹を切って果てたのだわ。

あれで左衛門大夫は家来思いの深い大将だったで、烈火のごとく怒っての、使者の首を関所の足軽大将に送って、

「家来の受けた恥辱はあるじの恥辱ゆえ、これをただで済ますわけにはいかぬ。そなたが責めを負うべきである。その首をもらい受ける所存」

と申し入れおったわ。これが伊奈図書《いなずしょ》とかいう権現さまの直臣だったから、井伊《いい》どのや本多《ほんだ》どのまで巻き込んで大騒ぎになったが、左衛門大夫は、

「首がもらい受けられぬならば権現さまへの忠勤も覚束《おぼつか》ぬので、清洲城を退《の》いて立ち去るばかり」

とあくまで突っぱねたのだて。

関ヶ原の合戦は終わったがな、まだ天下のあちこちで諸大名が合戦をしておったし、大坂城には毛利《もうり》も秀頼《ひでより》もおった。ここで左衛門大夫が楯突《たてつ》いたら、また世が混沌《こんとん》とするのは必定じゃ。

結局は権現さまの指図で、伊奈図書とやらは切腹して、首が左衛門大夫に送られたのだわ。ごねた左衛門大夫の粘り勝ちだわ。

そんな左衛門大夫に恨まれた三成こそ災難だったわな。

ま、それでなくとも奉行衆は出すぎた真似が多かったでの。

武者は槍《やり》ばたらきがまことの仕事だわ。なのに、そろばん勘定やら訴訟の裁きが得意なやつらばかり大きな顔をするのでは、納得できんがや。

といって口先ではかなわん。口調法《くちちょうほう》なやつらばかりだでな。さりとて太閤に直《じか》に訴えようにも、まず奉行衆を通さねば目通りもかなわん。

左衛門大夫のような太閤の直臣は、言いたいことがあってもどっこも持っていきようがねえで、不満はたまる一方だわ。

それでも太閤が生きとるうちは、いつか聞き届けてもらえると思っとったのだろ。左衛門大夫もこらえとった。しかし太閤が死んだとなると、もうあかん。こらえる理由が失《う》せてまったし、いまさら遠慮なんかしとれるかってなもんでの。

得意の弓矢にかけて恨みを晴らそうと思うたところに、黒田どのから呼びかけがあったで、もうたまらんわ。いくさ支度はお手の物での。あれで三成を取り逃がしたのが不思議なくらいだわ。

「なるほど、わかりやした。それにしても大名ってのは、性根のおっかねえお方が多いようでやすね。執念深かったり、怒ると見境がつかなかったりと。いやはや、もしご縁ができたとしても、あんまりお近づきになりたくねえなあ」

たわけ。性根が恐《おそ》がいんじゃねえ。性根がすわっとるのだわ。ほんでもなきゃあ、国持ち大名になれるか。凡人とはちがうわ。

「ま、そうでやしょうねえ。凡人でねえときたか。そりゃそうだ。ええ、ところで星野さまは三成を知っておいでですか。話したことがあるんなら、どんなお人だったか、教えていただきてえんで」

話したことか。おお、あるぞ。

さて、あれはいつだったかの。

初めて三成を見たのは、たしか大坂の城だったたな。

儂は二十歳で左衛門大夫に仕えたのだわ。

左衛門大夫が賤《しず》ヶ岳《たけ》で大手柄をたててな、五百石取りから一気に五千石取りになったんだわ。禄《ろく》が十倍になったなら家来も十倍にせにゃならんというんで、親戚中に触れがまわってな、若い男なら誰でも来いというんで、儂も仕えることにしたんだて。

京の屋敷に行ってみると、落ち着き払って儂の父母やら妻のことを聞いて、

「明日までに屋敷に入れ。しばらくは大部屋住まいせえ。手柄次第で士分に取り立てたる」

と言うてな。その日から儂は家来となったのだわ。

左衛門大夫は儂より三つ歳上なだけだがな、あのときにはもう一人前の武者って面をしておったなも。

さて、にわかに奉公人になった翌年、大坂のお城ができての、落成のお祝いに行かにゃならんというんで、左衛門大夫の供をして大坂へ下ったのだわ。

もちろん太閤にお目見えするのは左衛門大夫ひとりでな、儂ら供の者は本丸の門から先へは入れなんだ。その門の前であれこれと大声で指図しておる小男がおった。左衛門大夫は歩み寄ると親しげに話しかけて、その小男に案内されて門の中へ消えたのだわ。

あとで聞くと、それが三成での。

小柄でなで肩で、とてもいくさ場で槍ばたらきをするとは見えんかった。武者として強そうには見えんのだて。それを本人もわかっとるんだか、ことさら大声で尊大にふるまっとるように見えたがな。

歳は三成のほうが、左衛門大夫よりひとつかふたつ上だけんど、あのときは左衛門大夫のほうが舐《な》めてかかっておるようにも見えたな。ま、三成は左衛門大夫の顎くらいまでしかなくて、左衛門大夫が常に上から見下ろすように話したせいかもしれんが。

三成と仲がよかったかどうかまでは知らんが、悪くはないように見えたな。左衛門大夫は一本気な男だけんど、人付き合いが嫌いではなかったからな。

ま、親しいのは不思議でも何でもなくてな、左衛門大夫が太閤の小姓として長浜城におったころ、三成も長浜城で太閤の御用をつとめておったでの。日ごろから近くにおって、自然、話す機会も多かったに違いないのだて。

そのとき儂は奉公をはじめて一年目で、右も左もわからんで、ただだまって見ておっただけだわ。

三成と話をしたのは、九州《きゅうしゅう》の陣のときかな。

島津《しまづ》どのが太閤の言うことを聞かんというんで、十万の兵を催して攻め寄せたのだわ。

儂はそのころには、いっぱしの物頭《ものがしら》になっておった。

ちと話がそれるが、儂がいくさ場を初めて踏んだのは小牧《こまき》の二重堀《ふたえぼり》でな、さよう、太閤と権現さまとのいくさだわ。味方の退き陣を支えるのに槍をふるったのだて。いや、実を言うと足が震えて動かんで、命じられもせんのに殿軍《しんがり》になったのを、あっぱれなはたらきよと褒《ほ》められてな、百石をもらう身になってのう。

翌年の紀州雑賀《きしゆうさいか》攻めでも、畠中《はたけなか》という城を攻めたな。あれは一日戦っただけで城兵が逃げたんで、楽な戦いのように言われるが、とんでもにゃあで。雑賀衆は鉄砲上手でな、城内からは切れ目なしに弾が飛んでくるんで、往生こいたぞ。

儂も槍をもって堀を渡ろうとしたところ、右足を撃たれてな。そりゃ痛いのなんの。傷口からは血がだあだあと出て、死ぬかと思うたわ。さいわい死にはせんかったが、筋が切れたか、いまでも足を引きずっとる。

それでも悪いことばかりではにゃあでな、いくさが終わると手負いも手柄だというんで、恩賞の禄を頂戴した上に平士《ひらし》から物頭に引き上げられたわ。

しかしこの足では槍ばたらきはできんと見なされて、儂は一時、小荷駄《こにだ》をまかされとった。そう。兵糧《ひようろう》やら矢弾やらを戦場まで運ぶ役よ。

九州の陣では小荷駄衆の一隊、馬八十頭と陣夫百人、それに足軽二十人を宰領して肥後《ひご》まで出張《でば》ったが、そこで馬の飼い葉が尽きてしもうてな。

九州まで行けば兵糧と馬の飼い葉は太閤が下さることになっておったので、太閤の陣まで馬二十頭をつらねて取りに行ったのだわ。

そこで兵糧と飼い葉の差配をしとったのが、三成だて。

あのころ三成はもう治部少輔《じぶのしょう》と名乗っとったぞ。三十歳にもならぬのに、太閤の奉行としてずいぶんと偉くなっとったのだわ。

太閤の縁戚なら出世もわかるが、そうではないのに出世しとったのだて。それだけでも切れ者だったのはまちがいにゃあで。

陣奥の掘っ立て小屋の中で、三成は配下の者のうしろに控えとった。紺地の鎧直垂《よろいひたたれ》に臑当《すねあて》をつけてな、籠手《こて》まではははめてなかったな。

儂は左衛門大夫の書状を示して、ああ、飼い葉をもらうには、いくらいくら欲しいという大将の書状が要ったでの、それを見せて配下の者に頼んだのだわ。

書状に配下の者がなにやら付箋《ふせん》をつけたり書き込んだりして、幾人かの手をへて三成にわたっての、儂も三成の前へまわったわ。

どうやら最後の決裁を三成が自身の手でしとったようでの。

三成は陽気だったぞ。

くわしくはもう憶えとらんが、左衛門大夫は元気かとか、兵どものようすはどうかとか、そんなことを聞かれた気がするの。

声が大きゅうて、左衛門大夫を呼び捨てにするほど態度も大きかったわ。小男が背伸びしてわざと豪快に振る舞っておるようで、ちと滑稽に見えたんで憶えとるんだわ。

考えてみりゃ、太閤もそんなとこ、あったな。

見栄えのせん小男が、どでかい力自慢の荒くれ男どもを顎《あご》で使おうとすりゃ、いろいろ工夫せにゃならんだろ。声をでかくするとか、話をでかくするとかのう。

太閤の場合は、天下取りから唐入りして三国を手の内に収めるって、話を大きくしからかいて天下を煙《けむ》にまいたが、三成の場合は話の大きさが中途半端だったであかんわ。

もちろん当時はそんなこと言えなんだ。米や飼い葉を配る奉行さまは偉いでな、機嫌を損ねては大変だて。

儂は飼い葉を四十俵もらい受けて、受取を一筆書くといそいで陣にもどったわ。九州攻めのつぎには小田原《おだわら》でいくさがあっただろ。儂らは韮山《にらやま》の城を落としたが、三成は見とらん。あれは関八州みんな巻き込んだ大いくさだったで、三成は儂らとは別の城を攻めたらしいな。水攻めをしくじったとか聞いたが。

城を水攻めにするんは太閤のお得意での、中国は高松《たかまつ》の城を水攻めで落として味を占めたあと、あちこちでやっとる。

儂が見たのは小牧の陣のあと、竹《たけ》ヶ鼻《はな》という木曽川《きそがわ》沿いの城を攻めたときでな。

ちいせえ城だのに水濠《みずぼり》を幾重にもめぐらして、堅く守っておった。真っ向からは攻められせんで、付近の百姓を狩りだして一里半ばかり堤を築かせ、木曽川の水を入れたんだわ。見事に城は沈んでな、それでも城方はひと月ほど頑張っとったが、結局、降参してきたわ。

紀州の雑賀攻めでもひとつ、太田《おおた》という城を水攻めにしたな。儂は畠中の城攻めで撃たれた足の傷を癒すのに、ひと月近く寺で寝ておっての。遅れて陣に追いついたときには、もう城は湖の中に浮かんでおった。

このときは堤を築いて紀《き》ノ川《かわ》の水を入れたんだわ。ついでに安宅《あたけ》船も海からさかのぼってきて、湖になった堤の内に入ってな、城のまわりを漕ぎまわっては、大筒をどんどん撃ち込んだんだて。すると城からも大筒を撃ち返してきて、撃たれた安宅船が火を出しての、城のまわりが煙だらけになって、えらいことになったわ。

まったく、大筒の音と煙っちゅうのはすさまじいわ。弾が当たって安宅船が揺れ、木っ端が飛び散るのまで見えたでな。儂らは堤の上から見とったが、あんないくさはあとにも先にもねえがや。

ああ、三成の話だったたな。わかっとるて。

朝鮮の陣では、見たわ。

あのころ福島の家は伊予今治《いよいまばり》で十一万石を頂戴しとったで、五番手の大将として蜂須賀どのや来島《くるしま》どのをひきいて海を渡っての。

はじめのうちはずんと奥地へ入って慶州《けいしゅう》の城を守っとったが、明《みん》軍が出てくると押されるようになってな、最後の方は南の日本に近いところへ退いて、釜山《ふざん》や唐島《からしま》（巨済島《コジェド》）のあたりで船手の御用をつとめとった。朝鮮の水軍と戦ってな、海の上での船いくさもしたぞ。この顔の傷は、そのときのものだて。

手柄話はいくらでもできるが、三成には関わりがないでの、いまはおくか。

二年目の秋にはいったん和議がなって軍勢の多くが帰国したが、儂らは唐島に在番とされて居残りよ。帰る者たちがうらやましくてならなんだ。

城まわりの鉛色の海は、いまでも忘れられんなあ。日本の海とどこか違っとったぞ。毎日毎日、海の果てを眺めては、帰りてえと思ったものだて。

帰国する者たちの船は釜山から出たが、われらは警固のためもあって、奥地からもどってくる軍勢を郊外まで出迎えとった。警固せんと一揆《いっき》勢が湧き起こって、始末におえんでの。

あのとき三成は千ばかりの軍勢をひきいて漢城《ハンソン》（ソウル）からもどって来とっ

た。手柄を立てたかどうかは知らん。しかし軍勢はずいぶんとくたびれておったから、戦いはしたのだろ。

三成自身は兜もかぶらず馬に乗っとった。儂ら警固の者どもを見ると、目礼をして通りすぎてったな。大名によっては下馬して礼をする者もおったが、だまって通りすぎる者もおったで、三成はまずまず礼を尽くしたほうだわ。

顔色？

昔のことだで、細かいことは憶えとらん。しかしみな疲れた顔をしとったで、三成もそうに違いねえ。だいたい、朝鮮の陣で得をした者など、ひとりとしておらんでな。

あれはひでえいくさでな。

寒いわ食い物はねえわ、病ははやるわ、虎に食われる者も出るわ、いやはや恐がいところだで、朝鮮の陣ちゅうのは。

なんで三成が憎まれるかっちゅうと、朝鮮の陣で諸大名の落ち度を太閤に讒言したとよう言われるが、左衛門大夫にとってはそれはなかったな。清正どのなどは、三成の讒言で太閤の怒りをかったとかで、えらい憎んでおったそうだがの。

やはり積もり積もった恨みがあるんだわ。

ろくに手柄も立てんのに出世しやがって、ちゅう心持ちは、左衛門大夫でなくとも、太閤の子飼いの大名衆なら誰でも持っとったにちがいないわ。

それに、目の敵にされやすい男というのはいるものでの。一見弱そうに見えるのに力を持っとって、態度が大きいし、威張り散らす。言うことはしゃくに障るが筋が通っとるとかな。まさに三成のことだて。

さて、左衛門大夫は、文禄《ぶんろく》年中の終わりごろに在番を解かれて日本へもどった。そののち伊予から尾張清洲に国替えになったで、慶長《けいちょう》に再度出兵したときは東国衆ってことで、もう出なんだな。

もっとも、まあ少しいくさが長引けば儂らも出兵するところだったでの、太閤はええ時に死んでくれたわ。

ふう。

話しづめだと喉が渇いてどもならん。

一杯、一杯と。

「ええ、ひと区切りついたところで、ちと伺いやす。関ヶ原で不思議なのは、三成ってのは二十万石ほどの大名なのに、なんで大坂方の大将になったんでしょって話なんでやすが。もっと身上の大きなお大名もいらっしゃったのに、三成が下知してたんでやしょ」

いや、そいつはねえでよ。大将は毛利どの、三成は一手の物頭くらいだわ。もっとも、いくさになりゃ物頭が突出して大将の鼻面を引き回すってのは、いくらもある話だで。それだけの器量があって、地の利と時の利を得ればな。

三成ってのは、初めに火をつけて、関ヶ原っていくさにまであおり立てただけでにゃあか。

「はあ、火つけ役ですか。なるほど。そりゃそうかもしんねえ。もうひとつ、三成ってのは、どうやって権現さまに勝つつもりでいたんでやしょうか」

そんなこと、儂に聞くな。

そやけど、まあ、見りゃわかるわ。

秀頼さまの名で日本中の大名に触れを回して、数で勝とうとしたんだわ。なにしろ大坂城を手に入れて、秀頼さまを手の内に入れておったでな、天下のまつりごとを左右できる立場よ。となれば天下の大名に号令できるでな。軍勢の数で押し潰そうとしたのだて。

考えてみりゃ、あれで権現さまが勝ったほうが不思議だがや。ま、それだけ権現さまに人望があって、三成になかったってこっちゃ。

そういや、こんなうわさを聞いたな。

大仏殿の普請場で、ちゅうからいずれ文禄年間のことだわ。太閤が京の東山《ひがしやま》に、でっけえ大仏さまを建てただろ。あの普請には天下の大名衆が駆り出されておって、権現さまも来ておった。三成も目付ってつもりか来ておって、ふたりならんで杖を手に普請の進み具合を見ておったんだと。

するとなんの拍子か、三成が杖を落としたんだわ。それを権現さまが腰をかがめ、ひょいと拾って三成に渡したんだて。


なにしろ太閤に次ぐ大大名だわ。大納言でもあったでの、並みの大名なら恐縮して、幾重にも腰を折って礼をするところや。

ところが三成はな、杖を受けとっただけで、礼どころか挨拶もしよらんかったんや。

傲慢この上ないわな。そりゃ、世間からよく言われるはずはないわ。

「はあ、さいでやすか。じゃあもうひとつ。関ヶ原ってのは、どっちに道理があったんでやしょうかね」

道理？　そんなもん、勝ったほうに道理があると決まっとるわ。

いいか、憶えておきゃあせ。武士はな、犬畜生と言われようが卑怯と言われようが、勝たねばいかんのだて。

勝って初めて、おのれが正しいと言い張れるのだぎゃ。負けて首をとられてしまえば、何を言われても言い返すことはできんで。

関ヶ原もいっしょや。勝った権現さまに道理がある。これには誰も文句、言えへんぞ。

「ははあ、そりゃまた凄《すさ》まじい理屈で。でもま、それが世の中なんでやしょうね」

負けた三成は、一族根絶やしになってまったやろ。家来衆もどっかへ消えちまって、誰も三成を褒めそやすやつ、おらせんぞ。逆に権現さまは、いまや神さまにおなりや。これもいくさに勝ったからや。

「へえ、ま、その通りで」

うん。わかりゃええ。

なかなかええ酒だがや。肴もけっこう、けっこう。おや、もう空か。

ちと酔ったかな。

歳《とし》をとるとだちかんな。昔は五合や一升で酔ったりせんかったがな。

銚子?

いや、せっかくだで、またこの大徳利で。こんなちっせえ盃《さかずき》より茶碗《ちゃわん》がええな。

すまんな。はは、まったく飲み助は意地汚いの。

儂もそろそろあの世からお迎えがくるころだで、もうどもならんが、生まれ変わったら酒はやめようと思うとる。酔ってはなんもできんでな。

酔っとるあいだにちっとでも学問をすりゃ、お迎えの前に経のひとつもあげられただろに、奉公してから四十近くまで合戦また合戦で、そのあとは百姓からどれだけ年貢を搾りとって、焔硝《えんしよう》や鉄砲をどこから買い付けてって、飲んだくれちゃあそんなことばっかで一生、終わってまったわ。

左衛門大夫もおなじだわ。

小姓のころからいくさ場で過ごして、敵の首をとることだけ考えて歳を食ったでの。なのに四十の歳に関ヶ原があって、そこからはもういくさもなくなってしもうた。すると飲んだくれるほか、何もできんわ。福島のお家がこうなったのも無理はなかろうて。

儂も酒に飲まれたが、左衛門大夫も酒のしくじりは多かったで。あれも酒さえ飲まんとおれば、お家もいまごろは……。

いや、やめとこ。しみったれた話になるで。

ああ、三成な。儂が三成を見たのは、釜山が最後だわ。

三成の人となりと言うてもなあ……。

尊大にかまえておっても、どこか弱々しゅうてな、天下をふたつに割って権現さまと争うような男には、とても見えんかったな。いまでも関ヶ原の大将が三成とは信じられん。そこまでの男かやと思うのだわ。

それでも、あれが関ヶ原を引き起こしたのは間違いないわな。

朝鮮から諸大名が引き揚げてきて、半年もせんうちに七将騒動や。それで佐和山の城に押し込められて、一年ほどは三成もおとなしゅうしとった。

きな臭うなったのは夏の終わりかな。権現さまが会津《あいづ》征伐に上方を発たれたあとだわ。

左衛門大夫は、ああ見えて老臣衆に細かいことまで相談する男での。

合戦となれば前に進むだけで足りるが、領地を治めるには年貢物成《ものなり》のかけ方から川除《かわよ》け、旧主に仕えとった土豪どものあつかいと、いろいろ知恵がいるでの。左衛門大夫は儂らに相談したり知恵のある者を抱えたりして、丁寧に手厚うやっとった。おのれに知恵がないことをわかっとったのだろて。

そのあたりは弁《わきま》えた男だったのう。

しかしこと合戦となると、誰の言うことも聞かん。会津征伐に従軍することも、ひとりで決めて家中に触れを回してきたわ。

その前、左衛門大夫は跡取りの正之さまに、満天姫さまを娶《めあわ》せておったでな。権現さまにお味方する腹は固めておったろうよ。つまり相手が誰であれ、権現さまについたっちゅうことよ。

大坂の屋敷から清洲のお城に帰ってみると、そおれ東国に下るっちゅうんで、家中は出陣支度で大騒ぎになっとった。

儂はあのころ福島家中で八百石を頂戴しとって、荷駄の宰領もまかされとったで、自分のほかに荷駄の支度もせにゃならんで、てんてこ舞いしたのう。

七月の初めに清洲城下を出て、ずっと東海道《とうかいどう》を下っていったな。

三成めが大坂で兵をあげたとの雑説は、江戸《えど》をすぎて下野国《しもつけのくに》にはいったころに聞こえてきたかのう。

いろんなところからうわさは流れてきとったが、そのひとつが黒田家からでの。

そう。黒田甲斐守長政《かいのかみながまさ》どのよ。

「興雲院さまで？」

おお、いま諡《おくりな》はそうなっとるかな。儂らは甲斐どのと甲斐どのと言っとったが。あのころよく使者を遣わしてきたぞ。大坂ではじかに屋敷を訪れて話をすることも多くてな。黒田どのの供回りを屋敷でよく見かけたものよ。

甲斐どのは子供のころに長浜城におったことがあって、左衛門大夫とは古い顔見知りでの、遠慮のう話せる仲だったわ。あれで歳は左衛門大夫より七つ八つ若かったかのう。けんどもたいした才子だわ。頭の切れようが、左衛門大夫とはえらい違いだて。

権現さまから小山《おやま》で軍議をすると触れがあったのは、そのころでの。

左衛門大夫ははじめのうち、軍議へ出るかどうか迷っとった。大坂屋敷からの早馬で、三成めが秀頼さまを擁しており、しかもうしろに毛利どのまでついておると知れたでの。大坂には左衛門大夫の妻子もおったしな。

軍議はさだめて徳川《とくがわ》党の旗揚げ、みなで大坂へ攻め寄せよという話になろう。三成を攻め滅ぼすのはいいが、太閤の遺児、秀頼に弓を引くことになるのは避けたいという思いがあったのだて。

ところが甲斐どのが陣にきて話をした途端、行くと言いだしたのだわ。

何を話したか、くわしいことは知らん。甲斐どのといっしょに権現さまの使僧が書状を持参しとったから、たぶん権現さまにつけば末々悪くはならんということを、甲斐どのが左衛門大夫に吹き込んだのだろ。

どうやって？　それは知らん。

けれどまあ、およそわかろうが。

権現さまは秀頼さまを守《も》り立ててくれる、八百万《やおよろず》の神に誓って秀頼さまをないがしろにはせん、ここで権現さまに従うのが秀頼さまへの忠義だと、まあそんなことを吹き込んだんだろうが。

大坂に弓を引くのに秀頼さまのためになるとは、どこか理屈がおかしいがや。ほいでも、他人に強く請け合われればそうかと思うわな。

あのころは先のことなど誰も見通せなんだで、権現さまなら間違いねえと何度も言われりゃ、じゃあ乗ろうかとなって不思議はねえでよ。

三成憎さで権現さまに味方したのかと？

おお、それもあったろうな。

三成は憎い。権現さまを頼りにしたい。しかし大坂には秀頼さまがおるで弓を引けぬ。ほうしてこんがらがって悩んでおったのを、甲斐どのはうまくほどいてやったのだわ。

見事に説得したでの、あれこそ血筋かのう。

甲斐どのの親爺《おやじ》の如水《じょすい》どのも、太閤が中国筋に討ち入ったときに、太閤のために播磨《はりま》や備中《びっちゅう》の国人どもを調略してまわったらしいの。ほいでもって倅《せがれ》の甲斐どのも親爺におとらず、関ヶ原で権現さまのために調略の腕をふるったのだて。

おう。左衛門大夫ばっかやねえ。毛利一族の吉川《きっかわ》どのや小早川《こばやかわ》どのも、黒田甲斐どのが調略したそうだで。関ヶ原の前後、甲斐どのは精出して権現さまに尽くされたのだわ。

ま、考えてみりゃ、それも無理はねえがな。

なにしろ黒田家は、太閤から愛想を尽かされとったでよ。

親爺の如水は慶長の役で軍監として朝鮮へ渡ったとき、三成と揉めて太閤の怒りをかったし、倅の甲斐どのは文禄のとき、蔚山で卑怯のふるまいありと味噌をつけたでの。

太閤に袖にされたとなりゃ、他の大物にすがるしかねえがや。それで権現さまに懸命に尽くしてすり寄って、覚えがめでたくなっていまのように五十二万石のお家があるわけだわ。

そんな甲斐どのに煽《あお》られて、左衛門大夫は小山の軍議で、われこそ先陣を切って大坂へ攻め寄せると咆《ほ》えたらしいの。天下の諸大名が居ならぶ前で、たとえ大坂に人質になっとる妻子が串刺しにされようと、知ったこっちゃねえとまで言うたそうな。

太閤子飼いの左衛門大夫がそこまで言うならと、他の者も、われもわれもと権現さまに従うことにしたそうでにゃあか。

左衛門大夫のおかげで、徳川党のできあがりよ。

左衛門大夫は、こうと決めたらひと筋の猪武者《いのししむしゃ》だで、味方にすりゃ頼もしいわ。

あとはご存じの通りだわ。

権現さまの大軍が東海道をのぼって、最後は関ヶ原で大いくさだて。

いくさとなりゃ、左衛門大夫は大活躍よ。儂も小荷駄をうしろにおいて、久々に槍をふるったがの。憎い三成はやっつけるわ、恩賞として五十万石も頂戴するわで、得意の絶頂にのぼったわ。

しかしいま思えば、あの小山の軍議が左衛門大夫一生の不覚ってやつだの。

結局、甲斐どのに調略されて栄えた家など、どこもあらせん。

黒田家ばかりはいまも盛んだけども、見てみい。五十万石もあったわが福島家はいまや三千石。たった三千石だで。

吉川の毛利家は百二十万石あった大身代が、防長《ぼうちょう》二州の三十数万石に削られとる。小早川家など、領国どころか家が潰れてまって跡形もないわ。

黒田家だけ栄え、小早川、吉川、福島みなひどい目にあったのよ。

ま、左衛門大夫も左衛門大夫でな、欲をかいたからな。

えい、間違えるな。左衛門大夫は小早川のような醜い裏切りなどしとらせん。

はじめっから権現さまに味方しとった。

しかしな、権現さまに味方したってことは、のちのちまで考えれば、大坂城の秀頼さまを裏切ったってことだでの。

いくら左衛門大夫が学問がにゃあても、ここで権現さまに味方すりゃ、いずれ豊臣家が危のうなることくらいはうすうす気づいとったろうに、そこに目を瞑《つむ》ったんだて。

左衛門大夫もおのれの身がかわいかったのかのう、甲斐どのの口車に乗って、目立たぬように秀頼さまを見限ったのだわ。秀頼さまの御為《おんため》になる、というその場しのぎの名分さえありゃ、あとでどうなろうと知らん。あのときそういう道を選んだのだて。

表向きは豊臣家に忠実と見せかけながら、じつは不実だったということよ。

それで世間の目はごまかせても、天道はよう見とる。

改易の憂き目にあったのは、関ヶ原から二十年ほどたってからだわ。

広島《ひろしま》城を公儀の許しなしに修築したというのだが、あれはどう見ても公儀がお家取り潰しに動いたのだわ。

ああ、その前に左衛門大夫は公儀の癇《かん》に障るようなことをしておってな。

関ヶ原の前、養子の正之さまに権現さま養女の満天姫さまを嫁にもらいうけたのは、話したな。

ところがその直後、後妻の腹から実子が生まれたのよ。

そうなれば血を継ぐわが子に家を継がせたくなるのは人情だわ。で、左衛門大夫はどうしたかと言うと、恐ろしいことに正之さまを狂うたと称して座敷牢《ざしきろう》に閉じこめ、飢え死にさせたのだて。

旦那が死んだで、嫁は里へ帰ったが、公儀にとってはおもしろいはずがないわな。夫婦仲はよかったでの、その嘆きようがおいたわしいと、奥から家中に漏れてきとったで。

満天姫さまは、さぞかし左衛門大夫に恨みがつのっただろて。

女とはいえ、公儀に連なるお方の恨みをかえばどうなるか。そのへん、左衛門大夫は損得の勘定ができんかったのだわ。

考えてみれば左衛門大夫は、番匠の子といえど太閤の縁戚とあって、とんとん拍子に出世して一度もつまずいたことがあらせん。

そりゃ合戦でつらいこともあったろうて。しかしな、太閤が勝ち運の強い大将だったおかげで、ひどい負けいくさには出ておらんし、小姓のころから十分な禄をもらって、貧しさも味わっておらん。なにせ十八のときにもう二百石取りだったでな。そして四十歳で関ヶ原で手柄を立てて、五十万石の殿さまよ。しかもそのあいだ、痛い目に遭ったことは一度もあらせん。

人間が甘くなるのも無理はねえて。改易の沙汰があったときは、六十の手前だったわ。もう死に損ないの年寄りよ。いくら理不尽な言いがかりと思っても、公儀相手に一戦する元気など、あらすか。

関ヶ原の当時ならまだ仲間の太閤子飼い大名も元気でおったが、仲のよかった清正どのははや亡くなっとるし、加藤左馬助《さまのすけ》どのなど、助けるどころか公儀の手先となって城の受けとりに来るありさまでの、だあれも助けてくれやせん。

大坂の秀頼さまも滅んだあとで、天下広しといえど公儀に楯突く者などだれもおらんわな。さすがの左衛門大夫も逆らうこともできんで、命じられた通り広島城をあけわたし、寂しく信濃《しなの》で蟄居《ちっきょ》したわい。

公儀はな、二十年かけてゆっくりと太閤の遺品を始末したのよ。気の長いことだて。

もっとも、それくらいでなきゃあ天下は治められんかもしれんわな。

左衛門大夫は潰されてまったが、それでもまだ、信濃においただけ公儀は情けをかけてくれたのだて。

当初は、陸奥《むっ》の津軽《つがる》へ転封されるところだったでの。聞けばえらく寒いところというで、いやあ勘弁してもらってよかったわ。

それにしても縁とは不思議なもんでな。

正之どのが死に、離縁されて里に帰った満天姫が、津軽の大名へ再嫁しとったのよ。

もしあのまま津軽行きだったら、気まずい思いをしただろうて。正之どのの恨みかとな。まあ自業自得だがな。

うん？　どうした。筆が止まっておるが。

べつにうそは言っとらんぞ。

津軽に知り合いでもおるのか。

まあええわ。天下のどこに知り合いがおっても不思議はねえて。

それでも跡取りの忠勝《ただかつ》どの、それ、満天姫と養子の正之どのの婚儀のあとに生まれた、左衛門大夫の実子よ。その忠勝どのが四万五千石をもらって、まだ大名ではあったがの。その忠勝どのが転封の翌年には亡くなってしまったのだわ。

齢《よわい》六十で跡取り息子に先立たれるとは、左衛門大夫もよくよく運の尽きだわ。あとは末弟の正利《まさとし》どのが家を継いだが、当主が死んだというんで二万五千石減らされ、つぎの年に左衛門大夫が信濃の田舎で死んじまうと、なにやらわけのわからん理由で残りの二万石も取りあげられて、福島のお家はわずか三千石の旗本にされてまったわ。

三千石じゃ家来も養えねえ。みな散り散りになって、残っておるのは行き場もねえ儂のような年寄りだけよ。しかもいまの正利どのも病弱で、お子もないでな、なにか悪いことがありゃ、いっぺんにお家断絶よ。

一代で築いた五十万石は、一代で消えたわ。なんのために生きたのやらと、左衛門大夫は思いつつ死んでいったやろな。

うう……。

いかん。近ごろどうも涙もろくなってな。

左衛門大夫の最期を思い出すと、どうしても泣けてくるのだて。

阿呆《あほう》な男だったけど、かわいいところもあってなあ、酒さえ飲まねば話のわかる、情のあつい男なんだわ。家来も、いつ酔ってお狂いなされるかとおびえながらも見限らず、ついていったでな。

それにしても、人生はわからんもんだわ。

関ヶ原で権現さまにお味方したおかげで、お家は潰されもせず生き残ったし、領地も五十万石と二倍になったわな。あのときは左衛門大夫はうまく立ち回ったと思えたのにな。

ところがそれが滅びへの道だったのだわ。しかもわかったのは二十年後で、もう引き返しもできんかった。

左衛門大夫の人生は、四十歳の関ヶ原がてっぺんで、あとは下るばっかだわ。

結局、左衛門大夫は弱かったのよ。

強い敵に、真っ向から立ち向かおうとせんかった。ああ、もちろん強い敵とは権現さまのことよ。権現さまに近づかず、どこまでも豊臣のお家をたてておれば、こんなざまにはならんかったのに。

そこへいくと、三成は偉いわな。

ちゃんと敵が見えとった。そして恐れずに向かっていったで。見た目はひ弱だ
がの、あれの肝は太かったな。

三成にくらべりゃ左衛門大夫は、見た目は仁王のようだったのに、まったく……。たわけよ。豊臣のお家を潰してしもうて。

うっ、うっ、たわけだわ。

ひい、ふう。

うえっ。

ひっひっひっ、ひいっ。

うっ、うっ。

「おやおや、泣き上戸でやすかい。向こう傷がふたつもあっておっかねえお顔なんで、酔って乱れたらどんなになるかと、びくびくしてたんでやんすがね。泣き出すとはなあ。さて、あと聞くことはと……、大方は聞いたかな。いや、他家にお知り合いがいらっしゃいやせんかって……。ああ、もうおねむでやすか。ここで寝られちゃ困っちまうな」

なにか申したか。

「ああ、いえいえ、なにも申しちゃおりやせん。眠そうにお見受けしやしたんで、もうお見送りしたほうがいいかとおたずねしただけでして、へえ」

見送りか。ああ、すまんが屋敷まで送ってもらおうか。なにしろ歳だで、途中で迷うとあかんでな。

はあ、ちと酔ったが、なにかまずいことを言うたかな。公儀に聞かせたくないことなど、言うとらんだろうな。

まあええわ。町人のそなたにいくら話したところで、差し障りはなかろ。広めたければ広めればええわ。公儀の目にとまったら、まず咎《とが》めをうけるのはそなただでな。打ち首になる覚悟があれば、広めてみい。

「ええ、わかっておりやすよ。公儀の目にとまってお叱りをうけるような無様な真似はいたしやせん。安心してお帰りなせえ。おおい、だれか肩をかしておくれ。ひとりじゃあちょいと重いんだよ。おい、誰か！　わあ、酒くせえな」

解説

山田裕樹

小才子。策士。奸賊《かんぞく》。横柄。傲慢。陰険。理屈屋。戦さ下手。算盤侍。陋劣《ろうれつ》。小賢《こざか》し。態度がでかい。礼儀知らず。人徳なし。告げ口屋。下戸。虎の威を借る。

調べれば、もっともっとあるだろう。

すべて石田三成を評する言葉である。

おおむね、正しいのだろう。

だが、それだけか。昔からそう思っていた。そんな評価しかされない程度の男に、あんな大芝居の絵が描けるだろうか。

もちろん「関ヶ原の戦い」である。

その当時、三成は二十万石にも満たない大名で、五奉行の地位からも失脚していた。相手は海道一の弓取、徳川家康二百五十五万石。家康が、上杉景勝攻めで大坂を留守にしているわずかの間に、残る大老、毛利輝元と宇喜多秀家を動かして、彼らの名前で家康への弾劾状を諸大名に向けて送らせた。さらに豊臣秀頼のいる大坂城を押さえているので、家康は、「逆賊上杉」攻めの名分を失ったばかりか、自分が豊臣家に対して「逆賊」になってしまった。そして、三成は速やかに西国の主なる大名を集めて、挙兵する。逆賊がどうした、と思われるかもしれないが、はるか後の徳川最後の将軍は、「逆賊」にされた瞬間に、たちまち船で大坂から江戸まで遁走《とんそう》した。三成は相手に恵まれなかったのである。

三成の西軍は、八万の兵を率いて、関ヶ原で家康と対峙《たいじ》。結果としてこの「戦闘」は短時間で西軍の総崩れに終わってしまった。最初は善戦したようだが。

しかし、あの家康に対してこれだけの胆力を見せた者が、冒頭に挙げた悪口の羅列だけの男だろうか。

石田三成という男、確かに欠点は多かったのではあろう。しかし、それを上まわるくらいの何かを持っていたはずである。

そして、歴史は改竄《かいざん》された。家康は年齢を重ねて、日光に祀《まつ》られる神君になってしまったからだ。神に逆らった者は、すべて「悪」である。当時の御用学者たちが、歴史を記す時に徹底的に三成を貶《おとし》め、どうしても貶めきれない三成の長所を、たとえば島左近、たとえば大谷刑部、たとえば直江兼続などに少しずつ割り振ったのではなかろうか。洋の東西、歴史は勝った者が書き換える。HISTORYという単語の中にSTORYが入っているのはただの偶然か？　それはさておき、集英社文庫から、誰か歴史上の人物をテーマにして、短編アンソロジーを編んでくれないか、という注文があった時、私は「石田三成」と即答した。

十五年くらい前から、従来とは違う三成像の作品が少しずつ発表されてきたのは、知っていた。後半の作品はそこから選べばいい。

問題は前半である。

三成テーマの作品があるかどうか。冒頭にある横柄で小賢しい三成でもいいではないか。時代が求める三成像の変遷が一冊の文庫のなかで、明確に分かればいいのである。

それなりの時間はかかったが、十編の作品を選び出すことはできた。

最初の中島らもの掌編は、落語でいうツカミである。なんでこれが入っているのか、と思ってもらえればそれでいい。また、この作品が三十年前の大阪人の平均的な「三成観」の象徴と読めるかもしれない。次の松本匡代氏の作品は、三献茶のエピソードを知らない人へのフォローでもある。そして、さきに述べた「前半」に入っていくわけだが、これは苦労した。

やはり、作品がないのである。私は長く文芸の編集者をやっていたので、なんとなくない理由が分かる。

三成を主人公にした短編など受けない時代だったのである。家康の御用学者の創作した三成像が時を超えて生きていたのだ。受けないテーマを、作家は書きたくないし、編集者も頼まない。それは、昔も今もたいして変わらないはずだ。

必死で南條範夫と五味康祐の作品を抽出した。前者は、本能寺で全身火傷を負って救出された織田信長の一人称で語られる。信長の世話役が、若き石田佐吉。後者の石田三成は、対明智《あけち》戦の直後に仙童を蹄《ひづめ》にかけてしまったため三年に一歳しか歳をとらなくなってしまった。ただし双方ともに主役ではないし、かなり怪しげな設定である。この方向の三成は、現在では荒山徹氏が引き継いでいる。

共通しているのは、秀吉に対する絶対的な忠誠。それだけである。

このあたり、当時の読者の求める三成像が反映されているようだ。

実は私は、期待した作家がいた。柴田錬三郎である。彼は当時の時代小説の巨匠のなかで、珍しく三成に対して好意的だったらしい作家だからである。

初期の傑作長編群のなかの三作に、短いながら三成が登場する。『赤い影法師』の三成は毅然《きぜん》とした猛将。『美男城』では智略あふれる名将。『剣は知っていた』では、決然と家康に刺客団を送り込む謀将。

独立した短編を探したが、見つからなかった。もともとこの巨匠は、実在の人物を主人公にすることが少ないのである。それでも、そういう短編がどこかに実在したとすれば、私の能力不足である。

あきらめきれずに考えた。『赤い影法師』の三成登場シーンは二ページ程度の短さである。ここをこそぎ取ってこっそりと収録してしまおうか。そんな悪魔の囁《ささや》きがあったことは否定しないが、やはり、やってはいけないことがあるのである。

山田風太郎と山本周五郎にも三成が出て来る短編があった。しかし、何かを裏で操っていてほとんど出て来ないのでは、困るのである。

五番目の火坂雅志「石鹼《シャボン》」からが後半である。三成像もだいぶ変わってきた。この作品では、三成の恋物語が語られる。史実かどうかはさておき、人並みに悩む三成の姿がいとおしい。

六番目の吉川永青氏「義理義理右京」。ここでは、北条攻めの一環である忍城《おし》水攻めをめぐって、常陸の若き太守、佐竹義宣との交流が描かれる。忍城水攻めは、三成の「戦さ下手」の代名詞のように語られるが、実際はどうだったのか。また、深く知り合った者には余人とはちがう三成像が浮かんでくるのが印象的である。ちなみに、吉川氏には、『治部の礎』という三成テーマの素晴らしい長編がある。

七番目、伊東潤氏「戦は算術に候」。後の五奉行に出世する長束《なつか》正家と三成の話である。関ヶ原の戦いの帰趨《きすう》を決めた小早川秀秋の裏切りの理由にまで物語はたどりつく。自分の分身ともいえる長束によって、自分の決定的な弱点を学習した時は、すでに遅かった、という味わい深い作品である。

八番目は安部龍太郎氏「佐和山炎上」。関ヶ原決戦直後に、小早川勢を中心とする東軍に攻め込まれた三成の父と兄が守る佐和山城。この戦いの後に、三成の公正な領国経営と彼の清廉さが明らかになる。現在でも、佐和山城址《じょうし》を訪れると、連綿と語られてきた三成像とはまったく違う、領民に慕われていた三成の姿が偲《しの》ばれる。

九番目の矢野隆氏「我が身の始末」は、「石鹼」以来の三成視点。関ヶ原敗北から田中吉政に捕縛されるまでが、カットバックを交えて淡々と描かれる。「お主を見ておると、光秀を思いだす」と秀吉に言われたことを三成は思いだす。似てはいるかもしれないが、光秀よりもはるかに多く機会を持ちつつも、三成には、「本能寺」の発想はなかった。そこが唯一のちがいである。

締めは、岩井三四二氏の「結局、左衛門大夫は弱かったのよ」に務めていただいた。この作品は、長編『三成の不思議なる条々』を構成する十二編のうちの二番目の作品であって、本来は長編の一部だから収録すべきではないのだが、私は最初からこの作品を最後に置きたいと、思っていた。連作短編の形式をとりつつ、なんとも巧みに縦糸と横糸を絡み合わせるような構成で、意外な結末に誘導している。

以上、十作品の収録を快諾していただいた著作権者、および著作権継承者の方々への感謝の念は尽きない。

さて、通して読んでいただくと、江戸時代初期の御用学者たちが行い、NHK大河ドラマが継承した石田三成への歪曲《わいきょく》が、多少なりとも溶解するかもしれない。では、そういう石田三成がもし関ヶ原で勝利していたら、日本はどういう歴史をたどっていただろうか。

それは、今村翔吾氏の『八本目の槍』を待たねばなるまい。

歴史にＩＦは禁物、というのは学者の話であって、小説はＩＦの世界こそが正しいのである。ちなみに学者のこだわる文献至上主義は、その文献を書いたとされる人間の立場を検証しないと価値が著しく減じてしまうのである。

そして、正義とは、畢竟《ひっきょう》、立場とほぼ同義なのである。

「関ヶ原」に、一体、いくつの正義があったのか？

蛇足をひとつだけ。

石田三成の如く、歪曲されて後世に伝えられてしまった人物は、おそらく枚挙を得ない、と考える。

たとえば江戸時代に限っても、とりあえず田沼意次、井伊直弼、松平綱吉あたりだろうか。

いつとは言わぬが、その歪曲に真っ向から挑戦する作品を読んでみたいものである。


（やまだ・ひろき　ライター）

◉著者略歴

中島らも（なかじま・らも）
一九五二年兵庫県生まれ。二〇〇四年逝去。九二年『今夜、すべてのバーで』で第十三回吉川英治文学新人賞、九四年『ガダラの豚』で第四十七回日本推理作家協会賞（長編部門）を受賞。八六年には劇団「笑殺軍団リリパットアーミー」を旗揚げ、九六年にはロックバンド「ＰＩＳＳ」を結成。小説、戯曲、音楽など、多分野で活躍した。

松本匡代（まつもと・まさよ）
一九五七年三重県生まれ。奈良女子大学大学院理学研究科物理学専攻修士課程修了後、日本ＩＢＭ入社、二〇〇二年退社。著書に『夕焼け　土方歳三はゆく』『新選組　試衛館の青春』『独白新選組　隊士たちのつぶやき』『石田三成の青春』『早耳屋お花事件帳　見習い泥棒犬』がある。

南條範夫（なんじょう・のりお）
一九〇八年東京府生まれ。二〇〇四年逝去。東京帝国大学法学部、同経済学部卒業。國學院大學教授で教鞭をとる傍らで懸賞小説に入選し、作家としてデビュー。五六年『燈台鬼』で第三十五回直木賞受賞。七五年紫綬褒章受章。八二年『細香日記』で第十六回吉川英治文学賞受賞。同年、勲三等瑞宝章受章。

五味康祐（ごみ・やすすけ）

一九二一年大阪府生まれ。八〇年逝去。早稲田大学英文科中退。様々な職業を転々とした後、文芸評論家の保田與重郎に師事する。五二年『喪神』で第二十八回芥川賞を受賞。以後、時代小説家として活躍し、剣豪ブームを巻き起こした。著書に『秘剣』『柳生武藝帳』『柳生連也斎』『柳生天狗党』『薄桜記』など。

火坂雅志（ひさか・まさし）

一九五六年新潟県生まれ。二〇一五年逝去。早稲田大学商学部卒業。出版社勤務を経て八八年『花月秘拳行』でデビュー。〇七年『天地人』で第十三回中山義秀文学賞を受賞。同作は〇九年NHK大河ドラマ原作となった。

吉川永青（よしかわ・ながはる）

一九六八年東京都生まれ。横浜国立大学経営学部卒業。二〇一〇年『戯史三國志　我が糸は誰を操る』で第五回小説現代長編新人賞奨励賞、一六年『闘鬼　斎藤一』で第四回野村胡堂文学賞を受賞。著書に『誉れの赤』『治部の礎』『裏関ヶ原』『写楽とお喜瀬』『ぜにざむらい』など。

伊東潤（いとう・じゅん）

一九六〇年神奈川県生まれ。早稲田大学社会科学部卒業。二〇一一年『黒南風の海　加藤清正「文禄・慶長の役」異聞』で第一回本屋が選ぶ時代小説大賞、一三年『国を蹴った男』で第三十四回吉川英治文学新人賞、『義烈千秋　天狗党西へ』で第二回歴史時代作家クラブ賞作品賞、『巨鯨の海』で第四回山田風太郎賞を受賞。一四年『巨鯨の海』で第一回高校生直木賞、『峠越え』で第二十回中山義秀文学賞を受賞。

安部龍太郎（あべ・りゅうたろう）

一九五五年福岡県生まれ。久留米工業高等専門学校卒業。九〇年『血の日本史』でデビュー。二〇〇五年『天馬、翔ける』で第十一回中山義秀文学賞、一三年『等伯』で第百四十八回直木賞、二〇年京都府文化賞を受賞。著書に『信長燃ゆ』『風の如く　水の如く』『婆娑羅太平記　道誉と正成』『士道太平記　義貞の旗』『蝦夷太平記　十三の海鳴り』など。

矢野隆（やの・たかし）

一九七六年福岡県生まれ。二〇〇八年『蛇衆』で第二十一回小説すばる新人賞を受賞。以後、時代・伝奇・歴史小説を中心に、多くの作品を刊行。小説以外にも、『鉄拳 the dark history of mishima』『NARUTO―ナルト―シカマル新伝』など、ゲーム、マンガ作品のノベライズも手掛ける。

岩井三四二（いわい・みよじ）

一九五八年岐阜県生まれ。九六年「一所懸命」でデビュー。同作品で第六十四回小説現代新人賞を受賞。九八年「簒奪者」で第五回歴史群像大賞、二〇〇三年『月ノ浦惣庄公事置書』で第十回松本清張賞、〇四年「村を助くは誰ぞ」で第二十八回歴史文学賞、〇八年『清佑、ただいま在庄』で第十四回中山義秀文学賞、一四年『異国合戦　蒙古襲来異聞』で第四回本屋が選ぶ時代小説大賞を受賞。

◉初出／底本一覧

「気配り」中島らも
「Ｂ－ｉｎｇ　関西」一九八八年七月二十一日号／『ビジネス・ナンセンス事典』一九九八年三月　集英社文庫

「美しい誤解　――出会いの三献茶」松本匡代
Ｔｗｉｔｔｅｒ連載　二〇一五年二月二日〜七日／『石田三成の青春』二〇一六年二月　サンライズ出版

「残骸」南條範夫
「小説現代」一九七七年九月号／『脱走』一九八六年一月　旺文社文庫

「仙術「女を悦ばす法」」五味康祐
「小説宝石」一九七〇年二月号／『上意討ち』一九八八年九月　徳間文庫

「石鹼　―石田三成―」火坂雅志
「問題小説」一九九七年十月号／『軍師の生きざま』二〇一三年六月　実業之日本社文庫
「義理義理右京」吉川永青
「小説現代」二〇一五年二月号／『裏関ヶ原』二〇一八年十一月　講談社文庫
「戦は算術に候」伊東潤
「小説現代」二〇一二年三月号／『国を蹴った男』二〇一五年五月　講談社文庫
「佐和山炎上」安部龍太郎
「季刊歴史ピープル」一九九六年春号／『佐和山炎上』二〇一五年四月　角川文庫
「我が身の始末」矢野隆
書き下ろし／『戦始末』二〇二〇年一月　講談社文庫
「結局、左衛門大夫は弱かったのよ」岩井三四二
「小説宝石」（原題「石田三成という奇跡」）二〇一三年十二月号、二〇一四年一月号／『三成の不思議なる条々』二〇一七年八月　光文社時代小説文庫

本書は、集英社文庫のために編まれたオリジナル文庫です。

本文デザイン／坂野公一（welle design）
本文イラスト／小山進

集英社文庫　目録（日本文学）

集英社文庫 目録（日本文学）

唯川恵 恋人はいつも不在
唯川恵 あなたへの日々
唯川恵 シングル・ブルー
唯川恵 愛しても届かない
唯川恵 イブの憂鬱
唯川恵 めまい
唯川恵 病む月
唯川恵 明日はじめる恋のために
唯川恵 海色の午後
唯川恵 肩ごしの恋人
唯川恵 ベター・ハーフ
唯川恵 今夜 誰のとなりで眠る
唯川恵 愛には少し足りない
唯川恵 彼女の嫌いな彼女
唯川恵 愛に似たもの
唯川恵 瑠璃でもなく、玻璃でもなく

唯川恵 今夜は心だけ抱いて
唯川恵 天に堕ちる
唯川恵 手のひらの砂漠
湯川豊 須賀敦子を読む
行成薫 名も無き世界のエンドロール
行成薫 本日のメニューは。
行成薫 僕らだって扉くらい開けられる
雪舟えま バージンパンケーキ国分寺
雪舟えま 緑と楯ハイスクール・デイズ
柚月裕子 慈雨
夢枕獏 神々の山嶺《いただき》(上)(下)
夢枕獏 黒塚 KUROZUKA
夢枕獏 ものいふ髑髏《どくろ》
夢枕獏 秘伝「書く」技術
養老静江 ひとりでは生きられない ある女医の95年
横幕智裕 周良貨／能田茂・原作 監査役 野崎修平

横森理香 凍った蜜の月
横森理香 30歳からハッピーに生きるコツ
横山秀夫 第三の時効
吉川トリコ しゃぼん
吉川トリコ 夢見るころはすぎない
吉川永青 闘鬼 斎藤一
吉木伸子 スーパースキンケア術 あなたの肌はまだまだキレイになる
吉沢久子 老いをたのしんで生きる方法
吉沢久子 老いのさわやかひとり暮らし
吉沢久子 花の家事ごよみ 四季を楽しむ暮らし方
吉沢久子 老いの達人幸せ歳時記
吉沢久子 吉沢久子100歳のおいしい台所
吉田修一 初恋温泉
吉田修一 あの空の下で
吉田修一 空の冒険
吉田修一 作家と一日

集英社文庫

智《ち》に働《はたら》けば　石田《いしだ》三成像《みつなりぞう》に迫《せま》る十《じゅう》の短編《たんぺん》

2021年７月20日　第１刷　　定価はカバーに表示してあります。

編　者　山田裕樹《やまだひろき》

著　者　中島《なかじま》らも　松本匡代《まつもとまさよ》　南條範夫《なんじょうのりお》　五味康祐《ごみやすすけ》
火坂雅志《ひさかまさし》　吉川永青《よしかわながはる》　伊東《いとう》　潤《じゅん》　安部龍太郎《あべりゅうたろう》
矢野《やの》　隆《たかし》　岩井三四二《いわいみよじ》

発行者　徳永　真

発行所　株式会社 集英社
東京都千代田区一ツ橋2-5-10　〒101-8050
電話　【編集部】03-3230-6095
【読者係】03-3230-6080
【販売部】03-3230-6393（書店専用）

印　刷　図書印刷株式会社

製　本　図書印刷株式会社

フォーマットデザイン　アリヤマデザインストア　　マークデザイン　居山浩二

ISBN978-4-08-744281-6 C0193